Sushi & Weißbier
Veronika Lackerbauer

Sushi & Weißbier

Kriminalgeschichten

aus der bayerischen Provinz

❧ Band 2 ☙

Veronika Lackerbauer

Impressum:
© 2016 Veronika Lackerbauer, Oberahrain
© „Sushi & Weißbier" & „Hopfen & Malz - Allah erhalt's"
- Veronika & Martin Lackerbauer, Oberahrain, 2016

1. Auflage
ISBN: 978-3-7412-5003-3
Covergestaltung: Grit Richter - Art Skript Phantastik Verlag & Design
Fotografie: Stockphoto-graf / Stocked House Studio - Fotolia.com
Lektorat & Korrektorat: Jacqueline Mayerhofer, Melanie Vogltanz
Satz: Ingrid Pointecker
Herstellung und Verlag: BoD - Books on Demand, Norderstedt

Bibliografische Information der Deutschen Nationalbibliothek: Die Deutsche Nationalbibliothek verzeichnet diese Publikation in der Deutschen Nationalbibliografie; detaillierte bibliografische Daten sind im Internet über dnb.dnb.de abrufbar.

Das Werk, einschließlich seiner Teile, ist urheberrechtlich geschützt. Jede Verwertung ist ohne Zustimmung des Autors/Verlegers unzulässig. Dies gilt insbesondere für die elektronische oder sonstige Vervielfältigung, Übersetzung, Verbreitung und öffentliche Zugänglichmachung.

Alle Personen und Handlungen sind frei erfunden. Ähnlichkeiten mit lebenden oder verstorbenen Personen sind zufällig und vom Autor nicht beabsichtigt.

Besuche die Webseite der Autorin:
http://veronika-lackerbauer.jimdo.com/
oder folge ihr auf Facebook unter „Veronika Lackerbauer Autorin"

Für die beste

Familie

der Welt

Vorwort

Da bist du ja wieder!
Schön, dass du es einrichten konntest und dir Zeit nimmst für die Fortsetzung von *Hugo & Leberkäs*.
Ach so, du kennst *Hugo & Leberkäs* gar nicht?
So heißt nämlich der erste Band meiner Krimisammlungen aus der bayerischen Provinz. Aber keine Sorge, es macht nichts, wenn du die Bände in der verkehrten Reihenfolge liest. Sie bauen nicht aufeinander auf, obwohl es hier doch ein paar alte Bekannte aus dem ersten Band zu treffen gibt. Falls dir das jetzt gerade neu war, kannst du am Ende des Buches ein paar Informationen zu Teil 1 nachschlagen.
Wie auch schon im ersten Teil, besteht *Sushi & Weißbier* aus mehreren unterschiedlichen Geschichten, deren Gemeinsamkeit die bayerische Provinz als Schauplatz ist und die sich alle mit Kriminalfällen beschäftigen. Wieder symbolisiert das titelgebende Genussmittelpaar die beiden Pole des modernen Bayern, so wie ich es sehe: traditionell und bodenständig wie ein kühles Weißbier und frech und frisch wie das japanische Mode-Fingerfood Sushi!
In der gleichnamigen Geschichte *Sushi & Weißbier* gibt es ein Wiedersehen mit einem alten Bekannten aus *Hugo & Leberkäs*: Der grantige Kriminalbeamte Veitl hat einen neuen Fall auf dem Schreibtisch, und dieses Mal wird es gruselig!
Auch die Münchner Schickimicki-Gesellschaft bekommt in *Jahrmarkt der Eitelkeiten* ihr Fett weg. Dieser Krimi spielt im Milieu der bayerischen Promiszene und auch da tun sich wahre Abgründe auf!
Aktuelle Entwicklungen und Probleme haben mich auch bei diesem Band wieder inspiriert und finden vor allem Raum in *Hopfen & Malz - Allah erhalt's*. Erneut sind es die Flüchtlinge, vor allem die syrischen, die zu uns nach Europa strömen, die hier Eingang in eine Geschichte fanden. Ich habe einige tolle Menschen kennenlernen dürfen, die Unfassbares erlebt haben und trotzdem

immer noch so fröhlich, friedlich und lebensbejahend sind. Mein Leben wird reicher durch sie und unser Land kann ebenso von ihnen profitieren, wenn es uns gelingt, Vorurteile ab- und Brücken aufzubauen.

Ich werde nicht müde, auf meiner Homepage, in meinem Blog und auf meiner Autoren-Facebookseite gegen Rassismus und Intoleranz anzuschreiben. Wir dürfen nicht so tun, als hätten wir keine Verantwortung, die aus unserer bipolaren deutschen Geschichte erwächst. Es ist mir noch immer ein großes Anliegen, den Menschen, die hierher kommen, die Tür aufzuhalten und sie willkommen zu heißen, ihnen entgegen zu kommen auf dem Weg zu einer gelungenen Integration. In einer globalisierten Welt kann man nicht so tun, als wären Kleinstaatlichkeit und Grenzzäune noch eine Option.

Aus diesem Grund geht wieder ein Anteil des Erlöses aus dem Verkauf dieses Buches an eine Hilfsorganisation für Flüchtlingskinder.

Es soll aber in dieser Krimianthologie nicht nur (*weiß*)bierernst zugehen, es darf auch herzhaft gelacht werden! Denn Lesen darf und soll auch unterhalten. Für den Spaßfaktor in dieser Sammlung ist mit Sicherheit ebenso gesorgt.

Ich wünsche nachdenkliche, spannende, gruselige sowie heitere Lesestunden mit meinem Buch und freue mich über jede Rückmeldung, Anregung und Kritik, auch gern in Form einer Rezension, zum Beispiel auf Amazon oder Lovelybooks.

Und jetzt: *Viel Spaß*!
Eure

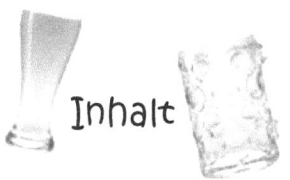

Inhalt

Vorwort..7

Sushi & Weißbier..13
Jahrmarkt der Eitelkeiten...................................109
Hopfen und Malz – Allah erhalt's!.....................219

Danksagung..257
Über die Autorin...259

12

Sushi & Weißbier

Dezember 2015

Das Wasser war eiskalt. Noch kälter, als sie es sich vorgestellt hatte. Die Kälte umschloss sie und raubte ihr fast die Luft. Der Boden des Sees fühlte sich unter ihren nackten Füßen schlammig an und sie spürte Steine und Sedimente. Langsam setzte sie einen Fuß vor den anderen und watete weiter hinaus. Der See lag eben und ruhig da, nur dort, wo ihre Beine das Wasser durchschnitten, kräuselte sich die Oberfläche. Als Kind hatte sie mit ihrem Vater flache Steine gesammelt und sie über das Wasser hüpfen lassen.

Flop. Flop. Flop.

Wer es schaffte, den Stein öfter hüpfen zu lassen, hatte gewonnen.

Jetzt beugte sie sich hinunter, wo ihre Füße Steine gefühlt hatten, bekam einen im flachen Wasser zu fassen und wusch den Schlamm ab. Er war nicht so flach, wie sie gedacht hatte, aber er würde seinen Zweck erfüllen. Sie nahm ihn zwischen Daumen und Zeigefinger, kippte das Handgelenk seitwärts nach innen und ließ es ein paar Mal abschätzend hin und her schnellen. Dann gab sie ihm Schwung und ließ ihn los. Lautlos glitt er aus ihrer Hand und flog in einer flachen Kurve über die Wasseroberfläche dahin. Traf auf, hob wieder ab, um erneut in einem Bogen weiter zu fliegen.

Einmal.

Zweimal.

Dreimal.

Dann versank er in den Fluten.

Wo er verschwunden war, zeichnete er konzentrische Kreise in die Wasseroberfläche. Anschließend war alles wieder ruhig. Als wäre nichts gewesen.

Eine Krähe flog auf. Mit wütendem Schimpfen schraubte sie sich in die Luft und verschwand über den See. Der tiefhängende

Nebel dieses Dezembertages ließ es kaum richtig hell werden. Obwohl es schon tagelang eisigkalt war, blieb der Schnee aus. Die trostlosen Schwarz-, Grau- und Braunnuancen der Landschaft passten einfach perfekt zu ihrem Innersten.

Es war der richtige Tag. Die richtige Stimmung.

Entschlossen setzte sie ihren Weg in den See fort. Die Kälte kroch an ihr empor und umklammerte ihre Beine. Schon reichte ihr das trübe Wasser bis zu den Knien. Immer weiter und weiter ging sie hinein. Ihre Kleider saugten sich voll damit und klebten nass und schwer an ihrem Körper. Sie verlor den Kontakt zum Boden, trieb einen Moment lang im Wasser. Dann spürte sie wieder Grund. Noch einmal verschnaufen.

Sie drehte sich nicht um, wollte keinen Blick zurückwerfen. Es gab kein Zurück mehr für sie.

Schon ragte nur noch ihr Kopf über der Oberfläche heraus. Ihre Füße stießen gegen etwas Weiches. Erschrocken zog sie ihre Beine an und tastete vorsichtig wieder nach Halt. Sie spürte wieder Stein. Was immer sie da berührt hatte, es war weg.

Was mochte wohl alles in den Tiefen des Sees schlummern?

Auch sie würde bald ein Teil davon sein.

Noch ein paar wenige Schritte, dann war der Wasserstand zu hoch und sie würde erneut den Grund unter den Füßen verlieren. Schon musste sie sich auf die äußersten Zehenspitzen stellen, um mit dem Kopf über Wasser zu bleiben. Noch ein kleines bisschen. Noch ein kurzer Moment.

Sie atmete ein letztes Mal tief ein.

Dann ließ sie sich fallen.

Das Wasser schlug über ihrem Kopf zusammen, die Kälte stach in ihr Bewusstsein. Instinktiv versuchte sie, nach oben zu kommen, strampelte mit den Beinen, verhedderte sich allerdings in etwas.

Sie riss die Augen auf und da sah sie sie.

Die alte Villa lag auf einem Hügel oberhalb des Sees. Das Grundstück umfasste neben dem Westufer, der Bootsanlegestelle, dem halbverfallenen Bootshäuschen und dem bewaldeten Hügel auch eine Remise, in der einmal Kutschen und Karossen gestanden haben mochten. Das Eingangsportal knarrte beim Öffnen, das Geräusch hallte in dem hohen Raum wider. Die Mahagonitreppe im Aufgang war wurmstichig, der Läufer, der die Stufen vor schmutzigen Schuhabdrücken schützen sollte, so durchgelaufen, dass das Holz durch das fadenscheinige Gewebe sichtbar wurde. Dem gewaltigen Kronleuchter an der Kassettendecke fehlte jeder Glanz, sein Glasbehang war blind von Staub und Spinnweben. Im trüben Licht der tiefstehenden Wintersonne, das sich in den hohen Sprossenfenstern brach, tanzte der Staub.

Doch die ehemalige Pracht ließ sich noch immer erahnen. Die Villa hatte, genau wie ihre Bewohner, einmal bessere Zeiten gekannt und unter der dicken Patina schlummerte der Glanz längst vergessener Zeiten.

In den vielen alten Salons und Stuben wohnten seit einigen Jahren zwölf Senioren in einer Lebensgemeinschaft. Ohne Angehörige, oder weit entfernt von ihren Kindern und Familien, blieb ihnen sonst nur ein Pflegeheim. Um diesem Schicksal zu entgehen, hatten die Alten sich zusammengetan, mit ihren Spargroschen das Anwesen gekauft und sich dort häuslich niedergelassen. Hier trug jeder das zum gemeinschaftlichen Leben bei, was er oder sie eben konnte, und wenn es einmal nicht mehr ging, dann übernahm die Gemeinschaft die Pflege. Bis zum Ende.

Alles war gut organisiert und die ungewöhnliche Wohngemeinschaft funktionierte. Doch an diesem nasskalten Dezembermorgen stießen die Bewohner erstmals wirklich an ihre Grenzen. Man schätzte die Abgeschiedenheit und das selbstbestimmte Leben in der Villa, aber gewisse Vorkommnisse machten heute eine Ausnahme nötig. Normalerweise verzichteten die Bewohner auf medizinische Eingriffe und Maßnahmen, die über die regelmäßigen Hausbesuche des Landarztes hinausgingen. Alle zwölf hatten Patientenverfügungen unterschrieben, niemand wollte seinen letzten Atemzug in den Fängen der modernen Apparatemedizin tun, angeschlossen an Monitore und Geräte, nur noch durch Maschinen künstlich am Leben erhalten. Diesem Los wollten sie mit ihrer

Wohnanlage entgehen, deshalb galt: kein Notruf, keine Ambulanz. Wenn es Zeit war zu gehen, nahm man in Frieden Abschied.

Doch heute musste dieses Credo ausgesetzt werden.

Für Marie.

Frühjahr 2010

Als Amaya den gut aussehenden, jungen Mann das erste Mal zu ihren Eltern mit nach Hause gebracht hatte, war ihr Vater noch voller Vorbehalte gewesen.

Ein *Deutscher!* Die Mutter dagegen war von der imposanten Erscheinung und von seinen formvollendeten Manieren schnell zu beeindrucken gewesen. Eine Partie!

Für Amaya stand die Entscheidung ohnehin längst fest, notfalls auch gegen den Willen der Eltern.

Deutschland – davon hatte sie geträumt!

Endlich die Enge der Tokioer Wohnung hinter sich lassen, zusammengepfercht mit den Eltern und den Geschwistern auf zwei Zimmer, keine Privatsphäre und so gut wie keine Aussichten, einen guten Job zu finden, der das eigene Auskommen sicherte.

Von Deutschland dagegen hatte Amaya Kobayashi viel gehört und gelesen, Europa interessierte sie. Das Leben dort erschien ihr einfacher und mit weniger Reglementierungen verbaut als das in Japan. Und die meisten Deutschen lebten auch nicht in engen, muffigen Wohnungen, sondern in schönen, lichtdurchfluteten Einfamilienhäusern, wie man sie sich in Tokio niemals würde leisten können.

Georg erzählte von dem Haus, das er für sie bauen wollte, wenn sie erst als seine Frau mit nach Deutschland käme; ein richtiges Häuschen mit einem Garten, in dem ihre zukünftigen Kinder toben könnten. Was spielte es da schon für eine Rolle, dass er so viel älter war?

„Liebst du ihn, Mädchen?", fragte der Vater zum Abschied.

Amaya nickte trotzig.

„Bist du sicher, dass du so weit weggehen willst? Bis nach Deutschland?", hakte er noch einmal nach.

„Ihr könntet ja alle nachkommen. Was hält euch denn hier?", gab Amaya zurück, obwohl sie wusste, dass das ein Traum bleiben würde. Ihre Eltern in Deutschland? Das war wirklich unvorstellbar. Nur wenige Wochen nach diesem Gespräch packte Amaya ihre Koffer.

Der Vater sprach nicht mehr mit der Tochter. Amaya hatte nämlich unabbringlich eingewilligt, nach Deutschland zu gehen, obwohl sie noch gar nicht mit dem Mann verheiratet war. Die Hochzeit sollte später in der neuen Heimat stattfinden und das Paar wollte sogar die Eltern und Geschwister einladen, doch das tröstete das besorgte Familienoberhaupt auch nicht, wie sie wusste.

Amaya reiste deshalb ab, ohne zuvor noch einmal ein Wort mit ihrem Vater gewechselt zu haben.

Dezember 2015

Sie hingen wie gasgefüllte Luftballons schwebend im Raum, festgehalten von dicken Seilen, die sie mit dem Boden verbanden. Weiß-graue Stalagmiten.

In der sanften Bewegung des Wassers wippten sie träge hin und her, drehten sich und blieben doch, wie von Zauberhand gezwungen, an Ort und Stelle. Die Tücher, die sie umhüllten, wurden von Tauen gehalten, die sich an ihre Konturen schmiegten.

Fast wirkten sie überirdisch.

Aber das Grauen, das sie umgab, war real. Instinktiv wusste sie, was sie da sah.

Sie war zum Sterben hergekommen, doch sie war nicht allein.

Die anderen waren bereits tot, lange vor ihr. Ihre sterblichen Überreste konservierte jedoch der See und präsentierte sie ihr wie zur Mahnung.

Etwas berührte ihren Arm.

Sie fuhr herum und sah sich Auge in Auge einem von ihnen gegenüber. Ihr Fuß hatte sich in der Fessel verheddert, die ihn am Boden festhielt. Sie konnte nicht von ihm weg und er nicht von ihr. Jede ihrer panischen Bewegungen trieb ihn erst von ihr weg und dann

wieder zu ihr zurück. Sein weicher Widerstand prallte an ihrem Körper ab. Die raue Textur des Gewebes wetzte an ihrer Haut.

Ihr war, als ob er die Hände ausstreckte und nach ihr griff. Seine Kameraden schienen näher zu kommen, immer näher. Alle breiteten sie die Arme aus und langten nach ihren Gliedmaßen. Sie wollten sie zu sich holen, sie zu einer der ihren machen.

Als der Notarzt, in dicker Multifunktionsjacke mit dem charakteristischen, zwischen Reflektoren aufgenähten roten Kreuz die Eingangsstufen heraufkam, empfing ihn eine alte Dame an der morschen Haustür. Ihr weißes Haar war adrett gekämmt, sie trug dezenten Lippenstift und Puder. Über dem feinmaschigen Kaschmirpullover lag eine schlichte Perlenkette.

Sie atmete tief ein. Ihr Atem bildete eine Wolke in der kalten Winterluft. Der tiefhängende Nebel ließ der Sonne heute keine Chance. Im Rondell der Einfahrt parkte der Sanitätswagen mit eingeschaltetem Blaulicht. Dahinter der PKW des Notarztes. Die alte Dame ließ den Blick über diese Szene mit Seltenheitswert gleiten. Mit freundlicher, aber bestimmter Stimme, der man ihr hohes Alter nicht anmerkte, sagte sie: „Bitte, stellen Sie doch wenigstens das Blaulicht ab."

Der Notarzt gab den Sanitätern ein Zeichen, dann folgte er der Greisin ins Innere der Villa.

„Wo ist die Patientin?"

Die Dame deutete, dass sie die Treppe hinauf in den ersten Stock mussten. Hinter ihnen kamen die beiden Sanitäter mit ihrer Trage herein. Schwere Schritte auf der alten Holztreppe und das Klappern und Wetzen der Ausrüstung störten die friedvolle Stille des Hauses.

„Hier entlang, bitte", sagte die Dame und führte den Notarzt und seine Begleiter nach rechts den Flur entlang. An den Wänden hing die Tapete in Fetzen, ein fast blinder Spiegel in einem ausladenden Goldrahmen warf ein verzerrtes Bild zurück. Vor dem Fenster, im kahlen Geäst eines alten Baumes saßen ein paar Krähen und sahen hinunter auf den See. Vor einer hohen Zimmertür blieb der kleine Zug stehen. Die alte Lady klopfte.

Von drinnen schallte es: „Herein!"

Sie drückte die altertümlich anmutende Klinke hinunter und öffnete die Tür. Sie selbst blieb an der Schwelle stehen und ließ die drei Fremden hindurch, dann zog sie die Tür von außen wieder ins Schloss. Drinnen war es wärmer als auf dem Flur; ein Ölofen in der Ecke verbreitete wohlige Wärme. In einer Sitzgruppe im Empire Stil saßen zwei Herren und zwei Damen zusammen, beim Eintritt des Arztes erhoben sich drei davon von ihren Plätzen. Die vierte saß da, eine karierte Decke um die Schultern, und starrte blicklos vor sich auf den Boden.

Das musste wohl die Patientin sein.

Der Arzt stellte seinen Koffer ab und zog den Reißverschluss seines Anoraks auf. „Was fehlt ihr denn?", fragte er.

Er bahnte sich einen Weg zu der Frau auf dem Sofa, vorbei an den beiden Herren und um den Tisch herum, auf dem ein Teeservice auf einem Tablett stand. Die Teetassen wirkten unberührt.

„Sie ist völlig durch den Wind", erklärte der Herr, der am nächsten bei der Patientin stand.

„Demenz", ergänzte der andere.

Wie schon die Dame, die ihnen geöffnet hatte, waren auch die Alten hier auffallend gut gekleidet und gepflegt. Einzig die Patientin sah etwas aufgelöst aus. Bei näherer Betrachtung erkannte der Notarzt, dass sie unter der Wolldecke vollkommen durchnässt war. Das ergraute Haar klebte ihr an den Schläfen.

„Was ist denn hier passiert?", fragte er überrascht.

Die Frau nahm von den Neuankömmlingen keine Notiz. Die andere Dame ergriff das Wort: „Sie wollte sich das Leben nehmen. Unten im See."

Der Arzt griff nach dem schlaff herunterhängenden Arm und fühlte den Puls der alten Frau, dann sprach er sie direkt an: „Hören Sie mich? Wie geht es Ihnen?"

Da hob die Alte zum ersten Mal den Blick und sah den Arzt aus glasigen Augen an.

Der holte ein Lämpchen aus einer Tasche seiner Jacke und prüfte die Pupillenreaktion.

„Können Sie mich verstehen?", wiederholte er.

Er fühlte mit der Hand die Temperatur an den Schläfen der Frau. Ihre Haut war kalt. Es war dringend erforderlich, sie in trockene Kleider zu bekommen, sonst holte sie sich noch den Tod, wenn es nicht ohnehin schon zu spät war. Der Arzt fragte sich, wieso daran noch niemand von den anderen gedacht hatte.

„Sie braucht dringend trockene Kleider", ordnete er an.

Die andere Frau und der Mann griffen der Patientin unter die Arme und stemmten sie hoch. Die Frau ließ es über sich ergehen.

„Komm, Marie, wir ziehen dich um", sagte die Frau und führte die andere am Arm hinaus.

Marie schlurfte mit trägen Bewegungen neben ihr her. Der Herr begleitete die beiden, damit sie nicht stürzten.

Der Notarzt blieb mit dem zweiten Mann zurück.

„Wieso wurde sie nicht sofort umgezogen? Das ist ja grob fahrlässig, die alte Dame so lange in ihren nassen Klamotten sitzen zu lassen."

Der Herr knibbelte verlegen an den Hirschhornknöpfen seiner grauen Strickweste und schwieg zu dem Vorwurf.

„Wer hat sie denn gefunden?", fragte der Arzt weiter.

„Das war der Karl-Heinz", erwiderte der Mann.

„Und Sie sind?"

„Ich heiße Herbert Ableitner. Karl-Heinz ist grad rausgegangen mit den beiden. Soll ich ihn zurückholen?"

Der Notarzt winkte ab. „Lassen Sie, das können wir auch später klären. Ein Suizidversuch war das, sagten Sie vorher?"

Herbert Ableitner nickte. „Sie ist schwer dement, müssen Sie wissen. Marie hatte schon lange keinen wirklich guten Tag mehr. Sie wollte dem wohl ein Ende setzen. Kann man ihr nicht verdenken."

Er sagte das ganz unaufgeregt. Der versuchte Selbstmord einer Mitbewohnerin schien hier niemanden ernsthaft betroffen zu machen. Der Notarzt fragte sich bereits, weshalb man ihn überhaupt gerufen hatte, nachdem es den Anschein hatte, als wäre in den Augen ihrer Kameraden der Tod ohnehin das Wünschenswerteste für die Patientin.

Ableitner antwortete, als hätte er seine Gedanken gelesen: „Sie leidet offenbar an Wahnvorstellungen. Das ist neu. Ihre Geschichten haben die anderen Damen sehr beunruhigt. Vielleicht kann man ihr etwas dagegen geben?"

„Hat sie mit Ihnen gesprochen? Was fantasiert sie denn?"

„Vielleicht kann sie Ihnen die Geschichte selber noch einmal erzählen. Es geht um den See. Aber wahrscheinlich ist nicht allzu viel dran ..."

In diesem Moment kehrten die Damen und Karl-Heinz zurück. Marie war umgezogen, ihr Haar war notdürftig gemacht worden, die karierte Decke lag immer noch um ihre Schultern. Sie schlurfte herein, so wie sie hinausgeführt worden war, und ließ sich wieder zum Sofa bringen.

Ableitner schenkte ihr fürsorglich eine Tasse Tee ein und reichte sie ihr. Als sie nicht reagierte, gab er sie der anderen Dame in die Hand. Routiniert nahm sie die Tasse und führte sie Marie an die Lippen. So flößte sie ihr ein paar Schlucke Tee ein.

Der Arzt wandte sich wieder an seine Patientin: „Marie, darf ich Sie so nennen? Können Sie mich verstehen?"

„Natürlich", antwortete die Teilnahmslose plötzlich. „Ich bin ja noch nicht taub."

Ihre Stimme klang belegt und zittrig, ihr Blick wanderte unstet durch den Raum.

„Wie geht es Ihnen? Haben Sie Schmerzen?", fragte der Arzt.

„Nein. Und verrückt bin ich auch noch nicht!"

Ihre letzten Worte galten offenbar ihren Mitbewohnern.

„Das sagt doch auch niemand, Marie", widersprach die andere Frau und tätschelte ihr den Arm. Marie zog ihn eigensinnig weg.

„Frau ... wie ist denn Ihr Nachname?", versuchte der Arzt, wieder den Kontakt zu seiner Patientin aufzunehmen.

„Sauer. Und Fräulein!", warf Karl-Heinz ein.

„Frau Sauer, was wollten Sie denn im See? Es ist Winter und für ein Bad ist es wohl schon zu kalt. Noch dazu in voller Kleidung."

„Fräulein!", korrigierte Karl-Heinz erneut.

„Das sagt man doch nimmer, Karl-Heinz", unterrichtete die andere Frau ihn freundlich.

„Kann ich vielleicht mit der Patientin alleine sprechen?", unterbrach der Arzt die beiden höflich.

„Fräulein Marie Sauer", beharrte Karl-Heinz, erhob sich aber und verließ hinter Herbert Ableitner und der anderen Frau den Raum.

An der Tür lehnten immer noch die beiden Sanitäter mit der Trage und verfolgten die Szene. Der Notarzt ging vor Marie Sauer auf die Knie und studierte aufmerksam ihre Gesichtszüge.

„Warum waren Sie im See?"

„Weil ich mich umbringen wollte", erklärte Marie. Ihre Stimme zitterte. „Es hat doch keinen Sinn mehr ..."

Ihre Augen weiteten sich, die Pupillen traten hervor, und mit verklärter Stimme, die gar nicht wirklich aus ihr zu kommen schien, begann sie zu orakeln.

Sommer 2010

Die erste Zeit in Deutschland war für Amaya ein Himmel voller Geigen. Georg war sehr um sie bemüht.

Durch seine beruflichen Verbindungen nach Tokio sprach er etwas Japanisch, den Rest überbrückten sie auf Englisch. Deutsch sprach Amaya auch drei Monate nach ihrer Ankunft in München noch kein Wort.

Sie bewohnten eine hübsche Wohnung und Georg verdiente sehr gut. Amaya stürzte sich mit Feuereifer in die Vorbereitungen für die Hochzeit, Georg ließ sie machen und erfüllte ihr bereitwillig jeden Wunsch. Es war wie im Märchen.

Dezember 2015

„Es ist besser so", sagte Lisbeth resolut und schloss die Tür.

„Besser wäre gewesen, sie hätte es geschafft", widersprach Karl-Heinz ihr.

Die vier kehrten zurück in die Wärme der Villa.

Im Gemeinschaftsraum im Erdgeschoss, dem mit den hohen Glasfronten zum See hinaus, saßen die anderen beisammen.

Jetzt waren es nur noch elf.

Der Verlust war es nicht, an den hatten sie sich gewöhnt. Sie alle warteten auf die große Reise. Aber das, was Marie gesagt hatte, beunruhigte die alten Bewohner der Villa am See.

„Ist sie weg?", fragte ein weißhaariger Mann, der gerade mit seinem Rollator zum Tisch schlurfte.

Lisbeth, die den Sanitätern den Weg gewiesen hatte, fühlte sich angegriffen. Schärfer, als es unter den Bewohnern sonst üblich war, sagte sie: „Was hätt ich denn tun sollen? Ihr habt sie doch gehört! Das war doch nicht mehr normal."

Ursula, die hinter ihr hereingekommen war, tätschelte ihr tröstend den Arm. „Du kannst doch nichts dafür, Lisbeth. Das war schon richtig so."

Herbert und Karl-Heinz suchten sich Sitzplätze an den liebevoll gedeckten Esstischen. Zwei Bewohnerinnen trugen das Essen auf. Die Lebensgemeinschaft in der Villa ging wieder zu ihrem Alltag über.

Januar 2016

„Warum muss jetzt ich des machen?", fragte Veitl genervt.

„Weil der andre mit dem Fall ned weiterkommt", erklärte sein Vorgesetzter ihm noch einmal.

„Ganz toll. Des mach i dann's nächste Mal genauso. I mag einfach ned und dann muss des a andrer machen", gab Veitl grantig zurück.

Sein Vorgesetzter auf dem Garmischer Polizeipräsidium, Manfred Hierl, seufzte.

Florian Veitl, von seinem näheren Umfeld Flori genannt, war der dienstälteste Kriminalbeamte auf dem Präsidium und ein wahrer Fels in der Brandung, den in seinen mehr als dreißig Dienstjahren bislang so schnell nichts aus der Fassung gebracht hatte. Dennoch gab es ein paar Dinge, die mochte er einfach gar nicht. Faulheit und Drückebergertum gehörten zum Beispiel dazu.

„I kann des ned a no machen, Mane. I hab selber genug zum tun", sagte er deshalb kategorisch.

„Ja, Flori", gab ihm sein Chef recht. „Des versteh i ja. Aber vielleicht kann dir der Werner wenigstens was von der Schreibarbeit abnehmen. I will nur ned, dass der da allein rausfahrt, verstehst? Der is halt irgendwie befangen."

„Werner? Der Sonnbichler Werner? Befangen soll der sei? Der is stingertfaul und sonst nix!", eiferte sich Veitl.

Der Vorgesetzte erhob sich und signalisierte, dass für ihn jetzt das Gespräch zu Ende war.

„Ich kann's nicht ändern, Flori, ich hab niemanden anders. Nimm den Huber mit und fahr da raus, bitte."

Veitl erkannte, dass er die Diskussion verloren hatte, und erhob sich ebenfalls. Vor sich hin grummelnd verließ er das Büro. In der Tür wandte er sich noch einmal um und sagte: „Des eine sag i dir aber: Für die Schreiberei brauch i den dann a ned! Wenn i was mach, dann mach i's gscheid!"

An seinem eigenen Schreibtisch griff Veitl sich sofort den Telefonhörer und wählte die Durchwahl von Klaus Huber.

Klaus Huber war Streifenpolizist und Veitl arbeitete eigentlich ganz gern mit ihm zusammen. Sie kannten sich schon seit vielen Jahren, wenn ihre Bekanntschaft auch noch nie über die dienstliche Ebene hinausgegangen war.

„Klaus? I bin's, da Flori. I hab an Auftrag. Kannst du mit mir schnell rausfahren?"

Hubers Begeisterung hielt sich ebenfalls in Grenzen. „Um was geht's denn, Flori? Mir ham grad irre viel zum tun hier ..."

„Anscheinend um a Vermisstenmeldung. I hab des a grad auf's Auge gedrückt kriegt."

Veitl hörte Huber seufzen. „Ja, is recht. I mach hier no schnell fertig, dann komm i."

Bis der Kollege Zeit hatte, blätterte Veitl schon einmal die Akten durch, die sein Vorgesetzter ihm mitgegeben hatte. Außerhalb von Garmisch, in einem kleinen zur Pension ausgebauten Bauernhof, war der Besitzer spurlos verschwunden. Dieser Umstand war erst einem Urlauberpaar aufgefallen, die Zimmer auf dem Hof gebucht hatten, aber niemanden antrafen, als sie dort ankamen. Offenbar gab es keinerlei Hinweise.

Veitl legte die Akte zur Seite.

Er war nicht nur wegen des zusätzlichen Arbeitspensums sauer. Seine Laune trübte auch, dass er wieder einmal auf eine Beförderung gehofft hatte und übergangen worden war.

„Dreißig Jahr zählen bei dene da oben ja nix!", grummelte er vor sich hin. „Einunddreißig san's des Jahr sogar scho. Da rackert man sein Leben lang und was is der Dank dafür? Wenn i in Pension geh, brauch i de Beförderung nimmer!"

„Wie viele Personen wohnen denn in dem Haus?", fragte Huber.

Der kauzige Alte, den sie als einzigen Nachbarn ausgemacht hatten, stützte sich auf den Stiel seiner Schaufel. „Viere", erklärte er nach kurzem Überlegen.

Huber notierte. „Und wann ham's die zuletzt gsehn?"

Der Alte drehte an seinem buschigen grauen Bart, während er nachdachte. „Is scho a weng her", räumte er ein.

„Etwas genauer vielleicht?", unterbrach Veitl genervt.

Die zusätzliche Ermittlung, die man ihm aufgetragen hatte, zog sich durch die mangelnde Kooperationsbereitschaft des einzig möglichen Zeugen unnötig in die Länge.

„Ja mei ...", machte der Kauz.

Huber fragte unbeirrt weiter: „In welchem verwandtschaftlichen Verhältnis standen die vier Personen denn zueinander?"

„Ha?" Entweder wollte oder konnte der Mann die Dringlichkeit der Fragen nicht verstehen. Obwohl Huber in voller Polizeimontur an seiner Haustür geklingelt und Veitl sich ihm mit Dienstmarke als Kriminalpolizist ausgewiesen hatte, schien der Alte in keinster Weise beeindruckt.

„OB DE VERWANDT SAN, DE VIERE!", bellte Huber genervt.

Veitl signalisierte ihm, Ruhe zu bewahren.

Der Alte nickte irritiert. „Ja, scho."

Als sie zurück zum Präsidium fuhren, waren Veitl und Huber ungefähr genauso schlau wie vorher. Veitl blätterte Hubers Notizen durch und seufzte. „Mei, des gibt an saubern Bericht. Was soll i denn da eineschreibn? Des versteh i jetz scho, dass der den Fall loswerdn wollt, do hätt i a koa Lust drauf. Aber an mir bleibt's wieder hängen. Sauverein."

Huber warf ihm einen Seitenblick vom Steuer des Polizeidienstwagens zu. „Warum machst'as denn dann?"

„Ja, was hab i denn für a Wahl?", herrschte Veitl ihn an. „Jetz wenn i de Beförderung ned bald krieg, dann brauch i gar keine mehr! Bis sich des finanziell auswirkt, bin i doch in Pension!"

Huber sagte nichts. Eine Weile starrten sie, beide in ihre eigenen Gedanken versunken, aus dem Fenster.

Dann sagte Veitl plötzlich: „Lass mi da vorn raus, i muss mir no a Brotzeit kaufen."

„Hat dir dei Frau keine eingepackt?"

Veitl machte ein leidvolles Gesicht, Huber verstand. „Oder bist wieder auf Diät?"

Die Rotphase einer Ampel im Garmischer Zentrum nutzte Veitl, um aus dem Wagen auszusteigen. Bevor er die Tür zuschlug, sagte er noch: „Legst mir die Notizen aufn Schreibtisch? I muss mir da no was einfallen lassen. Aber erst brauch i was zum Essen! Wenn i Hunger hab, kann i ned klar denken."

Herbst 2010

Die Hochzeit war ein rauschendes Fest, sehr japanisch und ein bisschen bayerisch. Außer der japanischen Verwandtschaft der Braut, die für die Feier eigens aus Tokio eingeflogen worden war, nahmen nur einige wenige Freunde des Bräutigams an den Feierlichkeiten teil. Der guten Stimmung tat das keinen Abbruch.

Der Abschied nach der Hochzeit fiel der jungen Braut noch einmal schwer. Zwar bereute sie ihren Schritt nicht, denn das Leben in München entsprach in allem ihren kühnsten Erwart-

ungen, doch die Trennung von den Eltern und Geschwistern traf sie doch härter, als sie gedacht hatte.

Georg würde berufsbedingt mindestens zweimal im Jahr für einige Wochen in Tokio sein, somit hätte sie Gelegenheit, ihre Lieben wiederzusehen. Bis dahin hieß es nun erst einmal: Lebewohl.

Nach der Hochzeit ging das Leben des frischvermählten Paares in den Alltag über. Georg war viel unterwegs, Amaya viel allein zuhause. Ihr fehlte der Kontakt mit anderen. Japaner kannte sie keine in München, und ihre wenigen Sprachkenntnisse genügten nicht, um mit den Deutschen in Beziehung zu treten. Sie verbrachte viel Zeit im Internet, surfte auf japanischen Seiten und schaute über Internetdienste japanische Fernsehserien.

„Ich möchte einen Deutschkurs machen", erklärte sie eines Abends beim Essen.

Georg sah sie überrascht an. „Wieso denn das?", wollte er auf Englisch wissen.

„Ich lebe in Deutschland, da ist es doch normal, dass man auch Deutsch sprechen lernt, oder nicht?", gab seine Frau zurück.

Doch Georg wiegelte ab. „Unsinn. Dafür brauchst du keinen Kurs. Du kannst hier lernen. Ich kauf dir ein Buch, das ist besser als jeder Kurs. Und du kannst fernsehen, das übt auch."

Damit war das Thema für ihn vom Tisch. Amaya fühlte sich nicht ernstgenommen. Doch immerhin brachte ihr Georg wirklich ein Set mit Deutsch-Materialien mit, bestehend aus Buch, Übungsheft, Vokabeltrainer, CDs, DVDs und Lernsoftware. Amaya wertete das als gutes Zeichen und begnügte sich damit.

Kurze Zeit später jedoch bekam Amaya ein anderes Betätigungsfeld und das Deutschlernen rückte wieder in den Hintergrund zurück: Sie entdeckte nämlich, dass sie schwanger war.

Januar 2016

Veitl betrat die Metzgerei und stellte sich in die Reihe der Wartenden an der heißen Theke. Er betrachtete die Auslage mit knurrendem Magen. In seiner Brotzeittüte hatte er heute Morgen nur ein Knäckebrot mit einer hauchdünnen Frischkäseschicht und dicken Gurkenscheiben inklusive Schale darauf gefunden.

Veitl und seine Frau führten einen permanenten, zumeist wortlosen Kleinkrieg um seine Gesundheit.

Veitl liebte die deftige, bayerische Küche: Schweinebraten mit Knödeln und Sauerkraut, fette Pfälzer mit im heißen Fett angebratenen Kartoffeln, ein dick paniertes Wiener Schnitzel mit Kartoffelsalat oder Pommes, oder auch einmal eine Mehlspeise.

Seine Frau und leider auch sein Hausarzt waren jedoch der Ansicht, dass er sich fettarm, gemüse- und ballaststoffreich und hauptsächlich fleischlos ernähren sollte. Mehr Bewegung mahnten sie auch an. Während Veitl diese gut gemeinten Ratschläge geflissentlich überhörte, führte seine Frau eine ausdauernde Umerziehung an ihm durch. Sie probiete die raffiniertesten Rezepte, kaufte hartnäckig im Bioladen exotische Dinge wie zum Beispiel Tofu und Sojamilch und überraschte ihn mit Dinkelplätzchen, Gemüsefrikadellen und Chiasamentortillas – einem Gericht, dessen Namen er weder aussprechen noch sich merken konnte.

Als Veitl an die Reihe kam, bestellte er bei der freundlichen Thekenkraft, die selbst große Ähnlichkeit mit dem grinsenden Schweinskopf an der Wand hinter ihr hatte, eine dicke Scheibe vom groben Leberkäs in der Semmel und eine Schale Kartoffelsalat dazu.

„I wünsch an Gutn, Herr Kommissär!", verabschiedete sie ihn augenzwinkernd. Das schlechte Gewissen überschattete sein Mahl etwas, als er sich an einen Stehtisch stellte und mit der kleinen Plastikgabel den Salat in den Mund beförderte.

Immerhin auch Salat, dachte er trotzig.

Wahrscheinlich kannte die Metzgereifachangestellte seine Frau und würde ihr beim nächsten Einkauf brühwarm erzählen, dass er wieder bei ihr einkaufen gewesen war. Was dann zuhause los war, konnte er sich denken. Nichtsdestotrotz verspeiste er die verbotenen Leckereien bis auf den letzten Krümel, bevor er sich zu Fuß zurück zu seiner Dienststelle machte.

Und bewegt hab i mi a, erkannte er zufrieden und kehrte mit zum Schweigen gebrachtem Gewissen an seinen Schreibtisch zurück.

Dort kam ihm bereits seine Sekretärin entgegen und winkte mit einem Zettel herum. „Da sind Sie ja, Herr Veitl. Anruf für Sie!"

Veitl nahm die Notiz entgegen.

„Was, vom BKH? Was wollen na de von mir?"

„Es geht anscheinend um a Patientin, de steif und fest behauptet, Leichen gesehen zum ham", erklärte die Sekretärin.

„Ah Herrschaft, und wieso muss i des scho wieder machen? Gibt's jetz da herin überhaupts keinen andren mehr? Des ganze lästige Zeug bleibt an mir hängen! I mag jetz dann vei nimmer!"

Wütend stampfte er an seiner Sekretärin vorbei und knallte die Tür zu seinem Büro zu.

Anja Fischer arbeitete schon mehr als zehn Jahre für die Polizeidienststelle in Garmisch. Ihren Chef, Kommissar Veitl, schätzte sie, das wusste er, wenngleich er selten ein persönliches Wort für sie übrighatte.

Anstatt der Nummer auf dem Notizzettel wählte Veitl die Durchwahl zu Hierls Büro. Als der abhob, polterte Veitl ohne Einleitung los: „Jetzt langt's ma aber! I war jetzt den ganzen Vormittag bei dem Narrischen da draußen und hab versucht, a vernünftiges Wort aus dem raus zum kriegen. Jetzt komm i grad zurück, dann soll i scho wieder im BKH anrufen, wegen a andren Narrischen, de irgendwelche Leichen gsehen haben will. Des kann jetzt aber wirklich der Sonnbichler machen. I mach ja scho de Vermisstensache da für ihn. *Irgend*was muss der ja schließlich a machen, oder?"

Der Ranghöhere lenkte ein: „Ja, is ja in Ordnung. Ich sag's ihm."

„Naa, i beschwer mi normal wirklich ned, aber in letzter Zeit krieg i do herin wirklich gnug! Alles bleibt allerweil an mir hängen! Aber wenn wieder a Beurteilung zur Beförderung ansteht, dann habt's mei Telefonnummer allesamt vergessen! I mach des nimmer mit!"

„Is ja gut. Ich hab's verstanden. Der Sonnbichler kümmert sich um's BKH. Aber i brauch bitte heute noch des Protokoll über die Zeugenbefragung wegen der Vermisstensache, gell?", erwiderte der Vorgesetzte.

„Ja, ja ..." Veitl knallte den Hörer auf die Gabel.

Es klopfte.

„Ja, herein", rief Veitl und sah von seinen Unterlagen auf.

Es war der Kollege Sonnbichler.

Veitl stöhnte innerlich auf. *Der hat mir jetzt grad noch gfehlt!*

Da er durch Sonnbichlers unerklärliche Weigerung, den Fall zu bearbeiten, Mehrarbeit auf dem Schreibtisch hatte, war Veitl auf den Kollegen nicht gut zu sprechen. Aber auch schon zuvor hatte Sonnbichler nicht gerade zu den engsten Vertrauten von Veitl auf dem Revier gehört.

Der jüngere Kommissar war ein Eigenbrötler, beteiligte sich aus Prinzip an keinem kollegialen Gespräch, erschien zu keiner Betriebsfeier, pflegte zu niemandem ein persönliches Verhältnis. Dienst ist Dienst, schien seine Devise.

Veitl war auch keiner, der jedes Wochenende mit den Kollegen um die Häuser zog, noch nie gewesen, aber die kompromisslose Abschottung, die Sonnbichler betrieb, war ihm suspekt.

„Was kann i für Sie tun?", fragte er kurz angebunden.

„Ich komme nur wegen dem Fall am BKH", gab Sonnbichler Auskunft.

Veitl seufzte und schob seine Papiere zusammen, an denen er gerade gearbeitet hatte. Also würde dieser Fall auch wieder nicht vollständig an ihm vorübergehen.

„Ja, und? Was war na da jetz?"

„Ich wollte nur Bescheid geben, dass ich nicht glaube, dass der Fall uns betrifft. Die alte Dame ist offensichtlich geistig verwirrt. An ihren Äußerungen scheint mir nichts dran zu sein." Sonnbichler wandte sich bereits wieder zum Gehen.

„Ja, wie?", hielt Veitl ihn zurück. „Des überprüfen Sie aber scho, bevor Sie des einfach so behaupten, oder?"

Sonnbichler nickte knapp. Sein Gesichtsausdruck ließ vermuten, dass das eigentlich nicht zu seinem Plan gehört hatte.

„Ja, gell, weil des geht vei ned! Wir können da herin ned selbstherrlich entscheiden, welchen Hinweisen wir nachgehn und welchen ned! Wenn da was protokollarisch is, dann san mir verpflichtet, des a zum überprüfen!"

„Is ja gut. Ich prüfe", knurrte Sonnbichler grantig und ging. Veitl schüttelte nur den Kopf über den Kollegen.

Sommer 2011

Amayas Schwangerschaft verlief unproblematisch, bei den gynäkologischen Untersuchungen war Georg stets dabei und dolmetschte. Einmal kehrten sie noch nach Japan heim und zeigten sich der Verwandtschaft als glücklich werdende Eltern.

„Ist er für dich da?", wollte Amayas Vater von seiner Tochter wissen. Seine Vorbehalte gegen ihre Partnerwahl hatte auch die Traumhochzeit nicht ausmerzen können.

Amaya bejahte.

„Kümmert er sich ordentlich um dich? Habt ihr genug zum Leben?"

„Mehr als genug. Wir leben sehr gut, Papa. Wirklich, alles in Ordnung", bekräftigte Amaya.

Dann kehrten sie nach München zurück.

Die Wochen vergingen und Amayas Bauch wuchs.

Da eröffnete ihr Georg vier Wochen vor dem errechneten Geburtstermin, dass er noch einmal geschäftlich nach Tokio müsse.

„Ich möchte mitkommen!", rief Amaya sofort.

„Das geht nicht, wie stellst du dir das vor? Du kannst in deinem Zustand nicht fliegen!"

In der werdenden Mutter keimte Panik empor. „Aber ich kann doch nicht alleine hierbleiben!"

„Was soll denn schon sein? Ich bin in zwei Wochen wieder zurück. Kein Grund zur Aufregung", widersprach Georg.

„Was, wenn in der Zwischenzeit die Wehen einsetzen?"

„Dann rufst du dir ein Taxi und lässt dich ins Krankenhaus bringen. Das ist doch alles kein Problem!"

Georg schien die Ängste seiner Frau überhaupt nicht nachvollziehen zu können, die in dieser entscheidenden Phase ihrer Schwangerschaft nicht allein in München zurückbleiben wollte.

„Ich will das nicht! Lieber kommt unser Baby in Tokio zur Welt, dann hab ich meine Mutter und meine Schwestern. Das wäre sowieso besser!", sagte Amaya hoffnungsvoll.

Doch Georg blieb hart. „Auf keinen Fall. Das Risiko, dass du dann im Flugzeug niederkommst, geh ich nicht ein! Mein Kind kommt in München zur Welt, da hat es die beste medizinische Betreuung, die man sich wünschen kann. Du bist hier in den allerbesten Händen. Dir kann nichts passieren."

Diskussionen dieser Art folgten noch einige, doch ohne Ergebnis. Georg reiste ab und Amaya blieb allein zurück.

Januar 2016

„Der hätt des einfach so stehen lassen!"

Veitl echauffierte sich immer noch, als er am nächsten Tag, seinem wohlverdienten freien Samstag, mit seiner Frau am Mittagstisch saß.

„Is der neu bei euch?", fragte Margarete.

„Naa, geh, von dem hab i dir doch scho öfters erzählt. Der is sowieso so komisch, der Typ. I mag so Leut ned. Der kommt mir selber vor, als hätt er was zum verbergen. So jemand können mir bei der Polizei ned brauchen."

„Magst du noch ebs von der Guacamole?", fragte Veitls Frau, statt auf seine Ausführungen einzugehen, und hielt ihm das Schälchen mit der bräunlich-grünen Paste hin.

Veitl verzog das Gesicht, fuhr dann aber doch mit der Messerspitze in die Glasschale und strich sich die Guacamole auf sein Vollkornbrot. „Was is'n des eigentlich, a Gurkenmole?", fragte er, obwohl er nicht sicher war, ob er die Antwort hören wollte. Die kulinarischen Experimente seiner Frau waren ihm ebenso suspekt wie Kollege Sonnbichler.

„Eine Gu-a-ca-mole ist eine spanische Spezialität. Des Rezept hat ma d'Berndorfer Resi gegebn, des hat die direkt aus Spanien! Der ihra Tochter is doch in Barcelona verheirat", erklärte Margarete nicht ohne Stolz.

„Aus Spanien. Aha. Also so a spanischer Schinken oder sowas, des wär mir halt lieber ..."

Veitl traf ein strafender Blick. Schnell beeilte er sich, von seinem Brot abzubeißen. Unter heftigem Kauen erklärte er: „Naa, aber schmeckt ja a gut. Doch ehrlich, Gretel. I hab's ja immer ned so mit deinen Öko-Sachen da. Aber des Gurkenzeug is ganz okay."

„Da is aber keine Gurke drin, sondern Avocado", konterte Margarete.

Das Telefon unterbrach die eheliche Kabbelei.

„Wer is'n jetzt des wieder? I hob heid frei!", knurrte Veitl mit vollem Mund. „Glaubst, des hab i vielleicht dick, wenn ma ned amoi am Wochenende sei Ruah hod! Und dann a no beim Essen, Kreizbirnbammhollerstauern!"

Margarete erhob sich, um den Anruf entgegenzunehmen. „Des kann der ja nicht wissen, dass wir grad essen. Außerdem, wenn's nach dem gehn würdt, dann kannt bei uns nie jemand anrufn, weil du bist ja allerweil am Essen!" Sie hob ab. „Veitl?", meldete sie sich. „Ja, an Moment bitte, wir essen grad. Ich hol ihn."

Veitl beeilte sich runterzuschlucken und sah seine Frau triumphierend an, die ihm das schnurlose Telefon hinhielt und ihm scherzhaft die Zunge rausstreckte.

„Polizeiinspektion eins, Schöninger", meldete sich Veitl, immer noch feixend.

„Sei du froh, dass'd bei uns heraußen bist und ned in München drin. I weiß scho, i stör scho wieder beim Essen, gell, Flori? Tut mir leid, aber i brauch di ganz dringend." Es war Veitls Vorgesetzter Hierl.

„Was is'n scho wieder? Passt was mit dem Protokoll ned?", fragte Veitl hörbar genervt.

„Nein, nein, des passt scho. Es is wegen der Sache vom Sonn-bichler ..."

Veitls Faust knallte auf die Tischplatte, sodass sein Teller einen klappernden Sprung machte. Margarete zuckte erschrocken zusammen.

„Kreizkruzefix noch amal. Kann der Depp ned *einmal* was allein machen? Was is denn jetz scho wieder mit dem?"

„Des musst du dir bitte selber anschauen. Und beruhig dich, wenn du des siehst, wirst verstehn, wieso i den da ned allein damit lassen will. Bitte, Flori ..." Veitl knurrte etwas Unverständliches, dann ließ er sich die Daten durchgeben.

Im Aufstehen sagte er zu seiner Frau: „I muss noch mal weg. I kann dir gar ned sagen, wie mir des stinkt. Jetzt hab i scho wieder de Arbeit vom Sonnbichler am Hals. Als ob i sonst nix zum tun hätt. Aber des eine sag i dir, wenn de nächste Beurteilung ansteht, dann werden de Herrschaften mi endlich berücksichtigen, sonst können's mich amal kennenlernen!"

Margarete stand ebenfalls vom Tisch auf und beeilte sich, ihrem Mann seine Brotzeit einzupacken. Man wusste ja bei diesen Einsätzen nie, wie lang sie gehen würden. Und weil er sich gar so aufregte und ärgerte, packte sie ihm noch eine Scheibe von dem Geräucherten ein, das er so mochte.

Veitl traf am Seeufer ein, wo bereits ein Schlauchboot der Wasserwacht startklar gemacht wurde. Zwei Berufstaucher in Neopren standen im seichten Wasser.

Am Ufer warteten ein Kollege der Spurensicherung, der Gerichtsmediziner Mohsani und der unvermeidbare Sonnbichler. Veitl gesellte sich zu den Kollegen.

„Und? Was hamma jetzt da?", fragte er, ohne jemanden direkt anzusprechen.

„Wie's ausschaut, hamma a Leich", erklärte Mohsani sachlich.

Der gebürtige Kemptner mit türkischen Wurzeln wurde von seinen Kollegen Ali gerufen, obwohl sein Vorname eigentlich Peter war. Im süddeutschen Alpenvorland hatten es Leute mit nicht astreiner bayerischer Abstammung traditionell schwer, aber der Pathologe nahm es mit Humor.

„Und wie kommt ihr da drauf, dass in dem See a Leich sein könnt?", fragte Veitl weiter.

Weil sich sonst niemand an dem Gespräch beteiligte, setzte Mohsani Veitl ins Bild. „Die Verrückte vom BKH hat irgendwas gebrabbelt, von wegen der ganze See sei voller Leichen."

Veitl musterte Sonnbichler abschätzig von der Seite.

„Stimmt des?"

Sonnbichler nickte.

„Ja, und? Hamma scho was gfunden?"

Mohsani übernahm wieder. „Die Taucher san auf irgendwas gestoßen, jetzt brauch ma a bessere Ausrüstung. Vor allem a gscheide Beleuchtung."

Die Taucher befestigten sich gegenseitig starke Stirnlampen an den Köpfen. Danach stiegen sie in das Schlauchboot und paddelten auf den See hinaus.

Es war schon dämmrig, obwohl es noch früher Nachmittag war, und über den Berggipfeln in der Ferne hingen dicke, dunkle Wolken, die Schnee verhießen. Die vier Männer am Ufer kniffen die Augen zusammen und starrten erwartungsvoll auf den See.

Eine Weile gab es nicht viel zu sehen. Die beiden Taucher ließen sich rückwärts aus dem Boot kippen und tauchten ab. Nur die gleichmäßigen, konzentrischen Kreise auf der Oberfläche zeigten, wo sie sich unter Wasser befanden.

Veitl fröstelte.

„Auf was warten mir etz da eigentlich genau?", fragte er ungeduldig.

„Darauf, dass de was finden", antwortete Mohsani.

Der Pathologe trat ebenfalls von einem Bein auf das andere.

„Was wär jetzt gwesen, wenn der See gfroren gwesen wär?", fragte Veitl weiter.

„Dann hätten's warten müssen, bis der wieder auftaut."

„Wahrscheinlich eh falscher Alarm", brummte Sonnbichler, der etwas abseits stand.

Im großen Salon im ersten Obergeschoss stand Herbert Ableitner am Fenster hinter den verschossenen, bodenlangen Vorhängen und sah hinunter zum See. Obwohl der alte Regulator an der Wand gerade erst drei Uhr geschlagen hatte, war es bereits so düster, als bräche die Nacht herein. Trotzdem ließ sich das Treiben am Seeufer gut beobachten.

Karl-Heinz trat unbemerkt hinter ihn und blickte ebenfalls hinaus. „Was machen die denn da?", fragte er so unvermittelt, dass Ableitner erschrocken zusammenzuckte.

„Vielleicht gehen sie jetzt doch den Hirngespinsten von Marie nach."

Karl-Heinz kniff die Augen zusammen. „Sieht ganz so aus. Ob sie was finden?", fragte er in unbeteiligtem Ton.

Ableitner zuckte die Achseln. „Und wenn schon", antwortete er.

Auf einmal durchbrach etwas die Wasseroberfläche und trieb auf dem ruhigen See. Erst dachten die vier am Ufer, es handele sich um einen der Taucher, der zurückkam, doch es war etwas anderes. Ein Paket oder etwas ähnliches, gut verschnürt und ziemlich groß. Alle starrten auf das seltsame Etwas.

Mohsani verstand als erster, was sie vor sich hatten.

„Scheiße ...", entfuhr es ihm.

„Was is denn des?", murmelte Veitl.

„De Leich."

In diesem Moment kam ein zweites verschnürtes Paket nach oben. Die beiden trieben nebeneinander auf dem ansonsten glatten See. „No eine!", rief Mohsani alarmiert.

„Verdammt, des stimmt doch, was die Alte gsagt hat!", entfuhr es Veitl. Obwohl sie nur die aus grau-braunen Leinen und Schnüren bestehenden Bündel sehen konnten, hegte keiner der beiden Männer einen Zweifel darüber, was sie da vor sich hatten.

Noch zwei weitere Bündel, dieses Mal kleinere, kamen an die Oberfläche. Zu viert dümpelten sie da draußen herum.

Anschließend kamen die beiden Taucher wieder nach oben.

„Da hamma den Salat, Sonnbichler", wandte Veitl sich dem jüngeren Kollegen zu.

Doch wo der eben noch gestanden hatte, war nun ... nichts mehr. „Hey! Wo is'n der jetzt hin?" Veitl sah sich fragend um.

Mohsani und er waren so auf das Geschehen auf dem See fixiert gewesen, dass sie nicht bemerkt hatten, wie Sonnbichler sich aus dem Staub gemacht hatte.

Veitl fluchte. „Kruzefix ... Der Kerl macht mi no wahnsinnig! Was soll na des jetzt wieder? Kaum sehgt er a Arbeit, scho is er auf und davo! Himmesakrament, jetzt kann i des a no macha, glaubst!"

Verärgert stapfte Veitl zum Seeufer und wartete auf die beiden Taucher, die mit ihrem Boot wieder auf den Strand zuhielten, die vier Pakete im Schlepptau.

Zeitgleich, im BKH

„Da bist du ja wieder ..."

Seit ihrer ersten Begegnung trafen sie sich regelmäßig. Sie hatte sich an den Anblick längst gewöhnt. Er war seltsam vertraut.

Wenn sie die Augen schloss, dauerte es für gewöhnlich nicht lange, bis sie kamen. Dann spürte sie wieder die Kälte auf der Haut, die ihr die Gänsehaut sprießen ließ.

Es war eine willkommene Gesellschaft, die sie ablenkte. Und irgendwann, wenn auch nicht jetzt, würde sie eine von ihnen werden. Dieses unausgesprochene Versprechen lag über jeder ihrer Begegnungen.

Sie sprachen nicht.

Wenn sie etwas zu ihnen sagte, gaben sie keine Antwort.

Aber das machte nichts, denn ihr Schweigen war Einverständnis und Bestätigung zugleich.

Sie hießen sie willkommen, sie warteten auf sie. Sie waren eins.

Juli 2011

Amaya erwachte.

Irgendetwas war seltsam, doch sie konnte im ersten Moment zwischen Schlafen und Wachen nicht recht sagen, was.

Da spürte sie die Feuchtigkeit.

Sie fühlte mit der Hand unter die Bettdecke und griff in die Nässe. Bettdecke, Laken und Nachthemd waren getränkt.

Entsetzt verließ sie das Bett und lief ins Badezimmer hinüber. Ihr praller Bauch fühlte sich an wie zuvor.

Da dämmerte ihr, dass es das Fruchtwasser gewesen sein musste, das während der Nacht abgegangen war. Es war wohl soweit. Das Baby wollte kommen.

Und was jetzt?

Amaya war noch immer allein in der Münchner Wohnung, Georg weit entfernt in Tokio. Inzwischen war es dort bereits fast Mittag, Georg würde nicht erreichbar sein.

Panisch begann Amaya, in der Wohnung auf und ab zu laufen. Die Tränen liefen ihr über das Gesicht, sie konnte sich überhaupt nicht beruhigen.

Georg hatte ihr eingebläut, sich ein Taxi zu rufen. Dazu lagen neben dem Telefon die Nummer der Taxizentrale, die Adresse des Krankenhauses und etwas Geld. Doch Amaya brachte es nicht fertig, die Nummer zu wählen.

Was sollte sie mitnehmen?

Was würde der fremde Arzt im Krankenhaus tun?

Und wenn sie dann kein Wort von dem verstand, was er ihr sagte?

Vielleicht war etwas mit dem Baby!

In ihrer Verzweiflung fiel ihr nur die Nachbarin ein.

Eine Etage tiefer wohnte eine junge Frau. Amaya war ihr schon ein paar Mal im Treppenhaus begegnet, sie hatte immer freundlich gegrüßt. Ob sie ihr helfen würde? Sprach sie Englisch?

Amaya wusste es nicht, aber sie beschloss, es zu versuchen.

Sie zog sich an und lief die Treppe hinunter.

Januar 2016

„Frau Sauer, wie geht es Ihnen?"

Marie Sauer starrte vor sich ins Leere. An guten Tagen nahm sie ihre Umgebung wahr, reagierte auch auf diese, doch heute war kein guter Tag.

Huber wedelte vor ihren blicklosen Augen hin und her, als versuche er, Fliegen zu verscheuchen. Veitl zupfte ihn am Ärmel und schüttelte missbilligend den Kopf.

„Frau Sauer, Kripo Garmisch, mein Name is Veitl und des is der Kollege von der Streifenpolizei, der Herr Huber. Wir täten Ihnen gern a paar Fragen stellen. Fühlen Sie sich dazu in der Lage?"

Veitl sprach laut und so langsam, als hätte er ein Kleinkind vor sich. Doch es zeigte Wirkung.

Ganz langsam wandte die alte Frau ihm den Blick zu. „Hannes …", murmelte sie und ein Lächeln huschte über ihr Gesicht.

„Naa, Flori heiß ich. Wir können a *Du* sagen. Is mir gleich", gestand Veitl ihr zu.

Doch jetzt war es Huber, der den Kopf schüttelte. „De verwechselt di", flüsterte er seinem Kollegen zu. „Vielleicht heißt ihr Sohn Hannes. Oder da Mann."

Nach dem gruseligen Leichenfund am Samstagnachmittag hatte Veitls erster Weg am Montag ins BKH geführt, um die Hinweisgeberin selbst zu befragen. Es hatte sich das jedoch einfacher vorgestellt.

Veitl versuchte es unbeirrt weiter. „Egal jetzt. Erinnern Sie sich no an den See … Sie ham da doch a Beobachtung gmacht …"

Marie Sauer wirkte verwirrt. „See? Welcher See? Warst du im Urlaub, Hannes?"

„Nein. Kein Urlaub. Der See, an dem Sie wohnen. Erinnern Sie sich da dran?"

„Du wohnst an einem See, Hannes? Seit wann? Hast du ein neues Haus?"

„Nein. *Sie* wohnen an einem See. Erinnern Sie sich?"

Marie sah ihn nur aus trüben Augen unverwandt an.

Veitl gab resigniert auf. Es hatte keinen Zweck. Er bedeutete Huber, zusammenzupacken.

„Gehst du schon, Hannes?" Die dürre Hand der alten Dame legte sich erstaunlich fest um Veitls Handgelenk. Ihre Haut fühlte sich kühl und ledrig an.

Veitl wusste nicht recht, wie er mit der Demenzkranken umgehen sollte. Sie lebte ganz offensichtlich in ihrer eigenen Welt.

„Ja, tut mir leid, ich muss", sagte er vage.

„Schad", erklärte die Alte. „Kommst bald wieder?"

„Mir kommen wieder, ja. Vielleicht geht's Ihnen dann besser."

Sie schalt ihn: „Du kommst eh so selten."

Zum Abschied bot die alte Dame Veitl die Wange, seine Hand hielt sie immer noch fest mit ihrer umschlossen. Gezwungenermaßen hauchte Veitl ein verunglücktes Küsschen in die Luft neben ihr Ohr. Marie Sauer lächelte selig.

Juli 2011

Es dauerte eine Weile, bis jemand öffnete. Zu der frühen Stunde hatte Amaya die Nachbarin wohl aus dem Bett geklingelt. Verschlafen rieb sie sich die Augen. „Ja, bitte?"

Als sie die junge Japanerin tränenüberströmt mit ihrem schwangeren Bauch vor der Tür stehen sah, wirkte sie auf einen Schlag hellwach.

„Sprechen Sie Englisch?", fragte Amaya zaghaft.

Die Frau nickte und bot ihr an, hereinzukommen. „Ist etwas passiert?", wollte sie wissen.

„Ich glaube, mein Baby kommt", antwortete Amaya.

Die Frau sah alarmiert aus. „Das Baby? Um Himmels willen, dann müssen Sie ins Krankenhaus! Wo ist denn Ihr Mann?"

Amaya brach wieder in haltloses Schluchzen aus. Die Nachbarin tätschelte ihr den Rücken.

Die ungewohnte Fürsorge ließ bei Amaya alle Dämme brechen. Unter Schluchzen und Weinen erzählte sie, dass Georg nicht im Land war und sie, kein Wort Deutsch könnend und hochschwanger, zurückgelassen hatte, mit dem Auftrag, sich im Ernstfall, der nun eingetreten war, ein Taxi zu rufen.

Die Nachbarin zeigte sich empört. „Das ist ja allerhand! Na, die Männer machen es sich auch einfach, was? Kommen Sie, ich bring Sie ins Krankenhaus. Haben Sie denn keine Schmerzen?"

Amaya schüttelte den Kopf. Bisher hatten die Wehen nicht eingesetzt. Sie erzählte ihr vom Fruchtwasser im Bett.

„Dann fahren wir gleich. Im Krankenhaus wissen sie, was zu tun ist. Ich helfe Ihnen. Kommen Sie."

Die beiden Frauen nahmen den Fahrstuhl in die Tiefgarage, wo die Nachbarin ihr Auto stehen hatte. Gemeinsam fuhren sie ins Krankenhaus.

Januar 2016

„Und, wissen mir jetzt scho was über die Leichen?", fragte Veitl, als er vom BKH aus direkt ins Präsidium kam.

„Ach so, ja, der Herr Mohsani hat angerufen. Sie möchten zurückrufen. Des hätt i etz bald vergessen!", erklärte seine Sekretärin.

„Sie, schreiben'S sich so Sachen bittschön auf, wenn'S es sich nimmer merken können, gell? Des wär nämlich scho wichtig!"

Veitl wählte die Nummer der Pathologie noch im Stehen. Mohsani meldete sich nach kurzem Klingeln.

„Ali, jetz bin i da. Was gibt's Neues seit Samstag?", begrüßte Veitl ihn.

„Ja, ich hab angrufen, wegen der Sache gestern. Draußen am See. Mei, also des war vei scho gruslig. Findst ned?"

Veitl lag der Nachmittag auch noch im Magen. „Gruslig, ja, da sagst was! Sowas hab i no nie erlebt. I hätt a gschworen, dass da nix dran is, an der Geschichte", bestätigte er.

„Wie die da einer nach dem andren hoch an d'Oberfläche kommen sind ... I glaub, des werd i nie mehr aus'm Kopf kriegen. I hab ja scho viel gsehen, gell, so als Gerichtsmediziner, da erlebt ma ja ständig Sachen, die gibt's eigentlich gar ned. Aber des ..."

Veitl schüttelte sich unwillkürlich.

„Was hat jetzt eigentlich die Alte da im BKH dazu gsagt? Warst du ned heut bei der?", wollte Mohsani wissen.

„Jo, scho. Aber da war heut nichts zum Holen bei der. Die is völlig neben sich gewesen. Die hat ja Alzheimer. Die hat dacht, i bin dera ihr Sohn oder sowas. Müss'ma wahrscheinlich die Tage noch mal hin, vielleicht is's dann besser drauf. Was hat denn jetzt die Obduktion ergeben, Ali? Wie weit seid's denn?"

Veitl hatte sich inzwischen auf seinem Schreibtischstuhl niedergelassen und die Akte aufgeschlagen.

„Also wir ham vier Leichen. Zwei weibliche und zwei männliche. Alle vier waren in grobe Leinensäcke gepackt, verschnürt und mit Betonringen verbunden. Der Beton hat die Leichen am Seegrund ghalten", erklärte Mohsani geschäftsmäßig.

„Und woran sind die gstorben?"

„Des weiß i no ned. De san nimmer bsonders gut in Schuss, die Leichen. I sag dir ... also die warn da ned erst seit gestern unten, so viel könn 'ma scho sagen. Allerdings, und des is seltsam, drei vo dene Leichen san scho so stark verwest, de vierte is relativ gut in Schuss, wenn ma davo absieht, dass keiner mehr so guad ausschaut, wenn er mal a Weile im Wasser gelegn hat."

Veitl schauderte. „Okay, dann meldest dich bitte wieder, wenns'd mehr weißt. I muss jetzt weitermachen, i weiß sowieso ned, wo mir der Kopf steht. Die Leichensache da im See kommt jetzt auch no dazu. Als ob i hier herinnen der Einzige wär, der arbeitet ..."

„I dacht, des is am Sonnbichler sein Fall, des mit de Leichen? Ned?", warf Mohsani ein.

„Ja, des dacht i a. Genauso wie die Alte im BKH. Aber der kriegt anscheinend gar nix auf d'Reihe. Der is am Samstag einfach abghaut, hat sich nicht mehr gemeldet. Alles muss i machen!"

Mohsani machte ein abfälliges Geräusch. „Is der neu bei euch?"

„Naa, so neu is er ned, aber ehrlich gsagt, i wüsst jetzt ned, dass der überhaupt scho mal an Fall zu Ende gmacht hätt."

Veitl verabschiedete sich und machte sich wieder an seine Arbeit.

„I hoff, heute kann i mal essen, ohne dass mi wer unterbricht", äußerte Veitl, als er zum Abendessen nach Hause kam.

„Mei, im Moment is's halt a bissl eng, da kommen auch wieder andre Zeiten", beschwichtigte Margarete.

„Dein Wort in Gottes Gehörgang. Was gibt's denn heut?"

Veitl hielt seine Nase schnuppernd über die Töpfe auf dem Herd. Margarete scheuchte ihn aus der Küche. „Lass mich in Ruhe fertig machen, i hab's gleich."

Veitl trollte sich und setzte sich inzwischen ins Wohnzimmer, um die Nachrichten zu gucken.

Kaum hatte er den Fernseher ange-macht, klingelte das Telefon.

„Zefix. Jeden Tag. Nicht *einmal* hab i auf d'Nacht mei Ruah!"

Missmutig erhob er sich und holte das Telefon. „Veitl?", brummte er.

„Hier auch", meldete sich die Stimme seines Sohnes.

„Bene! Lang nix mehr ghört. Dass di du a wieder mal hören lasst! Wie geht's dir? Wo bist'd?" Veitls Laune besserte sich augenblicklich.

„Mama, schnell, da Bub is dran!", rief er Richtung Küche.

Margarete kam mit nassen Händen und einem Geschirrtuch angerannt. „Da Bene? Mei! Gib ihn mir!"

Veitl gab das Telefon bereitwillig weiter und wandte sich zufrieden wieder der Tagesschau zu.

„Mensch, Bub, wo bist denn? Wie geht's dir denn? Isst du gscheid?"

Veitl grinste in sich hinein. Während sie ihn permanent vom Essen abzuhalten versuchte, befürchtete sie bei ihrem einzigen Sohn ständig, er könne ohne ihre Fürsorge verhungern.

„Er is in der Karibik", erklärte Margarete an Veitl gewandt, die Hand über der Sprechmuschel.

„So so", machte Veitl.

Benedikt Veitl fuhr seit Jahren zur See und war Chefsteward auf einem großen Kreuzfahrtschiff. Manchmal war er ein halbes Jahr lang unterwegs und auch zu Lande wohnte er inzwischen der Einfachheit halber in einer WG in Hamburg, weshalb ihn seine Eltern recht selten zu Gesicht bekamen.

Seine um drei Jahre ältere Schwester Andrea führte ein bodenständiges Familienleben mit Mann und drei Kindern in Artlkofen bei Landshut. Insgeheim fragte Veitl sich oft, wie seine Kinder so grundverschieden werden hatten können.

Die Nachrichtensprecherin berichtete gerade von den aktuellen Entwicklungen an der Frankfurter Börse.

Margaretes Quietschen ließ Veitl hochschrecken.

„Er kommt!", formte sie lautlos und deutete mit dem Finger auf das Telefon.

„O, schön!"

Als sie aufgelegt hatte, berichtete Margarete, was Bene genau gesagt hatte: „Er kommt. Wenn er in der Karibik fertig is, hat er zwei Monat frei und dann kommt er zu uns runter. Endlich wieder amal! Und stell dir vor, er kommt ned allein. Er hat jemand kennengelernt und er will's uns vorstellen!"

Margarete war so aufgeregt, dass sie beinahe beim Sprechen sang.

Veitl freute sich auch, doch er vergaß darüber die naheliegenderen Freuden nicht.

„Und was is jetz mitm Essen?"

„Vergiss des Essen. Heut is a Feiertag, i mach da jetz an obräuntn Leberkäs! Magst a Spiegelei dazu?"

Veitl wusste gar nicht, wie ihm geschah.

Juli 2011

Während Amaya im Krankenhaus lag, kam die Nachbarin, die – wie Amaya nun wusste – Ingrid hieß, täglich vorbei.

Alles in allem war der Aufenthalt im Krankenhaus halb so schlimm, wie Amaya sich das Ganze vorgestellt hatte. Auch die Ärzte und Schwestern sprachen mehrheitlich zumindest so viel Englisch, dass sie sich mit ihr verständigen konnten.

Doch Amaya war trotzdem froh, Ingrid zu haben. Es fühlte sich ein bisschen so an, als wäre eine Freundin oder eine Schwester da und kümmerte sich um sie.

Mit der Schwangerschaft war zum Glück alles in Ordnung, allerdings war tatsächlich das Fruchtwasser abgegangen, daher musste nun entweder die Geburt kurz bevorstehen, oder sie würde künstlich eingeleitet werden müssen, da das Baby ohne das schützende Fruchtwasser, das es umgab, nicht länger im Bauch bleiben konnte.

Amaya ließ Georg in Tokio eine Nachricht zukommen, dass das Baby sich auf den Weg machte. Sie erhielt keine Antwort.

„Heute Nachmittag wollen sie einleiten, wenn sich nichts tut", empfing Amaya Ingrid, als sie sie wieder besuchte.

Ingrid nahm ihre Hand. „Bist du nervös?"

„Ja, aber ich freu mich auch auf das Baby. Es ist ein Junge! Die ganze Zeit konnte man es nicht erkennen, aber gestern hat er sich so gedreht, dass sie es sehen konnten." Die junge Mutter strahlte vor Glück.

Tatsächlich machte sich das Kind doch allein auf den Weg. Die Wehen setzten ein und es wurde Zeit für die werdende Mutter, in den Kreißsaal verlegt zu werden.

Amaya hatte Glück, denn die anwesende Hebamme und der Arzt an diesem schicksalshaften Tag sprachen Englisch. Es ging alles gut.

Als Ingrid wieder ins Krankenhaus kam, war der kleine Junge bereits auf der Welt und Mutter und Kind wieder auf der Station.

„Awww ... is der süß!" Ingrid konnte sich gar nicht sattsehen an dem winzigen Bündel Mensch in ihrem Arm.

Amaya strahlte vor Stolz.

„Weiß dein Mann schon Bescheid?", fragte Ingrid.

„Nein, noch nicht", gab Amaya zu.

Georg kehrte schneller aus Japan zurück als angenommen, um zu seiner Frau und seinem neugeborenen Sohn ins Krankenhaus zu kommen. Er holte die beiden ab und brachte sie in ihre Wohnung. Georg war ganz der stolze Vater.

Amaya erzählte ihm von ihrer Odyssee zum Krankenhaus und wie die freundliche Nachbarin ihr dann geholfen hatte.

„Sie heißt Ingrid", sagte Amaya, „und sie war mich jeden Tag besuchen."

Sie dachte sich nichts dabei, Georg von ihrer neuen Bekannten zu erzählen, weil sie annahm, dass er froh wäre, dass jemand seiner Frau in dieser Situation geholfen hatte. Doch damit lag sie falsch.

Ohne Vorwarnung trat Georg auf sie zu, holte aus, und ehe sie sich versah, traf seine flache Hand ihr Gesicht.

Es war mehr Schrecken als wirklicher Schmerz, aber Amaya zuckte zurück und starrte Georg völlig entgeistert an.

„Spinnst du?", fuhr sie ihn empört an.

Doch Georg kam erst richtig in Fahrt. Er packte sie grob am Arm und zerrte sie ins Wohnzimmer, wo er sie auf die Couch stieß.

„Ich will das nicht!", brüllte er außer sich. „Ich will nicht, dass du wildfremde Menschen in unser Leben lässt! Du bist meine Frau!"

Amaya kauerte auf der Couch, die Arme schützend um die Knie geschlungen. Georg stand drohend vor ihr.

Das Weinen des Babys, das sie bei ihrer Auseinandersetzung mit seiner Autoschale im Flur hatten stehen lassen, ließ ihn innehalten.

„Kümmere dich gefälligst um das Kind!", schnauzte er und wandte sich von ihr ab.

Amaya beeilte sich, zu ihrem Baby zu kommen. Sie nahm den Kleinen aus der Schale und drückte ihn an sich.

Was war das gerade gewesen? Sie verstand die Welt nicht mehr.

Februar 2016

„Also, Flori, was wiss'ma jetzt von dem Vermissten?", fragte Veitls Chef.

„No ned viel mehr als wie i den Fall übernommen hab, ehrlich gsagt", räumte Veitl ein, schob dann aber sofort hinterher: „I mach ja, was i kann, aber i hab halt nur zwei Händ, ned?"

Sein Vorgesetzter hob beschwichtigend die Hände. „Ich weiß, ich weiß. Also, was hamma?"

„Der Mann hat mit seiner Familie zusammen da gwohnt. Dann is ihm anscheinend sei Frau davo und hod de Kinder mitgnommen. Seitdem war er recht eigenbrötlerisch, kann ma ihm ja ned verübeln. Soweit war der Sonnbichler aber a scho."

„Und wann hat ma ihn zuletzt gesehen?"

„Darüber gibt's widersprüchliche Aussagen. Die Nachbarn san sich ned einig, anscheinend hat er zu keinem mehr ernsthaft Kontakt ghabt", las Veitl aus seinen Aufzeichnungen vor.

„Und wo is die Frau hin? Macht's ma mal die Frau ausfindig, die muss doch auch gmerkt ham, dass ihr Ex nimmer da is. Vielleicht weiß die was!"

„Des is ned so einfach, die is im Ausland …", erklärte Veitl.

Hierl seufzte. „Und was is mit de Leichen im See? Hamma da was Neues?"

Wieder verneinte Veitl. „Leider a ned. Der Ali is no ned durch mit der Obduktion und de Zeugin im BKH is a ned besonders gesprächig."

Hierl seufzte wieder. „Flori, du schaffst des scho. I bin da zuversichtlich." Er klang dabei allerdings nicht überzeugt.

„I mach, was i kann. Aber i muss de Nachbarn befragen, von dem Vermissten. I muss noch mal ins BKH, wenn da Bericht vom Ali da is, muss i den durcharbeiten, und Schreibarbeit hab i ja a no. Und Mane, morgen brauch i frei, des hab i scho schriftlich beantragt! Da Bene kommt heim", erklärte Veitl genervt.

„Ja, weiß i. Der Antrag is da. Des passt scho. Dei Bub is eh selten genug daheim, gell?"

„Allerdings. Aber jetzt kommt er endlich mal wieder, und zwar ned allein!", berichtete Veitl seinem Vorgesetzten stolz.

Der horchte interessiert auf.

„Ah echt? Sag bloß. Hat er a Freundin?"

Veitl nickte.

„Respekt. Ja, dann. Da musst du natürlich daheim sein, wenn sich die zukünftige Schwiegertochter vorstellen kommt. Is des was Ernstes mit de zwei?", fragte Hierl anerkennend.

„Des hört sich scho so an. Mit heimbracht hat er eigentlich no nie eine, seit er in Hamburg is. Was er da oben treibt, kriegn mir ja ned mit."

Hierl lachte. „Ja, ja, die Jugend. Des warn Zeiten!"

Zurück in seinem Büro suchte Veitl eigentlich nur schnell seine Unterlagen zusammen, um gleich wieder zu seinen Verhören hinauszufahren. Da steckte seine Sekretärin den Kopf zur Tür herein.

„Ah, Sie san ja doch da. Der Herr Mohsani hat scho dreimal angerufen heut."

„Freilich bin i da, wo wär i denn? I war beim Hierl oben. Was will er denn, der Ali?"

Die Sekretärin zuckte die Schultern.

Mit einem Blick auf seine Jacke, die er über den Arm gelegt hatte, fragte sie: „Müssen Sie noch mal weg?"

„Ja, Verhöre. I bin scho aufm Sprung."

„Mei, rufen'S aber bitte den Mohsani noch an, sonst hab i den wieder x-mal am Telefon!", bat sie. Und im Vertrauen fügte sie hinzu: „Der is mir unheimlich, i glaub gar, der baggert mi an!"

Veitl lachte. „Geh, is doch a Netter, der Ali. Und unverheiratet, wenn i ned irr."

Anja Fischer machte ein beleidigtes Gesicht. „Nett vielleicht, aber nett san's ja im ersten Moment alle, ned?"

„Dann halt ned."

„Und überhaupt", ergänzte die Sekretärin schon im Gehen. „Am Arbeitsplatz gehört sich sowas ned. Des taugt nix!"

„Sagen'S das ned", rief Veitl ihr hinterher. „Mei Bub hat sei Freundin auch bei der Arbeit kennengelernt und morgen stellt er's uns scho vor, die Vicky!"

Diese Information ließ die eifrige Schreibkraft sofort wieder umkehren. Neugierig fragte sie nach: „Da schau her! Ja, sowas ... Vicky, ha? Viktoria, wahrscheinlich. Vom Schiff hat er die? Der fahrt doch immer no zur See, der Bene, oder?"

„Ja, ja", bestätigte Veitl. „Immer noch. Und die junge Dame is vom Schiff, anscheinend."

„Aha." Die Fischer nickte. Liebschaften aller Art gehörte ihr ungeteiltes Interesse. „Aber des stell i mir scho schwer vor. So als Frau ... aufm Schiff ..."

Herbst 2011

Amayas Welt bestand in den ersten Monaten nur aus ihrem Baby. Sie ging in ihrer neuen Rolle als Mutter vollkommen auf, und aufgrund dessen verblich schließlich auch die Erinnerung an Georgs Ausbruch.

Er bemühte sich auch sehr darum, sie vergessen zu lassen. Eine Entschuldigung hatte er nicht über die Lippen gebracht, auch keine Erklärung für seine übertriebene Reaktion, aber er brachte Blumen und kleine Geschenke mit. Wenn er am Nachmittag von der Arbeit nach Hause kam, übernahm er die Betreuung des Babys, damit Amaya sich ein bisschen hinlegen konnte. Er brachte sogar Sushi mit, aus der besten Sushi-Bar der Stadt. Diese kleinen Aufmerksamkeiten wiegten Amaya in der Sicherheit, dass doch alles in Ordnung war.

„In jeder Ehe gibt es Probleme", sagte sie sich selbst. „Das ist ganz normal."

Als ihr gemeinsamer Sohn, den sie nach Amayas Lieblingsbruder Satoshi benannten, drei Monate alt war, überraschte Georg Amaya mit einer Neuigkeit. „Schau mal, was sagst du dazu?" Er hielt ihr Ausdrucke, samt Fotos und Eckdaten einer Immobilie im Oberbayerischen hin. Amaya sah sie sich an, wusste aber nicht so recht, was sie damit anfangen sollte.

„Sieht nett aus", sagte sie deshalb diplomatisch.

„Ja, finde ich auch. Würdest du nicht gerne auf dem Land wohnen?"

Amaya hatte noch nie auf dem Land gewohnt. Sie kannte nur Tokio und München. Im Vergleich zur japanischen Hauptstadt kam ihr selbst die bayerische Landeshauptstadt schon beschaulich vor. Sie hatte hier alles vor der Tür. Mit dem Bus oder sogar zu Fuß kam sie zu allen Geschäften, die sie brauchte. Sogar ein gut sortierter Asia-Shop war in der Nähe.

„Ich weiß nicht ...", sagte sie deshalb.

„Ich finde, Kinder sollten auf dem Land aufwachsen", erklärte Georg kategorisch.

Amaya war selbst nicht auf dem Land aufgewachsen, wusste aber, dass Georgs Familie aus dem Voralpenraum stammte.

Vielleicht vermisst er die Berge und die Natur, überlegte sie.

„Du hast mir nie gesagt, dass du dich in der Stadt nicht wohlfühlst."

„Stimmt ja auch nicht. Ich mag München. Aber jetzt, wo Satoshi da ist, denke ich, wäre es besser, wenn wir aus der Stadt wegziehen würden."

Amaya nahm die beiden bedruckten Bögen und sah sie sich noch einmal genauer an. Sie zeigten einen alten Hof, der mittlerweile etwas heruntergekommen wirkte, aber sicher einmal recht ansehnlich gewesen war.

Das Haus verfügte über zwei Stockwerke und außerdem gehörten noch einige Nebengebäude zum Grundstück. Ein Garten und eine Wiese mit Obstbäumen waren ebenfalls dabei. Soweit es sich erkennen ließ, lag die Hofstelle recht einsam in der Nähe von Garmisch.

„Das Haus ist ziemlich groß", begann Amaya vorsichtig. Sie war sich nicht sicher, wie wichtig diese Umzugsidee für Georg war, und wollte ihn nicht vor den Kopf stoßen.

„Ja, nicht?", erwiderte er. „Jede Menge Platz für uns! Ein eigenes Zimmer für Satoshi und jedes seiner Geschwister."

Momentan stand das Babybettchen auf Amayas Seite im Schlafzimmer neben dem Ehebett. Wenn das Baby nachts weinte, konnte Amaya es von ihrem Bett aus trösten. Nur für das Fläschchen, das er nachts bekam, musste sie aufstehen. Sie fand das eigentlich sehr praktisch so. In München hatte sie ohnehin schon mehr Platz, als ihre Familie in Tokio gehabt hatte.

In diesem Haus musste es so viele Zimmer geben, dass man sich darin verlaufen konnte. Und über mehr Kinder hatten sie bislang auch noch nie gesprochen. Georg schien eine ganze Fußballmannschaft im Sinn zu haben.

„Da gibt es einen Stall, eine Scheune und einen großen Garten", fuhr Amaya fort und wollte damit eigentlich sagen, dass das ganze Objekt viel zu groß dimensioniert für sie war.

Georg interpretierte ihre Worte falsch, denn er nickte begeistert. „Ich sag ja, jede Menge Platz! Und Satoshi kann an der frischen Luft spielen und nach Herzenslust toben!"

Im Moment lag das Baby friedlich schlafend in seinem Bettchen. Natürlich würde ihr Sohn irgendwann spielen und toben wollen. Aber das konnte er auch ebenso gut in einem Park, oder auf einem öffentlichen Spielplatz. Amaya wusste das, weil sie selbst so aufgewachsen war.

„Das ist doch total abgelegen", versuchte Amaya noch einmal, ihre Bedenken in Worte zu kleiden.

„Völlig ruhig und abgeschieden, ja", bestätigte Georg. „Da fährt kein Auto durch, da hört man nur die Vögel singen und die Bäume rauschen."

Amaya fand diese Vorstellung furchtbar. Sie war die Geräusche der Stadt gewöhnt, die Autos und Busse und die Leute.

„Du hast ja noch ein paar Wochen Zeit, dich an die Vorstellung zu gewöhnen", sagte Georg ganz unvermittelt. „Wir ziehen erst im neuen Jahr um."

Amaya starrte Georg fassungslos an.

„Du hast das Haus bereits gekauft?", fragte sie, als sie sich wieder gefangen hatte.

„Natürlich. Es ist ideal. Ich lasse mir doch so eine Gelegenheit nicht entgehen!"

Und mich fragst du auch nicht vorher, dachte Amaya bitter.

Stattdessen sagte sie: „Können wir uns das denn leisten?"

Georg warf ihr einen unterkühlten Blick zu. „Das lass mal meine Sorge sein. Ich arbeite ja schließlich genug."

Februar 2016

„Machst du auf?"

Margarete kam aus der Küche, die Hände voller Mehl. Veitl saß auf der Wohnzimmercouch, die Füße auf dem Couchtisch, und zappte durchs Nachmittagsprogramm.

„I konn ned, i hab d'Händ schmutzig. Mach du auf. Wie schaut denn des aus?", erklärte Margarete.

„Geh Gretel, es is ja ned die Queen." Veitl erhob sich aber dennoch schwerfällig und knipste den Fernseher aus.

„Kommt eh lauter Krampf", kommentierte er seine Eindrücke das Nachmittagsprogramm betreffend.

„Der Kuchen is auch no ned fertig", jammerte Margarete zusammenhangslos.

Veitl ging zu seiner Frau hinüber, nahm sie unbeholfen in den Arm und sagte: „Geh, Mama, er bleibt doch dei Bub, a wenn er die jetzt heiratet …"

Statt sich an seinen weisen Worten aufzurichten, brach Margarete haltlos in Tränen aus und verschwand in der Küche. Veitl schüttelte den Kopf und machte sich daran, endlich die Tür zu öffnen.

Draußen stand sein Sohn Benedikt, wie erwartet, und neben ihm auf dem Treppenabsatz stand ein junger Mann.

Veitl reckte den Hals, um den kurzen Plattenweg durch den Vorgarten besser absehen zu können. Aber da war niemand mehr. Zwei Seesäcke standen unterhalb der drei Stufen zur Haustür.

„Papa!", begrüßte ihn Benedikt Veitl vielleicht eine Spur zu enthusiastisch.

„Bene, seid's ihr scho do?", fragte Veitl überflüssigerweise. „Und wo habt's die Vicky lassen?"

„Ja, Papa, darf ich vorstellen? Das ist Vicky", erklärte Benedikt mit einer Geste in Richtung des fremden Mannes neben sich.

Veitl ging gar nicht darauf ein und murmelte: „Ja, angenehm. Und die Vicky? Wo is die?"

„Papa, das ist *der* Vicky. Victor Mabuse."

Veitl kam erst jetzt dazu, den jungen Mann genauer in Augenschein zu nehmen. Er war groß, schlank, gutaussehend und ... schwarz.

Es ließ sich nicht anders sagen.

Es war nicht das weiche bräunliche Milchkaffee-Braun, das entsteht, wenn ein Elternteil europäisch und das andere afrikanisch ist, und auch nicht das eher ins Gelbliche rangierende Braun, das in Indien und dem Mittleren Orient vorherrscht. Seine Haut war tiefschwarz und glänzend.

Vicky.

Das war Vicky.

Veitl bemerkte, dass er starrte. Er fing sich mühsam, warf einen panischen Blick auf die Straße und hoffte inständig, dass die Nachbarin nicht gerade wieder am Küchenfenster stand.

„Mei, steht's doch ned da draußen rum. Kommt's rein!" Eilig bugsierte Veitl die beiden jungen Kerle samt ihrem Gepäck in den Hausflur.

Benedikt wollte gerade voranstürmen und seine Mutter begrüßen, doch Veitl hielt ihn energisch davon ab. Das gerade angesetzte „Mama!" blieb Benedikt im Hals stecken.

„Des is die Vicky? Sag bloß. Weiß des die Mama scho? Was willst du der jetz erzählen?", fragte Veitl mit Nachdruck.

Benedikt sah seinen Vater verständnislos an. „Aber die Mama weiß das doch ... Ich hab ihr doch ... Hat sie dir nichts gesagt?" Langsam dämmerte dem Sohn etwas.

„I wollt, dass du ihm des selber sagst", unterbrach Margarete die Szene. Sie stand wie ein Zerberus in der Tür zum Wohnbereich.

Benedikt Veitl starrte auf seine Schuhspitzen, er wirkte so wie früher, wenn er nach Hause gekommen war und seinem Vater eine schlechte Zensur beichten musste. Auch Papa Veitl erweckte den Eindruck, als falle er gerade in alte Rollenmuster zurück.

Als die Situation langsam anfing, peinlich zu werden, ergriff Vicky das Wort. „Hallöle! Und du bisch die Mudda von em. Ach Gottle, von dir hab i scho viel gehert." Damit bahnte er sich seinen Weg durch zu Margarete, und ehe diese sich versah, fiel er ihr um den Hals und küsste sie schmatzend auf beide Wangen.

Veitl zuckte die Schultern, Pragmatismus lag ihm einfach näher.

„Kommt's, setz'ma uns. Der Kaffee is a scho durch."

Margarete hatte die Kaffeetafel liebevoll mit ihrem Aussteuerservice gedeckt, dem unvermeidlichen „Wildrose" von Villeroy & Boch. Zur Sicherheit hatte sie zwei Kuchen gebacken, weil sie nicht wusste, was Vicky lieber mochte. Deshalb gab es einen Hefezopf mit Mohn und eine Buttercreme. Margarete häufte erst Benedikt und dann Vicky von beiden Kuchen auf die Teller, dazu eine ordentliche Portion Schlagsahne.

„Esst's, Bubn. Wer weiß, was ihr da aufm Schiff immer kriegt's."

„Ja geh, Mama, wie Hungerleider schaun's jetz ned aus", warf Veitl ein.

Vicky bedankte sich höflich und schaufelte dann Kuchen und Sahne in sich hinein, was ihm bei Margarete sofort Pluspunkte einbrachte. „Des isch ja wie bei Mudda dahom. Subba ..."

„Wo kommst'n du eigentlich her, Vicky, sag?", griff Margarete das Stichwort gleich auf.

„I bin in Stuggart ufgwachse, abba mei Bagasch kommd aus Knittlingen."

„Des hört ma", kommentierte Veitl trocken.

„I wois, des Schwätza krigsch ned awägg."

„Also, ich find das süß", unterbrach Benedikt Vicky und warf ihm einen kuhäugigen Blick zu.

„Danke, Schneggal!"

Margarete wirkte ganz verzückt von dem Knistern, das mit einem Mal in der Luft lag, Veitl vertiefte sich indes in seinen Kuchenteller.

„Du gell, iss ned wieder so viel. Du weißt, dass dir des ned gut tut, der ganze Kuchen und die viele Sahne!", tadelte Margarete prompt, und die romantische Stimmung war dahin.

„Ja, mei, na mach'n halt ned, wenn i na ned essen derf", grantelte Veitl.

„Ich hab'n ja für unsern Besuch gmacht, ned?", erwiderte Margarete spitz, und an Vicky gewandt fuhr sie fort: „Des gfreit uns ja so narrisch, dass ma uns jetzt endlich mal kennenlernen. Gell, Flori?"

„Ja, ja", bestätigte Veitl.

„Mi au, i wollt scho emmr mol a Bsichle macha!"

„Wie, scho immer? Wie lang geht'n des da scho mit euch zwei?", unterbrach Veitl, ganz Kommissar.

„Mir kenne uns scho soit zwoi Johrn, ge Schätzle? Abba so richtig ernscht isch es erst soit oim Johr odda so."

Wieder tauschten die beiden jungen Männer verliebte Blicke. Veitl wandte seinen lieber ab.

„Und du ... seit wann bist du ... also, wie lang weißt du des schon, dass du ...?", fragte er seinen Sohn.

„Man wird nicht schwul, Papa, das ist man einfach."

Margarete wiegelte sofort ab: „Es zählt ja a mehr der Mensch, ned wahr? Is doch wurscht, ob Manderl oder Weiberl. Oder ned?"

„Na ja, ganz wurscht is's am End vielleicht ned ...", widersprach Veitl.

Um das Gespräch auf ein weniger dünnes Eis zu lenken, schickte Margarete ihren Gatten den Fotoapparat holen. „Wenn ma scho mal so nett beisamman hocken."

Veitl trollte sich, ganz froh um die Ausrede.

„Ihr esst's aber scho no a Stückl, gell?" Damit griff Margarete noch einmal zum Tortenheber.

„Nein, Mama, echt nicht. Ich bin pappsatt. Ich platz gleich!"

„Geh, ihr jungen Männer, ihr braucht's doch die Energie. Da, schau, is ja eh a kleines Stückl."

Widerspruch war bei Margarete meist zwecklos, sowohl Sohn als auch Vater Veitl wussten das.

Ergeben nahm Benedikt die Gabel wieder auf und auch Vicky bekam noch ein Stück aufgeladen.

Inzwischen hatte Veitl die Kamera gefunden und kam damit zurück ins Esszimmer. „Was soll i jetzt fotografieren?", fragte er.

„Ja, uns halt so, da am Tisch. Ganz ungezwungen." Margarete stellte sich zwischen das junge Paar und grinste breit.

Veitl knipste einmal.

„Und jetzt no mit dir, geh her!", dirigierte sie Veitl zu sich heran.

„Ja, wart, da brauch i ja an Selbstauslöser. Mei, wie geht jetzt des glei wieder? Den brauch i ned so oft und dann weiß i's jedes Mal wieder ned. Ah ... da is er. Moment. Jetzt ..."

Veitl stellte die Kamera auf den Tisch und rannte neben seine Frau. Es blinkte eine Weile, dann ging das Licht aus, ohne dass die Kamera erkennbar ausgelöst hätte.

„War's des jetzt scho?", fragte Margarete.

„I weiß's ned."

Veitl ging zurück zur Kamera, in diesem Moment löste der Blitz aus. „Ach, scheiße ... No amal."

Er stellte wieder irgendetwas ein, knallte die Kamera auf den Tisch und hechtete zurück in Position. Es blitzte.

„So, jetzt hamma's", erklärte Veitl zufrieden.

„Machst zur Sicherheit no eins?", bat Margarete, doch die Kamera gab ein charakteristisches Surren von sich. „Was is des jetzt? Is der Film scho voll? Was is denn da alles drauf?"

Veitl sah ratlos auf den schnurrenden Apparat. Zweifelnd sagte er: „Is des no derselbe Film von da Tante Roswitha ihrm Achzigsten?"

Entrüstet rief Margarete: „Ah geh, d'Tante Rosi is seit fünf Jahr tot!"

„Es wird Zeit, dass ihr euch mal eine Digitalkamera zulegt", kommentierte Benedikt die Szene.

Januar 2012

Der Umzug fand in der ersten Januarwoche statt, Georg hatte dafür Urlaub genommen. Ihre Habseligkeiten waren bereits in Kisten verstaut und Möbelpacker kümmerten sich um das Inventar.

Einmal waren Georg und Amaya vorab in Garmisch gewesen. Das alte Anwesen lag noch weiter ab vom Schuss, als Amaya befürchtet hatte. Zu dem alten Hof gehörten einige Wiesen und Felder, die jetzt jedoch brach lagen. In einem sanften Hügel wölbten sie sich hinunter zu einem kleinen See. Ein weiteres Gebäude am anderen Seeufer gab es, sonst weit und breit keine Nachbarn. Die Straße, die zum Hof führte, endete dort.

Amaya konnte sich ein Leben dort in der Einöde immer noch nicht vorstellen, doch jeden ihrer Einwände hatte Georg beiseite gewischt. Dieses Landleben war zu einer fixen Idee bei ihm geworden und andere Argumente hörte er gar nicht.

Immerhin, so dachte Amaya, würde es für Satoshi eine schöne Umgebung sein. Vielleicht genoss er es später wenigstens, durch die Wiesen und Wälder streifen zu können.

Ihren Eltern gegenüber redete Amaya den Umzug schön, sie bediente sich dabei der Argumente, die Georg anführte, und machte sie zu ihren eigenen. Sie wollte unter keinen Umständen, dass die Eltern den Eindruck bekämen, in ihrer Ehe gäbe es Probleme.

Schwer fiel Amaya vor allem der Abschied von Ingrid, ihrer ersten Freundin in Deutschland. Auch die war traurig, als sie gemeinsam vor dem Mietshaus standen.

„Mach's gut", sagte sie und drückte Amaya fest an sich. „Schade, dass ihr weggeht. Melde dich bei mir, ja? Und wenn dir

da draußen die Decke auf den Kopf fällt, kannst du jederzeit herkommen."

Georg drängte zum Aufbruch.

„Wir müssen, sonst wird es dunkel, bis wir in Garmisch sind."

Er ging zum Wagen, ohne sich von Ingrid zu verabschieden. Amaya kletterte auf den Beifahrersitz des geliehenen Sprinters und winkte Ingrid nach, bis sie um die Kurve bogen und sie aus ihrem Blick verschwand.

Die Babyschale mit Satoshi darin hatten sie zwischen sich festgeschnallt. Satoshi schlief. Er schlief meistens. Der Kleine war ein sehr pflegeleichtes Baby.

„Vergiss sie", erklärte Georg hart. „Wir brauchen keine Freunde mehr in München."

Amaya hätte sich selbst vorgesagt, dass sie bald neue Freunde in Garmisch haben würde, aber sie glaubte nicht daran. Ihr standen eher sehr einsame Tage bevor, die sie nur in Gesellschaft ihres Kindes verbringen würde. Georg pendelte weiterhin in seine Firma nach München, außerdem würde er auch weiterhin Geschäftsreisen unternehmen müssen, während sie auf dem Hof festsaß. Sie hatte nicht einmal einen Führerschein, und zu Fuß war es weit bis nach Garmisch hinunter.

„Was mach ich, wenn ich einkaufen muss?", fragte Amaya zusammenhanglos.

Georg reagierte unwirsch, wie meistens, wenn sie seinen wunderschönen Traum infrage stellte. „Ich kaufe auf dem Heimweg von München alles ein, was du haben willst."

„Und wenn ich sonst einmal irgendwas zu erledigen habe? Was, wenn Satoshi krank wird?", bohrte sie weiter, sie konnte nicht anders.

Georg verdrehte die Augen. „Das haben wir doch alles schon hundertmal durchgekaut. Der Landarzt macht Hausbesuche. Was soll denn schon passieren? Ich kaufe dir ein Fahrrad, wenn dich das beruhigt." Am Beginn ihrer Ehe war Georg so zuvorkommend gewesen und auf all ihre Bedürfnisse wie selbstverständlich eingegangen. Amaya wünschte sich zumindest ein stückweit diese Nähe zurück, aber Georg erschien ihr immer öfter kalt und egoistisch.

Februar 2016

Als Veitl am anderen Tag wieder ins Büro kam, lief ihm seine Sekretärin gleich hinterher bis vor den Schreibtisch. „Und? Erzählen'S! Wie is's?"

Veitl stellte seine Tasche auf den Schreibtisch, hängte seine Jacke an den Haken und drehte sich dann fragend zu ihr um. „Was? Wer?"

„Na, die Schwiegertochter! Die Vicky!" Anja Fischer sah ihn voller Erwartung an.

„Ach so, die. Ja ...", machte Veitl gedehnt. Der Schock saß ihm noch in den Gliedern. Mit allem hatte er gerechnet, aber nicht damit, dass sein Sohn schwul war und dann auch noch ...

Wieder dachte er an seine Tochter, die mit ihren drei Kindern so ein grundsolides Leben führte. Man sah sich zwar leider auch selten, da der Schwiegersohn Landwirt war und die Familie nicht gut weg konnte von daheim, aber Veitl zweifelte keinen Moment daran, dass bei Andrea alles ganz klassisch und bodenständig lief.

Vor seiner Sekretärin, entschied Veitl, wollte er jedenfalls nichts davon verlauten lassen, was sich am Vortag im Hause Veitl abgespielt hatte.

„Nett. Doch, wirklich, nettes ... ähm Mädel." Veitl räusperte sich. Im geschäftsmäßigen Ton fuhr er fort: „Gibt's scho was Neues vom Ali?"

Enttäuscht kehrte auch seine Sekretärin zur Tagesordnung zurück. „Ja, der Bericht is da. Liegt scho auf Ihrem Schreibtisch. Kaffee?"

Veitl nickte abwesend, während er die Mappe zur Hand nahm.

Als die Fischer draußen war, griff er nach dem Telefon und ließ sich damit auf seinen Schreibtischsessel sinken. Er wählte die Nummer der Gerichtsmedizin.

„Ali? Servus, da Veitl", begrüßte er den Pathologen.

„Hast du mein Bericht ned kriegt?", fragte Mohsani sofort.

„Doch, scho. Aber i hab dacht, bevor i des jetzt alles les, dass du mir vielleicht de wichtigsten Ergebnisse zusammenfasst."

Mohsani seufzte. „Wozu schreib i denn de Berichte, wenn's dann niemand lest?"

„Des medizinische Blabla, des versteht doch kein Mensch. Jetzt sag, was hast rausgfunden?"

Mohsani ratterte herunter: „Vier Leichen, die Art, wie de da verpackt waren, deutet eher auf an Ritualmord hin, wie bei a Bestattung. Spuren vo Blumen hamma a gfunden in den Leinensäcken drin. Bei so a Wasserleiche lasst se der Todeszeitpunkt schwer ermitteln, aber mir gehn davon aus, dass de unterschiedlich lang im Wasser warn. Aber schau dir bitte den Bericht o, für was schreib i denn den?"

„Is gut. Dann danke einstweiln."

„I bin unterwegs", rief Veitl der Fischer im Vorbeigehen zu.

Er fuhr noch einmal ins BKH, um einen erneuten Versuch zu starten, die schwer demenzkranke Zeugin zu vernehmen. Viel versprach er sich von diesem Termin nicht, aber am Schreibtisch kam er in seinem Fall auch nicht weiter. Im Krankenzimmer der Patientin traf er auf eine weitere alte Dame. Ganz im Gegensatz zu Marie Sauer, die wieder etwas derangiert in ihrem Rollstuhl saß, wirkte die andere erstaunlich fit und agil.

Sie trug ein feines Tweed-Kostüm, das an die Filme von Doris Day aus den 60ern erinnerte. Veitl kannte sich damit gezwungenermaßen aus, da Margarete ein Faible für die Hollywood-Komödien der Nachkriegszeit hatte.

„Entschuldigen'S. Veitl, Kripo Garmisch, i hätt no a paar Fragen an die Patientin", stellte er sich vor.

Die Unbekannte lächelte huldvoll. „Angenehm, Herr Kommissar, Lisbeth Weber. Ich bin eine alte Freundin und Weggefährtin von Frau Sauer. Ich befürchte, Sie haben einen schlechten Tag erwischt, die Arme ist heute nicht ganz sie selbst."

Veitl nickte düster, die schlechten Tage waren bei Marie Sauer ganz offensichtlich die häufigeren. „Des denk i mir scho."

„Kann ich Ihnen möglicherweise weiterhelfen?", fragte Lisbeth Weber.

Marie Sauer schaltete sich mit schwerer Zunge in das Gespräch ein: „Wer ist denn gekommen, Bethy?"

Die Weber tätschelte ihr beruhigend die Hand. „Nur ein Polizist, Marie. Ich komme gleich wieder zu dir."

Sie nickte Veitl zu und bedeutete ihm hinauszugehen.

Draußen vor der Tür sagte sie: „Es ist nicht schön, wenn man diesen Verfall mit ansehen muss. Wir haben versucht, ihr so lange wie möglich ein selbstbestimmtes Leben in unsrer Villa zu ermöglichen, aber irgendwann ..."

„Versteh scho", stimmte Veitl zu. „Sie wohnen a da draußen am See, in der Villa?"

Lisbeth Weber nickte.

„Ich bin sozusagen eine der Gründerinnen gewesen. Mir gehört das Haus, zusammen mit Karl-Heinz Räder und Herbert Ableitner."

„Und wie viele Leute ham Sie da im Moment?", fragte Veitl und klappte seinen Notizblock auf.

„Zwölf", gab Frau Weber an. „Nun ja, jetzt wohl nur noch elf, denn es scheint mir nicht so, als ob die arme Marie noch einmal zu uns hinaus käme."

„Sie wissen ja wahrscheinlich, dass in dem See Leichen gfunden wordn san, oder?"

Die alte Dame schauderte.

„Ja, furchtbar, nicht wahr? Ich meine, da lebt man Tag für Tag an diesem See und dann so etwas ... Wer hätte denn für möglich gehalten, dass die wirren Schilderungen Maries nicht nur ein Hirngespinst ihrer dementen Fantasie waren?"

„Wir gehn an jedem Hinweis nach, egal wie unwahrscheinlich er uns vorkommt", erklärte Veitl nicht ohne Stolz, immerhin hatte er den Anstoß dafür gegeben, dass der Sonnbichler nachgebohrt hatte.

Zu Recht, wie sich jetzt gezeigt hatte.

„Wissen Sie denn inzwischen, wer die Unglücklichen waren?", wollte Lisbeth Weber wissen.

„Dazu kann i leider keine Angaben machen, Sie müssen verstehn, aber die Ermittlungen laufen ja no."

„Verstehe, natürlich. Man macht sich halt so seine Gedanken ...", Lisbeth Weber griff sich fröstelnd an ihre zweireihige Perlenkette. „Es ist ja doch recht einsam da draußen bei uns. Es kommen selten Fremde her. Von uns kann es niemand sein, wir sind ja noch alle da, nicht wahr?" Sie lachte affektiert.

Veitl machte sich in Gedanken eine Notiz, dass er genau das überprüfen würde.

„Wenn Sie noch Fragen haben, oder wir Ihnen irgendwie weiterhelfen können, bitte zögern Sie nicht und kommen Sie vorbei. Wir stehen jederzeit zu Ihrer Verfügung. Es ist uns ein großes Anliegen, dass der Frieden an unsrem See wieder hergestellt wird", sagte sie noch und es klang nach Abschied.

Veitl gab ihr die Hand. „Dankschön, i dat mi melden, wenn's wär."
Als Veitl am Abend nach Hause kam, wartete seine Familie mit einer besonderen Überraschung auf.

„Was gibt's zum Essen?", begrüßte er Frau, Sohn und den unerwarteten Hausgast. Er ging davon aus, dass er in den Genuss irgendeiner Hausmannsspezialität kommen würde, jetzt wo Besuch da war und außerdem der lang vermisste Sohn. Doch er irrte.

„Wir gehn essen", erklärte Margarete bestimmt.

„Was? Heut? Am Werktag? Der Kirchenwirt hat heut Ruhetag", warf Veitl ein.

„Die zwei ham an Vorschlag gmacht und i find, den Gefallen könn ma ihnen scho tun." Margaretes Miene ließ keinen Widerspruch zu.

Veitl dämmerte, dass ihm die Auswahl des Lokals womöglich nicht zusagen würde. „Was na?"

Vicky strahlte Veitl so an, dass seine ausgesprochen weißen Zähne im Kontrast zu seinem dunklen Teint leuchteten.

„Mir gämmer zom Sushi essa, Schwiegerbabba."

„Was? I mag koan Fisch. Und dann a no roh! Und überhaupts, wo wollt's denn ihr in Garmisch zum Sushi essen hin? Bis nach München nauf fahr i vei heut nimmer!", giftete Veitl.

Margarete winkte ab.

„Wir ham doch selber ein Sushi-Lokal, weißt du des ned? Du bist doch an ganzen Tag in der Stadt unterwegs. Da zeig ma de zwei amal, dass ma gar ned um die halbe Welt gondeln muss. Wir ham doch hier alles!"

Margarete nahm ihren Mantel vom Haken und Vicky half ihr höflich hinein. Benedikt und Vicky hatten bereits ihre Jacken an. Veitl erkannte, dass er keine Wahl hatte, und bemühte sich, gute Miene zum bösen Spiel zu machen.

„I zieh mi bloß schnell um", knurrte er.

Wenig später kam er wieder herunter.

Er trug nun seinen Trachtenjanker über einer verwaschenen Cordhose. Margarete warf ihm einen tadelnden Blick zu.

„Was denn? I bin halt koa Japaner, sonst hätt i an Kimono anzogen."

Die vier fuhren mit Veitls Wagen in die Innenstadt. Margarete dirigierte. „Da vorn, da is's. Da links daneben kann ma parken."

Das Lokal war sehr stilvoll gestaltet, man wies den vieren einen hübschen Platz am Fenster zu. Den Speiseraum dominierte ein riesiger Glaskasten, in dem auf zwei Etagen kleine farbige Tellerchen mit den ausgesuchten asiatischen Häppchen entlang fuhren. Auch an ihrem Tisch vorbei verlief das Förderband für das Running Sushi. Vicky und Veitl hatten die Plätze direkt an dem Glaskasten, Margarete und Benedikt saßen außen am Fenster.

„Hübsch is des da", sagte Margarete fröhlich.

„Subba, des denksch gar net, dass es des in Bayern gibt", lachte Vicky.

Veitl musterte skeptisch die Speisen, die an ihm vorbeifuhren. „Was is etz des? Was isst ma da? Da werd ja kein Mensch satt von dene kleinen Bissen."

Sein Sohn grinste: „Das is was andres als Krustenbraten und Knödel, gell, Papa?"

Die Bedienung in einem buntgemusterten Kimono kam und nahm ihre Getränkebestellung auf.

„A Weißbier habt's ihr wahrscheinlich ned, oder?", fragte Veitl zweifelnd.

Die junge Frau, die ansonsten überhaupt nicht japanisch aussah, lächelte freundlich. „Doch, natürlich. Ein normales Weißbier, ein dunkles Weißbier oder ein alkoholfreies. Und wir führen auch japanisches Bier Asahi oder Kirin."

„Ja geh, a alkoholfreies ... genau! Und a japanischs mog i a ned. Naa, a ganz normales Weißbier, bitte."

Sie nahm die übrigen Getränkebestellungen entgegen, zum Abschluss sagte sie: „Sie essen von unserem Running Sushi? Gerne servieren wir Ihnen dazu eine Peking- oder eine Miso-Suppe zur Vorspeise."

„Miso-Supp isch klasse!", rief Vicky begeistert.

„Is des ned mit Tofu?", fragte Margarete und demonstrierte ihre Kenntnisse der internationalen Küche.

„Miso-Suppe ist eine japanische Spezialität, bestehend aus Fischsud und Sojabohnenpaste, darin servieren wir Tofuwürfel, Wakame und Frühlingszwiebeln als Einlage. Das ist ein Originalrezept aus Japan von unsrem Chef", sagte die Bedienung ihren Text auf.

„A miese Suppe, naa, danke. Für mi ned", murmelte Veitl.

Als die Bedienung weg war, schob Benedikt die Plexiglasabdeckung des Running Sushi-Kastens auf.

„Also dann, guten Appetit! Mausbär, was magst du?", sagte er, ersteres in die Runde, zweiteres zu Vicky.

Margarete reckte ebenfalls den Hals, um zu sehen, was es alles gab. „Gib mir amal vo dem mit de Nudeln da, bitte", verlangte sie.

Veitl mühte sich, das kleine Tellerchen mit den gebratenen Nudeln aus der Vitrine zu bekommen, bevor das Band weiterfuhr.

„A weng unpraktisch is des aber scho", stellte er fest.

Für sich holte er ebenfalls ein Tellerchen heraus, darauf lag eine kleine Frühlingsrolle. Er unterzog das frittierte Röllchen einer eingehenden Inspektion, bevor er es schließlich mit Messer und Gabel umständlich in zwei Teile rupfte.

„Seit wann hamma na mir Japaner am Ort?", fragte er kauend.

„Ah geh, du kriegst aber a nix mit, oder? Der Laden ghört dem jungen Mann, der da hinterm Tresen steht", erwiderte Margarete.

Veitl wandte sich verstohlen um und unterzog den Wirt einer eingehenden Musterung. Der junge Japaner hantierte am Ende der

Förderbänder und bepackte die kleinen Tellerchen mit frischen Speisen. Er trug eine Kochjacke, und eine Kochmütze aus Papier steckte sein halblanges schwarzes Haar zurück.

„Und warum macht na der da bei uns in Garmisch so an Ladn auf? Macht der do scho a Gschäft mit seine rohen Fisch?", fragte Veitl zweifelnd weiter.

Der Laden war voll bis auf den letzten Platz. Rund um den Glaskasten saßen Sushiliebhaber und auch die Tische im hinteren Teil des Lokals, an denen man à la carte bedient wurde, waren voll besetzt.

„Sieht doch aus, als liefe es ganz gut", entgegnete Benedikt.

Frühjahr 2012

Amayas Leben auf dem alten Bauernhof verlief in etwa so, wie sie es sich ausgemalt hatte. Sie war viel allein.

Satoshi war ihre einzige Freude in dieser Zeit. Der Kleine entwickelte sich prächtig und stakste bereits mit seinen speckigen Beinchen durch den Garten. Weil es sonst hier wenig zu tun gab, machte Amaya den Garten zu ihrem Betätigungsfeld. Sie bettelte Georg an, ihr Saatgut und Pflanzen mitzubringen, wenn er abends aus München kam, und er tat ihr den Gefallen. So zog sie hinter dem Haus allerlei Gemüse und Obst.

„Wir brauchen gar keinen Supermarkt mehr, du machst das prima mit dem Garten", lobte Georg sie, und Amaya freute sich über das seltene Kompliment.

Manchmal, wenn das Heimweh nach Tokio und dem Leben, das sie gewohnt war, allzu groß wurde, kochte sie Japanisch. Dann verbrachte sie den halben Tag in der Küche, rollte Maki und kochte Karē, das japanische Eintopfgericht, das dem indischen Curry ähnelte, und Dashi, den Fischsud aus Algen, aus dem sie dann nach altem Rezept Miso-Suppe herstellte. Georg schätzte ihre Kochkünste und brachte ihr bereitwillig die Zutaten mit, die es nur in den gut sortierten Münchner Feinkostläden gab.

Solange sie sich in ihre neue Rolle als Hausfrau und Mutter einfügte, funktionierte ihre Ehe gut, dann war Georg aufmerksam und freundlich. Doch wehe, wenn sie Vorschläge unterbreitete, wie zum Beispiel gemeinsam am Wochenende nach Garmisch zu fahren oder einen Ausflug zu machen. Sofort schlug die Stimmung um und Georg wurde wütend und aufbrausend.

„Warum willst du ständig weg? Wir haben hier alles, was wir brauchen! Ich bin die ganze Woche unterwegs, lass mich wenigstens am Wochenende in Ruhe mein Landleben genießen", knurrte er.

Die ersten Male eskalierte dieser Streit. Amaya begehrte auf, dass sie im Gegensatz zu ihm die ganze Woche nur herumsaß und nichts anderes zu sehen bekam als ihre vier Wände und den Garten. Sie führte an, dass sie keine Menschenseele in Garmisch kannte, obwohl sie bereits vier Monate hier lebte, dass sie keine Freunde hatten, die sie besuchen oder die sie einladen konnte. Dann wurde Georg laut.

„Du hast ein sehr privilegiertes Leben! Schlampe, du kriegst einfach nie genug! Egal, was ich für dich tue, es reicht dir einfach nicht!"

Amaya verstummte. Die Vorwürfe, die ihr so grotesk aus der Luft gegriffen vorkamen, machten sie sprachlos. Doch wenn er erst einmal in Fahrt kam, war Georg schwer wieder zu beruhigen.

„Ich habe dich aus der Gosse geholt! Ohne mich säßest du immer noch in diesem Loch am Ende der Welt. Mir verdankst du alles, was du hier hast!"

Seine Stimme überschlug sich und Speichelfetzen flogen durch die Luft, so sehr steigerte er sich in seine Wut hinein.

Amaya wollte einwerfen, dass es ihr in Tokio auch nicht schlecht gegangen war und sie gerne mit ihren Eltern und Geschwistern dort gelebt hatte, aber sie kam gar nicht zu Wort.

Schließlich stand sie auf und wollte den Raum verlassen, um sich seine haltlosen Schimpftiraden nicht länger anhören zu müssen. Da packte er sie hart am Arm und zerrte sie zurück.

„Du hörst dir das jetzt an! Wage es ja nicht, mich hier einfach stehen zu lassen!", spie er ihr ins Gesicht.

Das war der Moment, in dem Amaya Angst vor ihrem Mann bekam. Wenn er in dieser Stimmung war, traute sie ihm alles zu.

Mehr als einmal wurde er wieder handgreiflich. Er schlug ihr mit der flachen Hand ins Gesicht, mit der Faust in den Magen und er stieß sie brutal von sich, sodass sie gegen den Tisch und mit dem Kopf gegen die Sitzfläche der Eckbank stürzte.

Erst wenn sie blutend am Boden lag, wenn er die Panik in ihren Augen sah, kam er wieder zur Vernunft. Dann wandte er sich ab und ging hinaus. Manchmal kam er stundenlang nicht mehr ins Haus und Amaya war es nur recht.

Jedes Mal, wenn es passierte, wenn sie diese unsichtbare Grenze wieder überschritten hatten, wuchs in ihr der Drang, einfach ihre Sachen zu packen und zu verschwinden. Doch wohin sollte sie? Sie kannte ja niemanden in Deutschland!

Er hielt sie isoliert, und in solchen Momenten dachte Amaya, dass er es mit Absicht tat. Er wollte, dass sie niemanden hatte außer ihm. Damit sie eben nicht einfach abhauen konnte.

Und was würde aus Satoshi?

Irgendwie schafften sie es noch, dass das Kind nichts von ihren Streits und den brutalen Übergriffen seines Vaters mitbekam, doch wie lange würde das gut gehen? Satoshi würde älter werden. Würden sich die angestaute Wut und der Hass seines Vaters irgendwann auch gegen ihn richten?

Eines Tages im April fand Amaya beim Aufräumen den kleinen Zettel, den Ingrid ihr in die Hand gedrückt hatte, als sie sich verabschiedet hatten. Sie starrte auf die Ziffern in Ingrids schwungvoller Handschrift.

Einem Impuls folgend rief Amaya ihre Freundin in München an. Sie war zuhause und freute sich über den Anruf. Fast eine Stunde telefonierten sie, und zum ersten Mal wagte Amaya, das Deckmäntelchen des harmonischen Ehelebens ein wenig zu lüften. Sie gestand Ingrid, dass sie keine Freunde hatte in Garmisch, dass sie den ganzen Tag zuhause festsaß und dass das große Haus und die weitläufigen Ländereien drum herum sie zu erdrücken drohten. Von den Übergriffen ihres Mannes sagte sie nichts. Zu sehr schämte sie sich, dass sie so schwach war und diesen Mann nicht verließ.

Das Telefonat tat Amaya gut. Danach fühlte sie sich endlich wieder einmal erleichtert und hatte das Gefühl, ihre Situation besser ertragen zu können. Sie packte Satoshi ein und beschloss, mit ihm zusammen in den Ort zu pilgern. Ingrid hatte sie dazu animiert.

„Geh doch einfach", hatte sie gesagt. „Du musst doch nicht den ganzen Tag daheim sitzen, da würde mir auch die Decke auf den Kopf fallen. Vielleicht gibt es eine Mutter-Kind-Gruppe in Garmisch, wo du mit ihm hingehen kannst, da habt ihr dann beide was davon."

Die Idee mit der Spielgruppe verwarf Amaya sofort wieder.

Sie sprach ja immer noch kein Deutsch und dafür würde Georg ihr mit Sicherheit kein Geld geben, aber zumindest die Beine vertreten konnte sie sich. Sie war neugierig auf Garmisch.

Wann Georg von der Arbeit kam, wusste sie genau, und bis dahin würde sie wieder zuhause sein und gekocht haben, sodass er keinen Verdacht schöpfte.

Der Weg bis zu den ersten Häusern von Garmisch war weit, wenn man ihn nach wie vor nur zu Fuß hinter sich bringen konnte. Satoshi hatte sie sich in einem Tuch um den Körper gebunden, er kuschelte sich an seine Mama und blickte neugierig in die Gegend.

Sie passierten Felder und Wiesen, auf denen gefleckte Kühe grasten. Amaya blieb stehen und erklärte ihrem Sohn, was sie sahen. Dann setzte sie ihren Weg fort. Sie folgte der Straße, die sie bei ihrem Umzug gekommen waren. Als die ersten Häuser in Sichtweite kamen, war Amaya erschöpft, aber gleichzeitig so verunsichert, dass sie sofort wieder umkehrte. Was, wenn Georg ausgerechnet heute früher nach Hause kam?

Obwohl sie gar nichts gesehen oder getan hatte, fühlte Amaya sich seltsam euphorisch, als sie wieder auf dem Hof ankam. Sie duschte sich, legte die verschwitzten Klamotten zur Wäsche und machte sich ans Abendessen. Satoshi schlief und verdaute so anscheinend die neuen Eindrücke.

Februar 2016

Während Margarete mit den beiden Jungs einen Ausflug in die Umgebung machte, nahm Veitl einen erneuten Ortstermin in dem zweiten Fall wahr, den er derzeit auf dem Schreibtisch hatte. Er fuhr mit Huber und Sonnbichler im Schlepptau noch einmal hinaus zu dem verlassenen, zur Pension umgebauten Bauernhof. So wenig wie mit den Leichen im See war er bislang mit der Vermisstenanzeige vorangekommen, und von Kollege Sonnbichler war leider auch kein Durchbruch zu erwarten. Schweigend und vor sich hin starrend, saß er auf dem Beifahrersitz und hatte Huber auf den zweiten Rang verdrängt.

Sie parkten mitten auf dem Hof. Die Haustür war mit Polizeiband gesichert worden, das Band war intakt.

Die frische Schneedecke hatten nur die Reifen des Polizeiautos durchbrochen. Offenbar hatte den Hof seit ihrem letzten Besuch niemand betreten.

Veitl sah sich um, so als erwartete er, dass die Lösung des Falls irgendwo auf dem Hof zu finden und ihnen bisher nur nicht aufgefallen wäre.

„Was wiss'ma denn jetzt von dem Vermissten?", fragte er in die Runde.

„Also, es handelt sich um an Mann mittleren Alters, der den Hof da als Pension bewirtschaftet hat. Viele Gäste hat er aber wohl ned ghabt, des geht zumindest aus dem örtlichen Gastgeberverzeichnis hervor", beeilte sich Huber zu antworten.

„Ja, und weiter?"

„Weiter wiss'ma, dass er verheiratet is, also beziehungsweise *war*, weil sei Frau hat sich wohl von ihm trennt und is mit de Kinder nach Japan zruck. De Familie hamma noch ned ausfindig macha kenna, aber die japanischen Behörden wissen Bescheid."

Veitl kratzte sich am Kopf. „Des is vei no ned viel ..."

„Er is scho längere Zeit von niemand mehr gsehng worden, was aber ned so wirklich aufgfallen is, weil da herauß'n gibt's keine Nachbarn oder so. Den Bauern, dem de Wiesen vorn an da Einfahrt ghörn, den hamma ja neulich befragt, des war a ned ergiebig."

Veitl erinnerte sich an den unangenehmen Ortstermin.

„Und, Sonnbichler, was sagn jetz Sie dazu?", wandte er sich an den Kollegen, der nur tatenlos daneben stand, als ginge ihn das alles nichts an.

„Was soll i dazu sagn? Der is halt weg."

Huber verdrehte die Augen.

Veitl insistierte: „Des seh i selber. I mein, was Sie jetzt vorhabn, dass ma als nächstes unternehmen solln."

„Was weiß i", knurrte Sonnbichler.

Langsam geriet Veitls Geduld an ihre Grenzen.

„Sie, jetzt hörn'S amal, gell? Des is streng genommen Eana Fall, ned der meine. I mach ned de ganze Arbeit allein!"

Sonnbichler zuckte die Schultern und stapfte Richtung Stallgebäude davon.

Veitl schnaubte: „Glaubst'as, der regt mi vielleicht auf, der Haubntaucher! Der moant doch, mir samma alle blöd! Aber so blöd bin i vei ned, dass i dem sei Arbeit mach und er steckt einfach's Geld aso ein!"

Er marschierte demonstrativ in die andere Richtung davon und umrundete das Haupthaus. Nach hinten schloss ein verwilderter Garten an, der in eine Streuobstwiese überging. Es hatte die ganze Woche über geschneit und eine gnädige weiße Decke lag über dem vernachlässigten Gärtchen. Vom höchsten Punkt hinter dem Haus aus konnte man weit herumblicken. Die flache, dunkle Scheibe des Sees hob sich deutlich vom sie umgebenden und ebenso schneebedeckten Ufer ab. Dahinter thronte die stattliche Villa, die von der Rentner-WG bewohnt wurde.

Als er so in die Landschaft schaute, kam Veitl eine Idee.

Wenn sie auch zur Aufklärung des Leichenfunds bislang wenig beigetragen hatten, vielleicht wussten die Alten ja etwas über den Verbleib des Pensionsbesitzers.

„Auf geht's, fahr'ma runter zum See", kommandierte er, und Huber folgte ihm zurück zum Auto.

Sonnbichler lehnte schon an der Beifahrerseite und rauchte eine Zigarette. Beim Anblick des untätigen Kollegen kochte in Veitl gleich wieder die Wut hoch, doch er schluckte sie hinunter und brummte nur: „Pack'ma 's."

Der feudale Charme der Villa bröckelte beim Näherkommen, genauso wie der Putz der Fassade. Sie war sicher einmal hochherrschaftlich gewesen, doch jetzt sah man ihr die Renovierungsbedürftigkeit an allen Ecken und Enden an.

Auf ihr Läuten hin öffnete ein kleiner, untersetzter Herr in einem sauberen Tweed-Anzug. Er wirkte wie der gealterte Lord in einem Rosamunde-Pilcher-Film.

„Bitteschön?", fragte er höflich.

„Veitl, Kripo Garmisch, mein Kollege Sonnbichler und der Wachtmeister Huber", stellte Veitl sich und seine Begleiter vor.

Wenn der Herr überrascht war, solch ein Polizeiaufgebot vor der Tür zu haben, so ließ er es sich nicht anmerken. Er trat bereitwillig zur Seite und sagte: „Bitte, treten Sie doch ein."

In der großzügigen Eingangshalle trafen sie auf Lisbeth Weber, die Veitl sofort wiedererkannte.

„Herr Kommissar, wie schön! Kommen Sie doch bitte herein", begrüßte sie ihn, als hätte sie mit seinem Kommen gerechnet. Sie übernahm den Besuch und der dickliche Herr im Tweed trollte sich.

Lisbeth Weber, die wieder der Verkörperung einer 50er Jahre Filmdiva glich, ging voran in einen seitlich neben dem Treppenaufgang gelegenen Salon. Anders als in der Eingangshalle war es hier angenehm warm und im offenen Kamin knisterte ein Feuer.

Sie bot den drei Männern einen Platz am Kamin an und fragte: „Kann ich Ihnen etwas bringen? Kaffee vielleicht? Oder Tee?"

Sonnbichler schüttelte mürrisch den Kopf.

Veitl antwortete höflicher: „An Kaffee nehma gern, danke."

Die Weber verließ die drei kurz, um die Kaffeebestellung offensichtlich weiterzugeben. Danach kehrte sie sogleich wieder zurück und nahm ebenfalls in einem der bequemen Lehnsessel Platz.

„Was führt Sie denn zu uns?", fragte sie huldvoll.

„Mir warn grad in der Näh", erklärte Veitl. „Genauer gsagt, drüben auf dem Hof war'ma. Heut geht's amal ned um die Leichen im See. Wir ham da noch an Fall gleich hier bei Ihnen."

Lisbeth Weber sah betroffen aus. „Ach was? Noch ein Fall, sagen Sie? Um was geht es denn dabei?"

„A Vermisstenanzeige", mischte Huber sich ins Gespräch ein.

Von Sonnbichler war erwartungsgemäß kein Beitrag zu erhoffen.

„Kennen Sie den Betreiber von der Pension auf dem Hof oben?", fragte Veitl.

Lisbeths Gesicht verzog sich, als hätte sie in eine Zitrone gebissen.

„Ja, leider, möchte ich fast sagen. Das ist natürlich unchristlich angesichts dessen, dass er vermisst wird, aber wenn er nicht mehr wiederkommt, uns wird er nicht fehlen." Die Miene der alten Dame war eiskalt und undurchdringlich.

„Ja, aber was hat er denn gmacht, dass er sich Eanan Hass aso zuzogn hat?", versuchte Veitl, die frostige Stimmung aufzutauen.

„Darüber möchte ich nicht sprechen. Es ist vorbei. Man wünscht ja niemandem etwas Böses, aber offenbar gibt es ja doch noch Gerechtigkeit auf dieser Welt."

Veitl wurde hellhörig. „Meinen Sie, dass dem was zugstoßen is?"

Lisbeth Weber zuckte die Schultern. „Wie auch immer. Wie gesagt, wir trauern ihm nicht hinterher."

Huber mischte sich dienstbeflissen in das Gespräch. „Wissen'S, es geht ja schließlich um einen Kriminalfall, gell? Da müssen'S schon entschuldigen, aber da werden'S halt doch a bissl mehr erzählen müssen. Woher kennen Sie denn den Herrn ... wie heißt der jetzt gleich?" Fragend sah er zu Veitl hinüber.

„Walter", half der aus.

„Genau. Den Herrn Walter, woher kennen Sie denn den?"

Lisbeth Weber sah Huber von oben herab an. „Meine Güte, wir sind ja quasi Nachbarn. Also gewesen. Da kennt man sich halt."

„Und sei Frau, die Japanerin, ham Sie die a kennt?", versuchte Veitl es diplomatischer.

Lisbeths Miene hellte sich ein wenig auf.

71

„Ja, in der Tat. Reizende Person. Und so süß, die Kinder ..." Sie unterbrach sich. „Schade, dass sie nicht mehr da sind."

Veitl fuhr fort: „Muss wohl ned so einfach gwesen sein, dene ihra Ehe, oder? Ham Sie davon was mitkriegt?"

„Wir spionieren unseren Nachbarn nicht hinterher, wir haben hier selbst genug zu tun", erklärte Lisbeth bestimmt, ehe sie fortfuhr. „Er war hier so etwas wie der Hausmeister und seine Frau hat ab und zu bei uns geputzt. Ich glaube, dass ihm das nicht recht war, aber sie brauchten Geld. Dadurch blieb es nicht aus, dass man auch mal etwas mitbekommen hat, was vielleicht eher privater Natur gewesen ist. Aber wir mischen uns nicht in Angelegenheiten ein, die uns nichts angehen."

Ende 2012

Das erste Jahr in Garmisch verlief für Amaya recht gleichförmig. Nach einiger Zeit traute sie sich mehr zu und unternahm öfter Ausflüge in die Stadt. Viel mehr als schaufensterbummeln oder zum Spielplatz gehen konnte sie dort nicht tun, denn sie hatte kein Geld und sprach kein Deutsch. Aber diese gestohlenen Momente, diese winzigen Abenteuer, hellten ihren ansonsten eher tristen Alltag doch ein wenig auf. Sie ging auch manchmal hinunter an den See und badete mit Satoshi oder ließ das Kleinkind im Sand spielen.

Da Georg tagsüber nicht zuhause war, bekam er von den Ausflügen seiner Frau nichts mit. Wenn er daheim war, verhielt sie sich so unauffällig, wie sie nur konnte, und versuchte ihn möglichst nicht zu reizen. Trotzdem blieben seine Tobsuchtsanfälle leider nicht aus.

Wenn es wieder einmal so weit war, dann duckte sich Amaya, machte sich ganz klein. Je weniger Widerworte sie gab, umso schneller war es vorüber. Am Tag nach so einem Ausbruch ging sie immer in die Stadt. Es war ihre Form der Rache.

Sie telefonierte in unregelmäßigen Abständen mit Ingrid in München, und die Freundin half ihr, über die Sinnlosigkeit ihres Lebens hinwegzusehen.

Kurz vor Weihnachten, Ingrid erzählte Amaya gerade vom Wintertollwood, dem Festival auf der Theresienwiese, flog plötzlich die Türe auf und Georg kam unerwartet nach Hause. Es war erst früher Nachmittag, Amaya hatte ihn erst in ein paar Stunden zurückerwartet. Satoshi spielte fröhlich brabbelnd mit Bauklötzen auf seiner Decke am Boden.

Erschrocken murmelte Amaya: „Ingrid, sorry, ich muss Schluss machen", und drückte auf die Unterbrechungstaste.

Georg kam auf sie zu wie ein Tsunami, sie sah es kommen, aber sie wusste nicht, wie sie sich wehren sollte.

Seine Faust traf ihr Kinn und es knirschte schmerzhaft.

Amaya schrie auf vor Schreck und Schmerz. Georg packte sie an beiden Oberarmen und zerrte sie hoch, nur um sie dann erneut niederzuschlagen.

Satoshi fing an zu weinen, doch Georg ließ Amaya nicht los. Er prügelte so lange auf sie ein, bis sie glaubte, keinen ganzen Knochen mehr im Leib zu haben. Dann ließ er sie abrupt los und verließ das Zimmer ohne einen Kommentar.

Amaya kroch auf Knien zu ihrem Sohn und zog das weinende Kind tröstend in ihre Arme. Sie blutete und ihr Kleid war zerrissen, doch sie war so froh, dass zumindest ihrem kleinen Liebling nichts passiert war.

Als Georg sich wieder gefasst hatte, kehrte er zurück in die Wohnküche, als ob nichts geschehen wäre. Er verlangte zu essen und Amaya beeilte sich, ihm etwas zu richten. Sie humpelte und ihre Lippe war aufgeplatzt.

„Mit wem hast du telefoniert?", fragte Georg und sein Unterton hatte etwas Drohendes.

„Mit niemandem", log Amaya. „Nicht wichtig."

Georgs Faust knallte auf die Tischplatte, sodass das Geschirr nervös klirrte. Amaya zuckte zusammen.

„Ich will nicht, dass du telefonierst, verstehst du mich? Ich *verbiete* es!"

Amaya beeilte sich zu nicken.

Zur Untermauerung seiner Worte griff Georg sich das Telefon aus der Ladestation und donnerte es auf den Küchenboden, sodass es in seine Einzelteile zersprang.

Amaya versuchte krampfhaft, die Tränen zurückzudrängen.

„Es wird sich jetzt sowieso einiges ändern hier", knurrte Georg. „Ich werde nämlich in Zukunft viel mehr Zeit für euch haben!"

Amaya sah ihn entsetzt an.

„Wie meinst du das?", presste sie hervor.

„Ich habe gekündigt! Ja, so ist es! Ich habe in München gekündigt und werde mich ab jetzt nur noch meiner Familie widmen!"

Februar 2016

„Er hatte seinen Job in München verloren", begann Lisbeth nun doch langsam mehr Informationen preiszugeben.

„Was hat er denn da gmacht?", fragte Huber.

Veitl notierte. „Moment", unterbrach er. „Wenn des jetzt doch a längeres Verhör wird, dat i doch lieber a Diktiergerät einschalten, wenn's genehm is. Sonst schreib i mir da an Wolf."

Lisbeth nickte gnädig.

Veitl wühlte in seiner Jackentasche und förderte erst ein kariertes Stofftaschentuch, dann ein verdrücktes Hustengutti und schließlich das Diktiergerät zutage. Umständlich schaltete er es an, hielt es sich direkt vor den Mund und sagte vernehmlich: „Test, eins ... zwei ..."

Er spulte zurück, ließ die Testaufnahme abspielen und dann legte er es auf den Tisch zwischen sie und nickte.

Lisbeth nahm den Faden wieder auf: „Ich weiß es nicht genau, was er da vorher gemacht hat. Es muss wohl ein recht einträglicher Job gewesen sein, weil sie konnten noch eine Weile ganz gut leben. Vielleicht hat er auch eine Abfindung bekommen. Aber irgendwann ist jede Summe Geld aufgebraucht und dann fingen sie an, den Bauernhof herzurichten, sodass sie Fremdenzimmer vermieten konnten. Es kamen auch wirklich Leute zu ihnen, obwohl es ja nicht besonders – entschuldigen Sie, wenn ich das so sage, aber einladend war es wirklich nicht da. Soweit ich weiß, gab es auch oft Beschwerden von Gästen, weil er sie vom Hof gejagt habe."

Huber unterbrach sie: „Da hört se doch alles auf, sagen'S amal, der vermietet Zimmer und dann haut er de Leut wieder aus? Des gibt's doch ned."

Lisbeth Weber nickte zur Bestätigung. „Ganz recht, ich konnte es auch nicht glauben. Es muss eine Art Macke von ihm gewesen sein, so als hätte er es lieber gehabt, wenn niemand seiner heilen, kleinen Welt zu nahe gekommen wäre."

„Des is natürlich blöd dann, wenn ma koane Menschen mag, aber Menschen im Haus braucht, damit a Geld in d'Kass kommt", kommentierte Veitl.

„Irgendwann stand er bei uns vor der Tür. Die Vermietung war wohl nicht einträglich genug. Er bat um einen Job, er bettelte geradezu. Wir wollten der Familie helfen, immerhin ging es ja auch um die Kinder."

„Wie viele Kinder waren denn da im Haus und wie alt warn de?", fragte Veitl dazwischen.

„Zwei. Ein Bub und ein Mädchen. Das Mädchen kam erst zur Welt, als es der Familie finanziell schon nicht mehr gut ging. Wahrscheinlich war das auch der Grund, warum er dann plötzlich zu uns kam. Er sah keinen Ausweg mehr, um seine Familie zu ernähren."

„Des ehrt ihn ja irgendwie dann a wieder, ned? Dass er dann alles probiert ...", warf Huber ein, verstummte aber sofort, als er Lisbeths Blick dazu sah.

„Diesen Menschen ehrt überhaupt nichts. Er hatte einen gut bezahlten Job in München, den hat er – wieso auch immer – verloren. Er hat ihn nicht gekündigt, so wie er gerne behauptet hat, sondern er wurde gefeuert, das weiß ich zufällig ganz genau, weil ich gute Kontakte nach München habe."

Aha, dachte Veitl, *aber sie spioniert ja nicht*, und grinste.

„Er hat die Misere, in der er war, selbst verschuldet. Aber trotzdem wollten wir ihm helfen, seiner Frau und den Kindern wegen. Also stellten wir ihn als eine Art Hausmeister an. Er renovierte hier so einiges für uns, half uns, das Anwesen am Laufen zu halten. Das machte er auch durchaus gut. Aber viel konnten wir ihm dafür nicht bezahlen. Wir finanzieren uns aus den Einlagen unsrer Mitglieder, jeder von uns gibt eben das, was er geben kann. Und damit muss ja auch das Laufende gedeckt werden, nicht wahr?" Lisbeth machte eine Pause, so als müsse sie zuerst überlegen, wie die Geschichte weiterging.

„Wir hatten eine Putzfrau aus dem Ort, die kam zweimal in der Woche und machte bei uns sauber. Als die aufhörte, fragte ich ihn, ob er sich vorstellen könne, dass seine Frau das übernehmen würde. Dann könnten wir ihnen etwas mehr Geld geben. Er wies diesen Vorschlag entschieden von sich. Er war richtig erbost."

„Was war denn da dabei?", fragte Huber. „Er hat doch a da garbeit. Des is doch a nette Geste gwesen. Versteh i ned."

„Wir verstanden es auch nicht. Es dauerte auch nicht lange, dann kam er und brachte seine Frau mit. Er stellte sie uns vor und fragte, ob unser Angebot noch stehen würde. Wir sagten ja. Also begann sie bei uns als Putzhilfe. Sie war sehr nett und sehr bemüht, sprach aber leider kein Wort Deutsch, und das, obwohl sie doch schon Jahre in Deutschland war."

Herbst 2013

Mit Georg auf dem Bauernhof zu leben, war für Amaya zunehmend unerträglich. Seit er Ende 2012 seinen Job verloren hatte – inzwischen wusste Amaya, dass er ihn nicht gekündigt, sondern dass man ihn aus der Firma geschmissen hatte –, saß er den ganzen Tag bei ihr zuhause. Sie konnte keinen Schritt tun ohne seine Aufsicht. Sie fühlte sich wie in einem Gefängnis.

Zumindest hielt er sich mit seinen Angriffen auf sie zurück, seit sie wieder schwanger war. Sie hatte ohnehin keine Gelegenheit, etwas zu tun, das ihm nicht passte. Wollte sie mit Satoshi hinaus in den Garten oder hinunter an den See, so musste sie Georg Bescheid geben. Egal, wie weit sie sich vom Haus entfernte, sie fühlte sich unter ständiger Beobachtung. Dadurch verging ihr auch die Freude an den kleinsten Unternehmungen.

Und als er anfing, Zimmer zu vermieten, da wurde es vollends unerträglich. Einerseits wollte er Gäste, er erwartete, dass sie sie bediente, Frühstück servierte und die Zimmer in Ordnung hielt, gleichzeitig sollte sie keinen Kontakt zu ihnen aufnehmen. Wenn er sie dabei ertappte, dass sie versuchte, mit den Gästen auf Englisch zu sprechen, was die meisten ohnehin gar nicht verstanden, tickte er vollkommen aus. Er brüllte herum und jagte die Gäste vom Hof. Es hagelte Beschwerden, man schloss ihn aus dem Tourismusverband aus, was die eh schon spärlichen Buchungen sofort stagnieren ließ. Dann saß er zuhause, jammerte und begann zu trinken.

Für Amaya war diese ganze Beherbergungssache ein einziges Minenfeld. Sie hatte das Gefühl, dass sie es ihm, was das betraf, überhaupt nicht recht machen konnte.

Dazu hatte sie dann noch die Kinder. Sie wollte, dass Satoshi und seine kleine Schwester Saika eine normale Kindheit bekamen, ohne die Eskapaden ihres Vaters erleben zu müssen. Am meisten hatte sie nachwievor Angst davor, dass er auch ihren Kindern etwas antun könnte. Ihre Kinder waren ihr einziges Glück.

Mit dem Garten konnte sie zumindest noch ein wenig auffangen, dass sie kein Geld mehr hatten. Doch Amaya begann sich ernsthaft Sorgen zu machen, wie es mit ihnen allen weitergehen sollte.

Bei ihren Ausflügen hinunter zum See betrachtete sie jedes Mal die Villa. Dort musste es doch Arbeit geben.

Sie begann auf Georg einzureden, dort vorstellig zu werden. Er weigerte sich.

„Ich bin doch kein Bittsteller!"

„Wir werden aber bald Bittsteller sein, wenn wir nicht irgendetwas unternehmen. Wir müssen doch von etwas leben! Die Pension bringt doch auch nichts ein", warf ihm Amaya vor.

Sie wusste wohl, dass es wieder zum Streit kommen konnte, aber die Situation wurde langsam unerträglich.

Erstaunlicherweise ging er schließlich doch auf ihren Vorschlag ein. Und prompt kam er am anderen Tag auch mit der Nachricht zurück, dass er dort anfangen konnte. Stundenweise zwar nur, als Hausmeister, aber immerhin.

Februar 2016

„Und dann is's eam davo, sei Frau?", fragte Veitl weiter.

„Wir haben eine Dame hier, die spricht ein wenig Japanisch, eine Lehrerin, wissen Sie? Sie hat an der Deutschen Schule in Yokohama unterrichtet.

Sie war etwas aus der Übung, aber sie machen sich keine Vorstellung, wie erleichtert die junge Frau war, dass jemand sie verstand und mit ihr sprechen konnte. Nicht nur Englisch, sondern in ihrer eigenen Muttersprache. Die zwei Frauen waren sofort eng befreundet."

„Könnten mir mit der Dame vielleicht selber sprechen?", wandte Huber ein.

Sonnbichler saß die ganze Zeit stocksteif da und starrte Löcher in die Luft. Er hatte sich noch nicht einmal an dem Verhör beteiligt. Veitl beschloss insgeheim, dass er darüber Beschwerde bei ihrem gemeinsamen Vorgesetzten einreichen würde.

Lisbeth Weber machte ein bedauerndes Gesicht. „Ich fürchte, das können Sie nicht."

Huber sagte: „Oje, is de Dame womöglich ... Also, is's nimmer unter uns?"

Lisbeth schüttelte den Kopf. „Nein, so weit ist es noch nicht. Aber Sie haben Marie Sauer ja gesehen, Herr Kommissar Veitl, nicht wahr? Sie ist in einem bedauernswerten Zustand."

„Ach, is des de vom BKH?", fragte Huber an Veitl gewandt.

Veitl nickte.

In dem Moment wurde das Gespräch unterbrochen und eine alte Frau mit ihrem Rollwägelchen kam zur Tür herein. Vorne auf der Ablage hatte sie ein Tablett mit Tassen und einer Kaffeekanne stehen. „Hat etwas länger gedauert, tut mir leid, Lisbeth", sagte sie und stellte zittrig das Geschirr auf den Tisch. Veitl beeilte sich, ihr die volle Kaffeekanne abzunehmen.

„Mei, des hätt's aber ned braucht, hätten's halt was gsagt! Danke auf jeden Fall."

Die Alte wendete ihren Rollator und tippelte wieder hinaus.

Veitl griff das Thema von vorhin wieder auf, indem er feststellte: „Also war die Frau Sauer sowas wie a Freindin von der Japanerin."

„Könnte man so sagen, ja. Wobei die junge Frau trotz allem nicht besonders zugänglich war. Wir gehen davon aus, dass er sie misshandelt hat. Geschlagen hat er sie auf jeden Fall. Und sie hatte hier ja sonst niemanden", erörterte Lisbeth.

„Dann war der Zustand von der Frau Sauer da wohl no ned so ... desolat?"

„Nein. Das kam erst danach. Wissen Sie, Demenz ist ja ein eher schleichender Prozess, aber irgendwann setzt eben dann der unumkehrbare Verfall ein. Damals war sie noch weitgehend klar und sie hat sich sehr um die junge Frau bemüht."

„Dass die dann davon is, mit de Kinder, hat da de Freundschaft vielleicht a dazu beitragn?", vermutete Veitl.

„Marie hat ihr immer nahegelegt zu gehen. Sie hat ihr auch Unterschlupf und Hilfe hier bei uns angeboten. Aber das wollte sie nicht."

„Und warum na ned? Wollt's bei eam bleibn? Hat's dacht, dass des no mal wird?", fragte Huber dazwischen.

„Die Ehe ist eine von Gott gegebene Verbindung, die mancher zu leichtfertig fortwirft. Aber trotzdem kann es Situationen geben zwischen zwei Menschen, die es unmöglich machen, weiter zusammen zu leben. Gewalt ist eindeutig so eine Situation, denken Sie nicht?" Lisbeth sah Huber durchdringend an.

Der nickte eilig. „Also sie wollt ned geh, jedenfalls ned mit der Hilfe von der Frau Sauer. Aber ganga is's dann doch, oder ned? Zruck nach Japan?"

Lisbeth zuckte resigniert die Schultern.

„Und er?", wollte Huber wissen.

„Er blieb auf dem Hof. Machte weiter wie zuvor. Wir haben ihn nach allem, was war, natürlich nicht mehr beschäftigt. Aber er hatte ein mageres Einkommen aus der Pension. Für ihn wird es wohl gereicht haben. Oder auch nicht, denn nun ist er ja wohl auch fort."

Veitl, Sonnbichler und Huber tranken den angebotenen Kaffee und redeten noch ein bisschen über dies und das, den See, die Villa, und schließlich wandten die Polizisten sich zum Gehen.

Sommer 2014

Inzwischen arbeitete Amaya selbst stundenweise in der Villa. Sie genoss die Zeit, die sie der Enge ihres Lebens mit Georg entfliehen konnte. Ihre Kinder konnte sie mitnehmen. Die Alten freuten sich über die Abwechslung. Die Arbeit war nicht anspruchsvoll, sie putzte die vielen Zimmer des Hauses, die Fenster, die Bäder, die Küche. Es gab immer viel zu tun, aber die Alten konnten sich nicht mehr Stunden leisten, und Georg war es nicht recht, dass sie außer Haus arbeitete.

Er hätte es lieber gesehen, wenn sie rund um die Uhr auf dem Hof geblieben wäre, aber es ging einfach nicht. Sie kamen mit dem Geld, das sie durch die Vermietungen verdienten, und dem bisschen, das er als Hausmeister in der Villa dazuverdiente, absolut nicht über die Runden.

Sie hatte ihn bekniet, sich wieder einen richtigen Job zu suchen. Vielleicht auch ganz woanders. Doch den Hof aufgeben und seinen Traum vom Landleben begraben, das wollte er partout nicht. Er unterstellte ihr im Gegenzug, dass sie nur darauf brannte, dass er wieder den ganzen Tag außer Haus war und sie tun und lassen konnte, was sie wollte. Er steigerte sich in Eifersuchtsfantasien hinein, behauptete, sie hätte in der Zeit, als er noch in München war, eine Affäre gehabt, und dann prügelte er wieder auf sie ein.

Sie hielt ihm entgegen, dass das doch lachhaft war, sie kam ja nirgendwohin und konnte gar niemanden kennenlernen, doch er ließ sich nicht von dieser fixen Idee abbringen. Gelegentlich stellte er sogar seine Vaterschaft infrage.

Seine Vorwürfe waren ebenso grotesk wie gefährlich. Wenn sie darauf einging und sich verteidigte, wurde er umso wütender und es hagelte hinterher wieder Schläge für sie. Wenn sie nicht darauf reagierte, sah er sich bestätigt und prügelte ebenso.

Wenn sie in der Villa war, fühlte sie sich frei von diesen Qualen. So musste sich das Leben anfühlen, wenn man es selbst in die Hand nehmen konnte. Die Alten waren sehr freundlich zu ihr und zu den Kindern. Sie merkten natürlich, dass etwas in ihrer Ehe nicht stimmte.

Und dann lernte sie Marie kennen.

Marie war ein liebenswertes altes Fräulein, sie hatte ein Faible für Rosen, hegte und pflegte die Sträucher im parkartigen Garten, arrangierte Gestecke daraus für die Villa und auch ihre Kleidung zierten Blumen. Sie stickte. Am liebsten auch florale Muster. Und sie schrieb herrliche, kleine Gedichte. Amaya liebte es, wenn sie bei Marie putzte und die alte Dame ihr ihre Gedichte vorlas, auch wenn sie sie nicht verstand.

Aber Marie verstand Amaya. Denn die alte Frau war Lehrerin an der Deutschen Schule in Yokohama gewesen, nahe Tokio. Sie kannte die Stadt, nach der Amaya sich so verzehrte. Sie teilten Erinnerungen an schöne Stunden in Japan, an die Kirschblüte und an den schneebedeckten Gipfel des Fuji. So wie Japan zum Gelobten Land für Amaya geworden war, dem Ort, an dem Milch und Honig flossen und alles gut war, so war das Land auch für Marie ein Sehnsuchtsort. Nach den vielen Jahren in Japan hatte sie sich schwergetan, sich in Deutschland wieder einzufinden. Vieles, was ihr früher vertraut gewesen war, kam ihr danach fremd vor. Erst in der Villa hatte Marie wieder Frieden gefunden. Auch darin waren Marie und Amaya sich ähnlich.

Was für Amaya jedoch unbezahlbar war, war die Tatsache, dass Marie Japanisch sprach. Heute zwar nicht mehr so selbstverständlich und flüssig wie damals, aber sie verstand Amayas Worte. Sie war der erste Mensch, seit sie Tokio verlassen hatte, mit dem sie in ihrer Muttersprache kommunizieren konnte.

Satoshi sprach inzwischen auch Japanisch, er lernte es von seiner Mutter, aber die Gespräche mit dem Dreijährigen waren doch anders als eine Unterhaltung mit einem erwachsenen Menschen.

Marie respektierte Amayas Bedürfnis, ihr Gesicht zu wahren, und drängte sie nicht dazu, aus ihrem Privatleben zu erzählen. Sie konnte neben der Sprache auch die japanischen Traditionen verstehen. Und gerade deshalb öffnete sie sich der alten Frau gegenüber, Stück für Stück.

Wenn sie wieder mit blauen Flecken und Platzwunden zur Arbeit kam, ließ es sich ohnehin nicht verbergen, was in dem alten Bauernhaus passierte.

„Und die Kinder?", fragte Marie leise auf Japanisch.

Amaya wandte den Blick ab und schüttelte fast unmerklich den Kopf.

„O, Gott sei Dank!", flüsterte Marie.

Dann schwiegen sie gemeinsam.

Bis Marie die einvernehmliche Stille mit einer einzigen Frage durchbrach: „Warum?"

Amaya hob resigniert die Schultern. Sie wusste es doch auch nicht. Weil er brutal war? Aggressiv? Weil es ihm ein sadistisches Vergnügen bereitete, wenn er sie am Boden liegen sah?

„War es von Anfang an so?", fragte Marie vorsichtig.

„Nein, am Anfang war er sehr aufmerksam und großzügig. Ein toller Mann, weltgewandt, viel gereist, interessiert an vielen Dingen."

„Was hat ihn so klein werden lassen?" Marie hatte eine Gabe, die Dinge differenziert zu betrachten.

„Ich weiß es nicht. Vielleicht war es mein Fehler. Vielleicht habe ich ihm sein Selbstbewusstsein genommen, ohne es zu merken. Heute ist er verbittert, engstirnig und kleinkariert. Er drängt mich in ein Leben, das ich nicht leben will. Ich soll zuhause sitzen, Tag und Nacht, ich darf nicht ausgehen, darf keine Freunde haben, nicht lachen und keine Freude spüren. Wenn er wüsste, dass ich hier mit Ihnen rede, dann wäre das wie ein Affront gegen ihn."

Amaya liefen Tränen über die Wange. Zum ersten Mal beweinte sie ihre Situation. Marie legte ihr sachte die Hand auf den Arm.

„Kindchen, ich würde Ihnen so gerne helfen", sagte sie. „Warum verlassen Sie ihn nicht? Packen Sie Ihre Sachen und die Kinder und kommen Sie hierher zu uns. Wir helfen Ihnen. Wir bringen Sie von ihm weg!"

Wenn Marie das sagte, hörte es sich so einfach an. Aber so leicht war es nicht. Wie sollten ein paar alte Leute sie und die Kinder schützen, wenn er austickte?

Und das würde er.

O, sie wollte sich gar nicht ausmalen, wie er reagieren würde, wenn sie sagen würde, dass sie ihn verließ.

Sie wünschte sich nichts mehr als das, aber gleichzeitig hatte sie auch vor nichts so viel Angst: gehen. Einfach durch die Tür gehen und nicht mehr wiederkommen. Kein Blick mehr zurück. Wie oft hatte sie sich das ausgemalt, aber es war nicht so einfach.

Oder doch?

In aller Stille begann der Samen zu keimen, den Marie in Amayas Gedanken gesetzt hatte. Ein zartes Pflänzchen erst, aber nach und nach wurde daraus ein starkes Gewächs.

Heimlich packte Amaya das Nötigste für sich und die Kinder in eine kleine Tasche. Diese versteckte sie ganz tief in ihrem Kleiderschrank. Wenn es soweit war, bräuchte sie sie nur zu nehmen und sie könnten gehen. Jedes Mal, wenn sie nun in der Villa war, fragte sie sich: War jetzt der richtige Moment?

Doch dann ging sie wieder nach Hause, fügte sich in ihre Rolle und hielt aus.

Marie drängte sie nicht, sie sprach das Thema nicht mehr an. Amaya genoss die Zeit, die sie bei Marie im Zimmer verbringen konnte, und putzte dort besonders gründlich. Aber sie bemühte sich auch darum, ihre stille Freundschaft nicht auffällig werden zu lassen. Sie wusste, hätte Georg davon erfahren, er hätte mit Wonne zerstört, was ihr so lieb und teuer geworden war.

Amaya kam mit den beiden Kindern von der Villa herauf zum Hof. Sie ging immer zu Fuß über die Wiesen.

Es war ein warmer Sommerabend und Amaya fühlte sich ein wenig melancholisch. Sie hatte einen heiteren Nachmittag mit Marie und den anderen Alten in der Villa gehabt, jetzt kehrte sie zurück.

Erst in ein paar Tagen würde sie wieder Ausgang bekommen und ein paar Stunden in das andere Leben abtauchen können.

Sie musste gleich noch Abendessen machen, Georg bestand darauf, dass sie, auch wenn sie gearbeitet hatte, ihre Hausfrauenpflichten nicht vernachlässigte. Niemals wäre es ihm in den Sinn gekommen, selbst den Kochlöffel zu schwingen oder sie gar zum Essen auszuführen. Das hatte er schon seit ihrer Brautzeit nicht mehr getan, und leisten konnten sie es sich ohnehin nicht.

Sie schlüpfte ins Haus. Amaya hatte es sich angewöhnt, im Haus so leise wie möglich aufzutreten, so als wäre sie gar nicht da.

Die Kinder waren müde vom Spielen, sie brachte die beiden ins Kinderzimmer und legte ihnen ein Hörspiel ein.

„Mama kommt gleich wieder, ich koch nur schnell Abendessen, ja?", sagte sie auf Japanisch und Satoshi nickte schläfrig.

Dann huschte Amaya in die Küche und kümmerte sich um das Essen. Georg war im Wohnzimmer, sie hörte ihn dort hantieren. Sie beeilte sich mit ihren Vorbereitungen, um ihm keinen Anlass zum Ärger zu geben.

„Da bist du ja!" Seine Stimme war schneidend. Amaya fuhr zusammen. Sie hatte ihn nicht hereinkommen hören. An seiner Stimmlage merkte sie, dass er wieder in Streitlaune war.

Sie duckte sich und antwortete nicht.

„Wieso kommst du so spät?", knurrte er, obwohl sie genauso pünktlich nach Hause gekommen war wie immer.

„Ich war putzen in der Villa", gab sie wahrheitsgemäß zur Antwort.

Sein Schlag traf sie wieder unvorbereitet. Obwohl sie wusste, dass er aggressiv wurde, wenn er in dieser Stimmung war, überraschte sie die Wucht seines Zorns jedes Mal aufs Neue. Sie schleuderte gegen die Küchenzeile und fing sich knapp, bevor sie zu Boden stürzte.

„Schlampe!", schrie er. „Mit wem treibst du es da drüben?"

Wenn die Situation nicht so bitterernst gewesen wäre, hätte sie fast lachen können über seine Vorwürfe. Er kannte die Alten genauso wie sie. Ihr eine Affäre dort zu unterstellen, war absurd.

Erneut traf sie ein Faustschlag. Ihre Knie knickten ein und sie fand sich auf dem Küchenboden wieder.

In diesem Moment klickte in ihrem Kopf ein Schalter. Was machte sie hier überhaupt? Worauf wartete sie noch? Er würde sich niemals ändern. Egal was kommen mochte, nichts würde schlimmer sein als das Leben hier mit ihm. Einer plötzlichen Eingebung folgend, rappelte sie sich auf. Offenbar hatte ihr Vater von Anfang an rechtgehabt.

Sie schob sich an Georg vorbei und lief zum Schlafzimmer. Dort wühlte sie die Notfalltasche aus dem Schrank, dann eilte sie hinüber ins Kinderzimmer und holte die beiden Kinder.

„Wir gehen noch einmal weg", sagte sie, fröhlicher, als ihr zu Mute war. Satoshi stand bereitwillig auf und zog seine kleine Schwester hinter sich her.

Im Flur trafen die drei wieder auf Georg.

„Wohin willst du?", fragte er drohend.

Amaya stellte sich schützend vor ihre Kinder und erklärte mit allem Selbstbewusstsein, das sie aufbringen konnte: „Ich gehe. Ich verlasse dich. Ich halte es nicht mehr aus!"

Georg vertrat ihr den Weg. Seine Haltung, seine Miene, alles an ihm war eine einzige Drohung.

„Du gehst nirgendwohin. Du nicht!"

Amaya dämmerte, dass ihre Kurzschlussreaktion dumm und planlos gewesen war. Wie wollte sie jetzt mit den Kindern an ihm vorbeikommen?

„Du verlässt mich nicht!" Damit griff er sie am Handgelenk, verdrehte ihr den Arm, sodass sie gezwungen war, in die Knie zu gehen. Sie sah die weit aufgerissenen, angstvollen Augen der Kinder, dann verlor sie den Halt und musste geschehen lassen, dass Georg sie mit sich fortschleifte. Er stieß sie grob in den Vorratsraum neben der Küche. Sie schlug mit den Knien schmerzhaft auf dem Metallgestell des Vorratsregals auf. Hinter ihr knallte die Tür ins Schloss. Der alte Schlüssel kratzte im Schloss, als er zweimal umgedreht wurde.

Panik befiel Amaya. Was hatte Georg jetzt vor? Wo war er? Was war mit den Kindern?

Sie rappelte sich hoch, hämmerte mit den Fäusten gegen die Tür und schrie sich die Seele aus dem Leib, doch es kam keine Antwort.

Der Raum hatte keine Fenster.

An der Decke baumelte eine nackte Glühbirne in der Fassung, der Lichtschalter befand sich draußen auf dem Flur. Er konnte das Licht nach Belieben ein- und ausschalten. Amaya inspizierte in verzweifelter Hast die Utensilien im Regal, aber sie fand nichts, was ihr geholfen hätte, die Tür aufzubrechen. Die alten Türen im Haus waren massiv und die Schlösser stabil. Amaya presste das Ohr an die Tür, um mitzubekommen, was draußen passierte, doch sie hörte nichts. Durch das Schlüsselloch ließ sich nur ein winziger Punkt an der gegenüberliegenden Wand erkennen, sonst nichts.

Wo war Georg? Wo waren die Kinder?

Amaya überlegte fieberhaft, wie sie sich aus ihrem Gefängnis befreien konnte. Wenn sie doch nur schon längst gegangen wäre! Wie immer hinunter zur Villa zur Arbeit und dann nicht mehr wieder zurück. Einfach fort. Die Alten hätten sie aufgenommen, das hatte Marie ihr versprochen. Sie hätten ihr geholfen, sich ein neues Leben aufzubauen, irgendwo. Vielleicht zuhause in Tokio.

Doch jetzt war es zu spät.

Es fühlte sich wie eine Ewigkeit an, bis Georg schließlich zu ihr zurückkam. Er schloss die Tür auf und blockierte den Durchgang.

„Wo sind die Kinder?", rief sie sofort und stürzte sich blindwütig auf ihn.

Er wehrte sie locker ab. Geradezu unheimlich ruhig war er mit einem Mal.

„Du wirst mich nicht verlassen", wiederholte er seine Drohung von zuvor. „Du bist nicht die Erste, die meint, sie könnte mit mir umspringen, wie sie will. Aber ich hab dazugelernt. Dieses Mal läuft das so, wie ich es will."

„Du bist ja verrückt!", entfuhr es ihr.

Georg lachte. „Denkst du! Aber weißt du, ich habe auch Gefühle. Ich habe Wünsche und Vorstellungen vom Leben, aber ihr Weiber, ihr denkt, ihr könnt mit mir machen, was ihr wollt!"

Er griff nach Amayas Handgelenk und zerrte sie zu sich heran. Grob manövrierte er sie zum Schlafzimmer und warf sie aufs Bett.

„Du bist meine Frau!", sagte er, während er an seinem Gürtel herum nestelte.

„Wo sind die Kinder?", fragte Amaya erneut.

„Sie schlafen", erklärte er.

Amaya robbte von ihm weg, bis ans Kopfteil des Bettes. Er kam um das Bett herum und bedrängte sie.

„Du bist meine Frau und du wirst tun, was ich verlange", setzte er nach.

Amaya schloss die Augen und dachte, wenn es nur das war, würde sie es über sich ergehen lassen, wie auch sonst, wenn er nachts plötzlich zudringlich wurde. Und sobald sich die Gelegenheit bieten würde, wäre sie über alle Berge.

Er fummelte an ihrem Hosenbund herum, doch offenbar fehlte ihm die Gegenwehr. Unvermittelt schlug er ihr erneut ins Gesicht.

„Du elende Schlampe!", schrie er, plötzlich wieder wütend. „Du wirst mich nie verlassen, hörst du? Du nicht! Wir sind eine Familie! Wir leben ein glückliches Leben mit einem Haus auf dem Land und einem Garten. Was willst du überhaupt noch? Du hast alles, was man sich wünschen kann! Aber ihr kriegt den Hals nicht voll!"

Er kniete über ihr und bearbeitete sie mit seinen Fäusten. Amaya konnte nicht ausweichen, sie konnte die Schläge nicht abfangen, sie trafen sie ungebremst. Sie spürte, wie ihr Nasenbein nachgab, der stechende Schmerz lähmte ihr das Hirn. Sie hörte kaum mehr, was er ihr vorhielt.

„Ich habe alles für dich getan. Ich habe dieses Haus gekauft, ich habe meinen Job aufgegeben, ich war bereit, mich ganz und gar auf die Familie zu konzentrieren. Aber du bist es nicht wert! Du hast es nicht verdient, dass man dir Gutes tut! Du bist durch und durch schlecht, ihr alle! Alle Weiber sind schlecht!"

Er hörte auf, sie zu schlagen. Stattdessen schlossen sich seine Hände fest um ihre Kehle. Amaya versuchte ihn abzuschütteln, doch er lehnte mit seinem ganzen Gewicht auf ihrem Körper. Seine Finger pressten sich um ihren Hals und drückten zu.

Februar 2016

Huber lehnte lässig an Veitls Schreibtisch. Veitl stand am Fenster und blickte hinaus. Es schneite schon wieder.

„Und was mach'ma jetzt?", fragte Huber.

„I hob so an Verdacht", gestand Veitl. „I muss mal mitm Ali reden, vielleicht kann ma des no rausfinden. Was, wenn die Frau gar ned davo is?"

Veitl sah Huber direkt an.

Huber schluckte. „Du moanst, dass de Leichen im See vielleicht de Familie von dem Vermissten wär?"

Veitl nickte düster.

„Und dann is er davo", ergänzte Huber.

Veitl griff sich das Telefon und wählte die Nummer der Pathologie. Sein Blick streifte die Uhr an der Wand.

„Hoffentlich is der überhaupt no im Dienst", murmelte er, während es läutete.

„Veitl da, Ali, Servus." Erleichtert begrüßte der Kommissar den Gerichtsmediziner, als dieser an den Apparat ging.

„Pass auf", sagte er. „Kannst du no rausfinden, ob de Leichen vom See, also, ob die verwandt waren? Geht des no?"

„Flori, grias di. Ja, des konn i scho rausfinden. Do brauch ma ja nur a Gewebeanalyse macha. Wieso meinst, dass de verwandt san?", entgegnete Mohsani.

„Des dat in meine bisherigen Ermittlungen neipassen. Du sag, du hast gsagt, mir ham da a Kinder, oder?"

Mohsani seufzte. „Es dat ma mei Arbeit scho deutlich vereinfachen, wenn du amal mein Bericht lesen datst. Ja, es san a Frau und a Mo und zwoa Kinderleichen. Kannt also scho sei, dass des a Familie war. I analysier des für di, okay?"

„Ja, danke, Ali. Du, und schick di bitte. Des is jetzt doch a dringenderer Fall."

Veitl ließ das Telefon sinken. Triumphierend sah er Huber an. „Er sagt, des wär möglich. Vielleicht hamma's dann!"

Huber runzelte die Stirn. „Aber sag, des warn doch vier Leichen."

Veitl nickte.

„Wer is na der vierte?"

„Wieso?"

„Ja, der werd se doch ned selber umbracht ham und dann sei eigene Leiche und de Leichen vo seiner Familie mitnand in den See do versenkt ham ... Do stimmt doch was ned."

Veitl verzog das Gesicht. „Vielleicht is der vierte jemand andres. Kann doch sei, er is gstört worden und hat dann den unerwarteten Besucher glei no mit verräumt. Sowas gibt's."

„I woaß's ned recht ... wenns'd meinst."

Dann klatschte Veitl die Faust in die flache Hand und meinte: „Verdammt, dann find'ma des raus!"

Zwei Tage später klingelte das Telefon wieder einmal just, als Margarete, Veitl, Benedikt und sein Freund am Esstisch saßen.

„So geht des bei uns jeden Tag zua!", knurrte Veitl. „Ma konn einfach ned in Ruhe essen."

Er erhob sich und ging zum Telefon.

„Flori, habe d'Ehre, i woaß, es is scho spät, aber i hab ma dacht, du mechst des bestimmt sofort wissen. I hob de Ergebnisse von dem Gutachten, wegen dera Verwandtschaft bei unsre Leichen."

Es war Mohsani. Veitls Grant verflog augenblicklich und wich der Neugier. „Ja, prima, du störst doch ned, vazäh!"

„Ja also, du host recht. De san verwandt."

Veitl machte ein triumphierendes Geräusch. „Hab i's ned gsagt! Alle viere, sag? Der Mo a?"

„Alle viere. I kann ned viel sagen, weil der Zustand vo dene Leichen is katastrophal, de miaßen scho lang im Wasser gwesen sei. Aber so vui kann ma sagn: Des san Mutter, Vater und Kinder. Oa Familie", bestätigte Mohsani.

„Des is jetzt blöd", räumte Veitl ein.

Verwirrt sagte Mohsani: „Wieso is jetz des wieder blöd? I hob dacht, des war dei Verdacht, dass de zamghörn?"

„Ja scho. Naa, passt scho, Ali. Danke. I meld mi bei dir, gell?"

Veitl verabschiedete sich.

„Um was geht's'n da, sag?", wollte Margarete wissen. „Leichen? A ganze Familie? Bei uns?"

Veitl warf einen verstohlenen Blick auf Benedikt und Vicky, er wollte Interna nicht herumtratschen, schon gar nicht, wenn er dachte, kurz vor dem Durchbruch in dem Fall zu stehen.

„Ja, Gretel. I kann da no ned viel sagen. Des is a bissl verzwickt."

„Isch des ufreggend, äll Dag gibds äbbas neis. Ge?", grinste Vicky über den Rohrnudeln.

„Bei meinen Eltern war's noch nie langweilig", bestätigte Benedikt mit vollem Mund.

Margarete schöpfte noch einmal ordentlich von dem selbstgemachten Zwetschgenkompott auf seinen Teller. „Esst's, es is noch mehr draußn in der Küche. Braucht's ned sparen!"

Veitl warf einen sehnsuchtsvollen Blick auf die Emaille-Schüssel mit den goldbraunen Hefenocken, dann sagte er in die Runde: „I glaub, i fahr noch amal schnell ins Präsidium. Jetzt, wo ma de Information ham, vielleicht find i no was raus, was uns weiterhelft."

„Jetzt no?", fragte Margarete.

„Ja, irgendwie lasst mir der Fall koa Ruh."

Auf der Dienststelle sah Veitl überrascht, dass auch in einem andren Büro noch Licht brannte. Er ging den Gang hinunter und fand zu seinem Erstaunen den Sonnbichler an seinem Schreibtisch sitzend vor. „Ja, da schau her ...", entfuhr es Veitl. „Ja varreck. Also mit Ihnen hätt i jetzt nimmer grechnet. Um de Uhrzeit."

Sonnbichler sah von seinen Schreibarbeiten hoch. „Und? Sie san ja offensichtlich a no da."

„Wieder. I hab neue Erkenntnisse im Fall Seeleichen", erwiderte Veitl. In *Ihrem* Fall, lag ihm noch auf der Zunge.

„Aha", machte der andere desinteressiert.

„I find scho, dass Sie des a bissl interessieren kannt. Immerhin is des ja eigentlich Eana Fall, ned?" Veitl spürte, wie seine Wut auf den faulen Kollegen wieder hochstieg. Er hatte ihm noch nicht verziehen, dass er ihn letztens beim Verhör in der Villa völlig im Stich gelassen hatte. Sonnbichler war die ganze Zeit nur dabeigehockt wie

bestellt und nicht abgeholt. „Ja, was hamma dann für Erkenntnisse?", fragte Sonnbichler, ohne aufzusehen.

„Die Leichen gehörn alle zu oana Familie: Mutter, Vater und Kinder. I geh davo aus, also i vermut, dass des die Familie von dem Vermissten ausm Bauernhof is", teilte Veitl seine Überlegungen mit dem Kollegen.

Sonnbichler zuckte unwillkürlich zusammen. „Alle vier?", fragte er wie zur Bestätigung noch einmal nach.

„Ja, des is ja des Seltsame. Weil i wär jetzt eigentlich davon ausganga, dass er sie umbracht hat. Und de Kinder. Des hätt Sinn ergebn. Aber so ..."

Sonnbichler reagierte ungewohnt heftig: „Wo is denn da der Sinn, ha? Frag ich Sie: Wo is der Sinn? Wenn Kinder umbracht werdn. Einfach so!"

Veitl stutzte und lenkte ein: „Ja, Sie ham natürlich recht, des is furchtbar. Aber wir san ja ned da, um zu richten, ned wahr? Dafür gibt's dann andre. Wir finden jetzt erst mal raus, was da wirklich passiert is."

Sonnbichlers Ausbruch war bereits vergessen, er wirkte wieder so verschlossen wie ehedem. Leichthin sagte er: „Machen'S des."

Veitl kochte innerlich, als er sich an seinen Schreibtisch niederließ.

„Volldepp ... Hundsgribbe meineidiger ... Da Blitz soll de beim Scheißen treffa – kreizsacklzementnochamal ..."

Vor sich hin fluchend, öffnete er die Akte mit Mohsanis Bericht. Akribisch arbeitete er Seite für Seite durch. Die Wut über den andren stachelte ihn zu Höchstleistungen an. Er arbeitete so konzentriert, dass er gar nicht merkte, wie die Zeit verflog. Längst war er der Einzige im Präsidium.

Er suchte nach dem Fehler im Bild, nach dem einen Detail, das er übersehen hatte. Wer war der Mann? Und wenn es *der* Mann war, wer war dann der Mörder?

Plötzlich blieb sein Blick an etwas hängen, das er vorher überlesen hatte.

„Ja da varreck! Ja mi leckst am Arsch!"

Natürlich blieb es nicht lange unentdeckt, dass Amaya nicht mehr kam. Die Alten und allen voran Marie befragten Georg wieder und wieder. „Und sie kommt nicht zurück?"

Georg schüttelte traurig den Kopf.

„Sind sie wieder in Japan, sie und die Kinder?", fragte Marie.

„Ja."

Georg schlich über den Hof wie ein sehr alter, gebrochener Mann. Man hätte ihn auf den ersten Blick für einen Heiminsassen halten können. Die Alten machten sich dazu ihre eigenen Gedanken.

„Das ist bestimmt nicht leicht für ihn. Verlassen von der Frau, ganz allein da auf dem Hof."

Karl-Heinz bedauerte ihn, doch Marie fuhr dazwischen: „Das nehm ich ihm nicht ab! Da stimmt doch was nicht. Im Leben nicht ist die mit den Kindern zurück nach Japan."

Lisbeth Weber versuchte zu vermitteln. „Das kann doch sein, nach allem, was war zwischen ihnen. Hast du ihr nicht immer geraten, dass sie gehen soll?"

Marie begehrte auf: „Natürlich, das haben wir doch alle! Aber ich versteh sie besser als ihr. Das ist in Japan anders als bei uns. Wenn sie zurückgeht und vor ihrer Familie eingesteht, dass sie gescheitert ist, das käme einem Selbstmord gleich! Außerdem, woher hätte sie das Geld?"

Lisbeth sah Marie alarmiert an. „Was willst du damit sagen?"

„Er hat sie umgebracht", flüsterte Marie.

Die Stille, die auf diesen Satz folgte, war absolut. Karl-Heinz, Lisbeth und Herbert, der ebenfalls auf der Veranda saß und die letzten warmen Sonnenstrahlen genoss, starrten Marie mit weit aufgerissenen Augen an.

„Weißt du, was du da sagst?", murmelte Lisbeth, als sie sich wieder gefasst hatte.

Sie kamen überein, dass sie Amayas Familie schreiben würden. Marie wusste die Adresse und so würden sie erfahren, ob Amaya und die Kinder in Tokio waren, oder ... Der Briefverkehr zwischen Japan und Garmisch dauerte eine ganze Weile, doch am Ende bekamen die Bewohner der Villa ihre Antwort. Leider war es nicht die erhoffte.

„Ich sag doch, der hat sie umgebracht!", jammerte Marie. Ihre gebrechlichen alten Hände zitterten. „Allesamt. Die Amaya und ...", ihre Stimme war nicht mehr als ein Hauch, „... und die Kinder."

„Wir gehen zur Polizei!", fuhr Herbert Ableitner dazwischen. „Das hätten wir sofort tun müssen."

Karl-Heinz Räder nickte zustimmend.

„Das werden wir *nicht*", erklärte Lisbeth bestimmt, und bevor Ableitner oder Räder sich aufregen konnten, fuhr sie fort: „Ich sag euch auch warum: Wir haben nichts in der Hand! Am Ende schleicht die Polizei dann hier bei uns herum und schnüffelt. Das können wir nicht gebrauchen!"

Die Herren verstummten.

Die Villa war ihnen allen Lebenswerk und Zuhause in einem. Sie hatten mit all ihren Ersparnissen dieses Domizil für ein selbstbestimmtes Leben bis zum Schluss gegründet, hielten es mehr schlecht als recht am Laufen und handelten dabei nicht immer unbedingt konform mit den geltenden Gesetzen. Statt einen Arzt zu konsultieren, experimentierten sie selbst mit Kräuteressenzen und Auszügen, Wickeln und Bädern.

Sie lebten offiziell als Wohngemeinschaft zusammen, es gab keine behördliche Genehmigung für eine Heimeinrichtung oder eine Betreuung. Die hätten sie auch nicht bekommen, tatsächlich lebten aber auch Personen in der Villa, die im höchsten Maße pflegebedürftig waren. Die Gemeinschaft kümmerte sich um sie, auch wenn ihre Pflege oft nicht das war, was die Angehörigen gerne gesehen hätten. Auch Lisbeths eigenen Kindern missfiel der Lebensstil ihrer Mutter, und sie waren der Meinung, zumindest unterstellte Lisbeth ihnen das, dass sie ihr Erbe mit dem Erhalt der Villa aufbrauchte.

Eine Weile saßen die vier Alten schweigend beisammen, dann sagte Herbert: „Also, was machen wir?"

„Wenn wir wüssten, was genau vorgefallen ist ... und was er getan hat ...", überlegte Lisbeth laut.

Marie hob den Blick: „Ja! Wir müssen es ihm nachweisen!"

Die Männer wirkten weniger überzeugt vom Vorhaben der beiden Damen, doch als Lisbeth schließlich entschlossen verkündete, dass sie hinüber gehen und den Bauernhof ausspionieren würde, erklärten sie sich bereit, diese Aufgabe zu übernehmen.

„Es schadet ja nix, wenn wir uns mal ein bisschen umsehen."

Februar 2016

Veitl kehrte spät nach Hause zurück, Margarete war schon im Bett, die beiden Jungs hatten noch ausgehen wollen. Er ging zuerst in die Küche, knipste das Licht an und machte sich auf die Suche nach einem Rest der Rohrnudeln oder etwas anderem Essbaren. Da kam Margarete im Nachthemd herein. „Ach, du bist'as", sagte sie.

„Wen hast'n erwartet?"

„Hast du no Hunger?", fragte sie im Hinblick auf den offenen Kühlschrank.

„Des war no moi a gscheide Fieselarbeit, aber jetzt hab i was. Des könnt die Lösung in dem Fall sei", erklärte Veitl seinen nächtlichen Appetit. „Und der Sauhund von Sonnbichler, der war a no im Büro. I mag ja ned wissen, was der um so a Zeit no da tut, weil arbeiten werd er wohl kaum, des macht er ja beim Tag scho ned!"

Margarete nahm ihrem Gatten demonstrativ die Schüssel mit den Rohrnudeln aus der Hand und stellte sie wieder zurück in den Kühlschrank. „Des is dir doch z'fett um de Uhrzeit. Da kannst ja ned schlafa. I mach da a Brot."

Ergeben ließ Veitl sich aus der Küche schieben und setzte sich im Esszimmer auf die Eckbank.

„Des sag i dir, den wenn i endlich mal dran kriegen tät. So jemand is verbeamtet und streicht amal a saftige Pension ein und für was?", pulverte er weiter.

Margarete kam mit einer spärlich garnierten Vollkornbrotscheibe zurück ins Esszimmer und stellte sie Veitl vor die Nase. Während er

aß, sagte sie: „I möcht amal mit dir übern Benedikt reden, jetzt wo er grad ned da is."

Veitl kaute und mampfte ohne Reaktion.

„Wie denkst jetz du eigentlich über den Vicky, sag?"

Veitl sah seine Frau müde an. „Mei, was soll i dazu sagn? Mir wär's halt lieber, es wär a Deandl. Dir eba ned?"

Margarete wand sich. „Ja, scho. Aber es is halt, wie's is. Des müss'ma akzeptieren, oder? Und der Vicky is ja eigentlich recht nett. Findst ned?"

„Mei, ja, nett scho. Aber, Herrschaft, i hab doch scho genug am Hals, de Gschicht mit de Leichen und de Vermisstenanzeige und dann den Sonnbichler, den Gloife, den ma zu nix brauchen kann. I bin doch a Beamter!", rief Veitl vielleicht eine Spur heftiger, als es seine Art war.

„Scho, scho", stimmte Margarete zu und stellte ihm ausnahmsweise sogar noch ein Bier hin.

Am anderen Tag ging Veitl mit seinen neusten Erkenntnissen zu seinem Vorgesetzten.

„So, Mane, jetzt moan i, brauch ma an Haftbefehl."

Hierl sah freudig überrascht aus. „Ja, wunderbar, Mensch, dass ihr den Fall so schnell löst's, hätt i jetz gar ned erwartet."

„Wir?", grunzte Veitl erbost. „Des war wenn dann scho i alloa. Und weil ma's grad davo ham: Wenn der Sonnbichler sich Überstund einträgt, von gestern, gell, dann sollt'ma vielleicht scho amal überprüfen, was der da eigentlich an ganzen Abend über macht, in seim Büro."

Veitl fuhr selbst hinaus zur Villa, Huber und zwei weitere Streifenpolizisten hatte er im Schlepptau.

„Herr Kommissar, ich hatte gar nicht mit Ihnen gerechnet, gibt es noch Fragen?", begrüßte Lisbeth Weber sie. Sie war adrett und makellos gekleidet, wie bei ihrer letzten Begegnung.

„Frau Weber, ich muss Sie leider bitten, uns zum begleitn", sagte Veitl förmlich.

Lisbeths Gesicht verlor alle Farbe. „Was? Ja, aber ... warum denn?"

„Frau Weber, Sie san verhaftet. Sie stehn unter dem Verdacht, Ihrn Nachbarn, den Herrn Georg Walter, ermordet zum ham", unterbrach Huber und gab seinen Kollegen ein Zeichen.

Einer links und einer rechts, griffen sie nach Lisbeths Armen und schickten sich an, sie zum Polizeiauto zu führen, das mit laufendem Blaulicht in der Auffahrt der Villa parkte.

„Umgebracht? Ich? Aber ich bitte Sie, meine Herren, das ist doch lächerlich!"

Lisbeth Weber wurde in die Dienststelle der Polizei in Garmisch gebracht. Für das weitere Verhör zog Veitl seinen Chef hinzu, denn er hatte Hierl inzwischen ins Bild gesetzt.

„Möchten Sie sich zu den Anschuldigungen äußern?", fragte er.

„Ich bin doch keine Mörderin! Ich habe den Mann nicht umgebracht, auch wenn ich's ihm gewünscht hab", erwiderte Lisbeth, und zum ersten Mal begann ihre makellose Fassade zu bröckeln.

„Dann geben'S aber zu, dass'S Mordgedanken ghabt ham", warf Veitl triumphierend ein.

„Wer hätte die denn nicht gehabt, frag ich Sie? *Er* ist doch der Mörder! Nicht ich."

Veitl hakte ein: „Des is ja sehr interessant, des is Ihnen letztens wohl entfallen gwesen, de Information, oder? Was wissen Sie von dem Mord? Jetzt amal raus mit der Sprach!"

„Wenn Sie's ned warn, aber wissen, wer's war, dann is des Beihilfe zum Mord, des is a strafbar", ergänzte Hierl.

„War's vielleicht a andrer Bewohner von Eanana WG da draußen?", versuchte Veitl, der Zeugin auf die Sprünge zu helfen.

„Nein! Ich verwahre mich aufs Schärfste gegen Ihre haltlosen Anschuldigungen! Weder ich noch ein anderer Bewohner hat etwas mit dem Mord zu tun!"

„Des bringt doch jetzt nix mehr." Hierl bemühte sich um eine ruhige Miene.

„Sagen'S uns, was Sie wissen, alles andre macht's doch nur noch schlimmer."

Lisbeth Weber saß mit hängenden Schultern zusammengesunken auf dem Stuhl des Verhörraums und starrte ihre sauber manikürten Hände an.

Langsam, ganz leise, begann sie zu sprechen: „Wir sind ihm auf die Schliche gekommen, kurz nachdem es passiert ist. Es war grauenvoll. Ich hab es nicht mit eigenen Augen gesehen, aber die Schilderungen haben mir gereicht. Er hat sie umgebracht. Diese liebenswerte, freundliche Frau und seine beiden bezaubernden Kinder. Sein eigen Fleisch und Blut! Nicht einmal davor schreckte er zurück!

Dieser Kerl war kein Mensch. Diese Kreatur hatte den Tod mehr als verdient. Ja, ich hatte Mordgedanken, und nicht nur ich! Aber was hätten wir Alten denn ausrichten sollen gegen einen gesunden Mann im besten Alter?!"

Veitl und Hierl hielten den Atem an, sie wollten das Geständnis nicht unterbrechen und Lisbeth womöglich wieder in ihr Schneckenhaus zurücktreiben. Doch sie war ohnehin eine Frau von Prinzipien, und wenn sie beschlossen hatte, auszupacken, dann tat sie das umfassend und vollständig.

„Er hat sie erwürgt und die Kinder vergiftet. Die Szenen, die sich in dem Haus abgespielt haben, ich mag sie mir gar nicht ausmalen! Und dann hat er die drei Leichen einfach im Erdkeller abgelegt. Wie verendetes Vieh lagen sie da auf der gestampften Erde zwischen Vorräten und Eingemachtem!"

„Woher wissen'S denn des, dass de vergiftet worden san?", fragte Veitl doch dazwischen.

„Ich weiß es nicht, aber wir nehmen es an, es ließ sich sonst nichts Auffälliges erkennen. Die Würgemale an Amayas Hals waren deutlich sichtbar."

„Und wer hat sie gefunden?", wollte Hierl wissen.

„Meine beiden Mitbewohner Herbert Ableitner und Karl-Heinz Räder. Nachdem wir übereingekommen waren, dass wir uns Klarheit über ihren Verbleib verschaffen wollten, schrieben wir zunächst ihrer Familie in Tokio. Leider haben wir dadurch sehr viel Staub aufgewirbelt, denn dort waren sie natürlich nicht und die Familie hatte lange nichts mehr von der Tochter gehört. Man machte sich auch dort große Sorgen und unser Brief bestätigte diese."

„Warum san'S 'n do ned glei zu uns kemma?", warf Veitl ein.

„Ja, wahrscheinlich wäre das besser gewesen, das sehe ich heute auch. Aber damals sah ich nur den Unfrieden, den eine polizeiliche Ermittlung in unsre Wohngemeinschaft gebracht hätte. Wir wollten erst einmal sichergehen, dass da tatsächlich ein Verbrechen geschehen ist. Aber dann ..."

Lisbeths Blick hing in der Ferne, in ihrem Mienenspiel lagen Reue, Scham und auch Mitgefühl für die Nachbarin. Veitl hasste seinen Job in solchen Momenten, denn er konnte nachvollziehen, wie sie sich fühlte.

„Was war dann?", animierte Hierl sie, weiterzusprechen.

Lisbeth seufzte und fuhr fort: „Die Japaner waren außer sich vor Sorge um die Tochter und die Enkelkinder. Einige Zeit später stand der Bruder der Toten unangekündigt vor unsrer Türe. Er hatte sich auf eigene Faust ein Visum besorgt, einen Flug gebucht und war hergekommen. Ich glaube, er wusste selbst nicht genau, was er hier eigentlich wollte, aber die Aussicht, dass seiner kleinen Schwester etwas zugestoßen war, ließ ihm keine Ruhe. Und dann mussten wir ihm sagen, dass wir sie gefunden haben. Alle drei. Aber tot."

Da dämmerte Veitl, dass sie die Wahrheit gesagt hatte, als sie den Mord von sich wies. Nicht die alte Dame hatte die Tat gerächt.

„Dann is er austickt", vermutete Veitl deshalb.

Lisbeth nickte. „Wir wollten ihn aufhalten, sagten ihm, dass der es nicht wert wäre, sich das Leben zu versauen, doch er war so in Rage. Er überquerte die Wiesen und fiel drüben in dem Bauernhof ein, wie ein apokalyptischer Reiter. Ich denke, der Kerl hat überhaupt nicht kapiert, was ihm da geschieht, da war es schon vorbei. Wir sind sofort hinterher, aber als wir drüben ankamen, war es schon zu spät."

„Und dann ham'ses seebestattet?", fragte Veitl.

„Der Japaner wollte seine Schwester und die Kinder mit nach Tokio nehmen, aber wie hätte das denn vonstatten gehen sollen? Wie kommt man denn mit drei Toten im Gepäck durch die Sicherheitskontrollen am Flughafen, und wie hätte er das denn plausibel erklären können? Wir konnten ihn überzeugen, dass er seine Schwester, seinen Neffen und seine Nichte hier beerdigen musste. Ein offizielles Grab kam natürlich auch nicht infrage, außerdem musste die vierte Leiche weg. Und da kam Ableitner die Idee mit dem See. Er war früher Chef eines Tiefbauunternehmens, mit Beton kennt er sich aus. Er hat die Ringe gefertigt, damit die Leichen auch unter Wasser bleiben. In der Zwischenzeit haben wir in der Villa die Leichentücher genäht und dann haben wir die vier vorbereitet, verschnürt und mit unserem Kahn auf den See hinaus gerudert. Wir mussten vier Mal fahren, weil die Betonringe so schwer waren. Für die Mutter und ihre Kinder haben wir eine Zeremonie abgehalten, ihn haben wir einfach so hinterher geworfen. Wenn es eine Gerechtigkeit gibt zwischen Himmel und Erde, dann wird er sowieso im ewigen Fegefeuer schmoren!"

Veitl schluckte, es war einer der seltenen sprachlosen Momente seines Lebens. Hierl brachte noch eine letzte Frage heraus: „Und dann? Is er zruck nach Japan?"

Lisbeth holte tief Luft, dann nickte sie. „Er ist fort und unsere Marie ist nach diesen Ereignissen nie mehr dieselbe gewesen. Sie war vorher vielleicht auch schon ein wenig tatterig, aber nachdem wir die vier Leichen beerdigt hatten, verließ sie der Lebensmut. Sie war zunehmend verwirrt, redete wirres Zeug und fantasierte. Am Ende wollte sie sich das Leben nehmen, aber das wissen Sie ja. Ich denke, dass sie unterschwellig vielleicht zu Amaya wollte, vordergründig wusste sie nicht einmal mehr, dass es Amaya überhaupt gegeben hatte."

Veitl und Hierl waren einigermaßen erschüttert, als sie nach dem Ende des Verhörs den Raum verließen.

„Kruzefix ... Des hätt i ma ned dacht. Du?", murmelte Veitl.

Hierl schüttelte fassungslos den Kopf.

In Hierls Büro berieten die beiden Beamten noch kurz über die weitere Vorgehensweise.

„Irgendwie unbefriedigend is des ja scho", stellte Veitl resigniert fest. „Jetzt wiss'ma zwar, wer's war, aber wenn der in Tokio is, dann krieg'ma den wahrscheinlich nie."

Hierl nickte. „Aber des werd'ma heut nimmer aufklärn. De Alte müss ma wieder laufen lassen, de hat zwar scho a weng Dreck am Stecken, aber für a U-Haft reicht des ned. I dat sagn, mir schlafen da jetzt noch mal übers Wochenend drüber und dann seh ma am Montag weiter."

„Ja, des werd wohl's Gscheitste sei. Dann fahr i de jetzt hoam, oder?", meinte Veitl.

„Ach, des soll da Huber machen."

„I bin eh scho im Fahrn, des passt scho. I wünsch da was, Mane."

Veitl begleitete Lisbeth zu seinem Dienstwagen und hielt ihr die Beifahrertür auf. Die Fahrt von der Dienststelle hinaus an den See verlief schweigend. In der Auffahrt hielt Veitl an und half Lisbeth aus dem Wagen.

„So, dann halten'S sich aber bitte zur Verfügung, gell? Wobei, i geh jetzt eh ned davon aus, dass Sie wegfahren wollten. Des gilt a für die beiden Herren. Des gibt jetzt wahrscheinlich a internationale Fahndung nach dem Bruder", erklärte Veitl noch zum Abschied.

Lisbeth Weber wirkte nervös, als sie sagte: „Ja, wir sind ja da. Ich danke Ihnen fürs Heimfahren, Herr Kommissar."

Misstrauisch schob Veitl hinterher: „Is alles in Ordnung mit Ihnen?"

Lisbeth hatte sich wieder unter Kontrolle, mit fester Stimme betonte sie: „Alles in Ordnung. Es war nur etwas aufwühlend heute, diese ganzen Ereignisse kommen jetzt wieder an die Oberfläche. Auf Wiedersehen, ein schönes Wochenende."

Trotz der mehr als aufwühlenden Ereignisse des Tages musste Veitl am Abend auf einen Faschingsball gehen.

Er hatte es Margarete und den Jungs versprochen. Seine Sache waren diese Kostümierungsaktionen ja nicht und als leidenschaft-

lichen Tänzer konnte man ihn eben auch nicht bezeichnen, aber zumindest würde es seinen Kopf wieder freimachen.

Er ließ sich sogar zu einem albernen Hütchen überreden, zu mehr jedoch nicht. Margarete ging als Bezaubernde Jeannie in Pumphose und Weste, mit einem Tüllschleier, der ihr vom Hütchen auf der Föhnfrisur ins Gesicht fiel. Benedikt und Vicky waren als Winnetou und Old Shatterhand verkleidet.

Der Abend ließ sich eigentlich recht vergnüglich an, bis Veitl plötzlich den Sonnbichler an der Bar entdeckte. Er versuchte noch, sich unsichtbar zu machen, doch vergeblich.

Sonnbichler hatte ganz offensichtlich schon einiges intus. Er schwankte, als er sich vor dem Tisch der Veitls aufbaute.

„I wollt no sagn", begann er ohne Einleitung und mit schwerer Zunge. „I hab den mal a bissl recherchiert ... den Dings ... den." Er hatte Mühe, seinen Blick auf Veitl zu fokussieren.

„Aha, ja. Besprech'ma des vielleicht dann im Büro, gell?", versuchte Veitl abzuwiegeln.

„Der war scho mal verheiratet", fuhr Sonnbichler unbeirrt fort. „Und wissen'S was? Sei Frau hat'n verlassen. Nach einem Jahr. *Eines!* Des is doch kein Zufall ned. Oder?"

„Mhmm ... Ja. Vielleicht schreiben'S an Bericht über Ihre Erkenntnisse, ha? Wär des ned a gute Idee?"

Sonnbichler wirkte trotz seines veritablen Rausches verärgert. Sein Blick wanderte über die versammelte Familie und blieb an Vicky hängen. Seine Augen traten kurz aus den Höhlen, dann verzerrte ein überdimensionales Grinsen sein stark alkoholisiertes Gesicht.

„Ha ha ... is's des? Is des die Schwiegertochter? Gnihihi ... ha ha ha ... I kack ab. I hab ja gar ned gwusst, dass ihr Veitls warme Brüder seid's! Ha ha ... Des is ja die Show!"

Veitl warf seinem Kollegen einen warnenden Blick zu. Doch der ließ sich nicht beirren.

„Vielleicht könnt's ihn ja a weng schminken, dann geht er scho als Weiberleit durch. Aber a Neger bleibt er halt, gell? Ha ha ..." Sonnbichler wollte sich schier ausschütten vor Lachen.

Veitls Familie hingegen war weniger amüsiert.

Margarete riss die Empörung glatt von ihrem Stuhl. „Sie!", zeterte sie mit drohend erhobener Faust.

Benedikt wirkte, als wollte er es seiner Mutter jeden Moment gleichtun, es allerdings nicht nur bei der Drohung belassen. Und Vicky, der Stein des Anstoßes, brach in Tränen aus.

„Geh, Papa, sag du a was!", zischte Margarete Veitl zu und boxte ihn in die Seite.

Das riss Veitl aus seiner Starre, er kam um den Tisch herum und baute sich vor seinem Kollegen zu seiner ganzen Größe auf. Der überragte ihn zwar immer noch, doch Veitl hatte, dank des geringeren Alkoholpegels, den besseren Stand.

„So, du Haderlump, du damischer, jetzad entschuldigst dich amal ganz gschmeidig bei meim Schwiegersohn-in-spe. Und dann schaust, dass'd Land gwinnst! Sonst zeig i dir amal, wo da Bartl an Most holt! Mir langt's nämlich. Mir langt's scho a ganze Weile mit dir. Stingertfaul und dann a no so dermaßen dummdreist, des is a ganz a meineidige Kombination, des sag i da! Kannst von am Glück redn, wenn i da ned a Disziplinarverfahren ohäng, du Dregghamme, du zamgsuffana!"

Seine Schimpftirade zeigte Wirkung, Sonnbichler suchte beleidigt das Weite.

Als Veitl sich selbstzufrieden wieder seiner Familie zuwandte, schaute er in drei von unterschiedlichem Grad an Rührung gezeichnete Gesichter. Margarete sah aus, als wollte sie ihn vom Fleck weg noch einmal heiraten, sein Sohn wirkte ernsthaft beeindruckt, was in ihrer gemeinsamen Vater-Sohn-Karriere noch nicht so oft der Fall gewesen war, und Vicky ...

Vicky wischte sich die Tränen aus dem Gesicht, kam um den Tisch herum, drückte dem vollkommen verdatterten Veitl ein dickes Bussi auf die Wange und strahlte ihn an: „Du hasch ja Eidam[1] gsa, Schwiegrvadddr!"

„I bin sehr zfrieden." Es war die höchste Auszeichnung, die Veitl von seinem Vorgesetzten je gehört hatte. Manfred Hierl war kein

---

1 schwäbische Bezeichnung für das Schwiegerkind, Schwiegersohn

Mann großer Schmeicheleien, er führte seine Mannschaft nach dem Prinzip: Nicht schimpfen ist Lob genug.

Doch dieses Mal macht er eine Ausnahme.

„Wie ihr des gelöst habt's jetzt. Da Wahnsinn."

„Pff", machte Veitl. „Des war i scho alloa. Der andre Sempftl hat dazu nix beitragen. Jedenfalls ned viel."

Hierl nickte.

„I woaß, dass du dich ned leicht tust mit dem. Mir ham'na ja a erst seit zwei Jahr ..."

„Geh, des hat doch damit nix zum tun. Der macht einfach gar nix. Der sitzt alles aus. De andern werdn dann sei Arbeit scho macha. Und was me am meisten aufregt, aso kriegt er sei Maul ned auf, aber wenn er mal a bissl ebs trunken hat, dann werd er glei ausfallend!", wetterte Veitl.

Hierl machte eine beschwichtigende Geste und sagte großväterlich: „Komm, setz di mal her, i erzähl dir was. Vielleicht siehgst'n dann mit andre Augen."

Veitl brummte etwas Unverständliches, nahm dann aber doch Platz.

„Raus mit der Sprach!"

„Bevor der zu uns versetzt worden is, da hat er an Unfall ghabt. Es *war* a Unfall. Er hat einfach an Moment ned aufpasst. Sowas passiert, es hätt jedem passiern können", begann Hierl.

„Ja und? Es is halt eam passiert. Und weiter?"

„Na ja, bei dem Unfall is halt a Mensch zu Tode kemma. Des war saublöd einfach. Des Kind ..."

„A Kind?", unterbrach Veitl ihn erschrocken. „Er hat a Kind zamgfahrn?"

Hierl nickte.

„Du liabe Zeit ... Und des war tot dann?" Veitl war ernsthaft schockiert.

„Ja. Es is im Krankenhaus an seine Verletzungen gstorben. Es gab a Gerichtsverhandlung und alles. Es is festgestellt worden, dass es lediglich zum Teil sei Schuld war. Er is freigsprochen wordn. Aber sowas geht einem halt nach. Verstehst, Veitl?" Hierl sah Veitl eindringlich an. „Der kann sich des selber ned verzeihen, was da passiert is. Und jedes Mal, wenn irgendwo a Kind involviert is, dann tickt er aus. Des hat er ned im Griff."

Veitl überlegte kurz, dann warf er ein: „Aber des kann der doch no gar ned gwusst ham, dass' da um Kinder geht, bei der Leichensach da. Des hamma doch erst bei dem Termin am See drunten erfahren."

„Er is halt einfach empfindlich seitdem. Egal, um was's geht. Auf an Außentermin kann i den praktisch gar nimmer nausschicken. Aber was soll i denn tun?"

Veitl schluckte.

„Dann braucht der doch a Therapie."

„Des hab i ihm a geraten. Aber vielleicht verstehst jetzt, dass er's a ned so leicht hat. I mecht ned in seiner Haut steckn."

Veitl ging den Gang zu seinem Büro hinunter, unterwegs kam er an dem von Sonnbichler vorbei. Er fasste sich ein Herz und ging zu dem Kollegen hinein.

„I wollt nur sagn, i glaub, mir ham's", sagte er.

Sonnbichler schreckte von seiner Arbeit hoch, er hatte Veitl offensichtlich nicht kommen hören. Seinem Gesichtsausdruck war zu entnehmen, dass ihm die Begegnung unangenehm war. Er hielt mitten in der Bewegung inne.

„Was hamma?", fragte er.

„Des mit de Leichen. Und de Vermisstengschicht is damit a hinfällig."

„Ja? Super." Sonnbichler presste die Lippen zusammen. Er hielt einen Karton im Arm, in den er gerade Gegenstände von seinem Schreibtisch gestapelt hatte. Dann murmelte er: „I wollt me entschuldigen für mein Ausbruch letzts Wochenende, i hab einfach z'viel trunken ghabt."

Veitl winkte ab. „Des sagen'S ned mir, wenn dann sagen'S des meim Bubn und seim Freund. Was machen'S denn da? Packen Sie zam?"

„Ja, i hab mei Kündigung eingreicht. I geh", sagte er schlicht.

„Geh Krampf, Sie san a Beamter, sie kennan gar ned kündigen."

Sonnbichler widersprach: „Doch, i häng den Polizisten an Nagel. Aber was i no sagen wollt: I hab übrigens wirklich a bissl nachgforscht, i wollt den Bericht dann rübergeben, wenn i fertig bin damit. Der Georg Walter, der muss a massives psychisches Problem ghabt ham. Anscheinend hat er nach der Trennung von seiner Frau total durchdreht. I würd sagen, des waren extreme Verlustängst. Der hat sich gezielt de Japanerin ausgsucht, weil er dacht hat, de kann er sich so ziehn, wie er a Frau gern ghabt hätt: häuslich, devot und abhängig von eam. Aber anscheinend hat er se do täuscht. Und dann hat er's umbracht, samt de Kinder. Dass er de Leichen aufm Hof lassen hat, is a weiteres Indiz dafür, dass des a pathologische Trennungsangst war."

Veitl nickte einigermaßen beeindruckt.

„Wissen'S, i kann sowas gut, am Computer Daten über Leut rausfinden und so Psychogramme erstellen, des liegt mir mehra als draußen mit de Leut persönlich zum redn. Und wenn irgendwo Kinder involviert san ... also, da hab i einfach z'viel", ergänzte Sonnbichler.

Auf einmal kam er Veitl gar nicht mehr so unsympathisch vor.

„Geh, jetzt lassen'S doch den Schmarrn und packen'S Ihre Sachan wieder aus. Sie verliern ja Ihre Pensionsansprüch, wenn'S jetzt einfach so gehn."

Sonnbichler schüttelte den Kopf. „Des hat private Gründe, Herr Veitl. I schaff des einfach nimmer."

„Und dann is er einfach ganga", berichtete Veitl zuhause.

Margarete und er saßen wieder allein am Brotzeittisch. Vicky und Benedikt waren am Morgen nach Hamburg abgereist. Mama Veitl war ein wenig melancholisch deswegen.

„Ja, wie wird's den zweien jetzt gehen? Meinst'd, dass's scho daheim sind in Hamburg?"

Veitl sah sie verständnislos an, er hatte ihren Gedankensprung gerade nicht mitbekommen.

„Was? Der geht doch ned nach Hamburg!"

„I red von unsre Bubn. Mei. Wie des klingt, gell? Unsre Bubn. So als hätt ma auf amal no an Sohn. Aber is ja irgendwie so, ned wahr?"

Veitl seufzte und angelte sich eine Scheibe Wurst aufs Brot. „Ja, irgendwie scho."

„Des war jetzt schön, dass se wieder amal a weng was grührt hat in unserm Haus. Ach, wenn's halt ned gar so weit weg wohnen täten ... könnt ma ab und zu mal auf d'Nacht zum Sushi geh, des wär schön, oder?"

Veitl biss beherzt in sein Wurstbrot, auf das er sich noch ein Essiggurkerl drapiert hatte.

„So a Wurschtbrot is ma lieber", erklärte er kauend.

Margarete nickte missbilligend. „Dabei gibt sich der Satoshi Kobayashi so a Mühe!"

Veitl fiel vor Schreck das Wurstbrot aus der Hand. Mit einem Platsch landete es – natürlich mit der Wurst nach unten – auf dem Fußboden.

Veitl registrierte es gar nicht.

„Was hast du jetzt grad gsagt? Wie heißt der Inhaber von dem Sushilokal?"

„Satoshi Kobayashi. Warum?"

Doch Veitl war bereits aufgesprungen und zum Telefon gesprintet. Er wählte die private Nummer von Hierl.

„Servus, Mane, da Veitl. Du, Scheiße, i brauch an Haftbefehl, sofort! Und a Streife!"

Der Vorgesetzte klang völlig überrumpelt. „Was is los? No mal langsam bitte ..."

„I brauch an Haftbefehl und a Streife, auf da Stell, und zwar zu dem Sushilokal in da Innenstadt! I hob den Mörder von der vierten Leich, also von unserm Vermissten!"

Jetzt war auch Hierl auf Betriebstemperatur: „Bist du sicher?"

„Ja! Des is der Bruder! Der is no da. Anscheinend wollt er in der Näh von seiner toten Schwester bleiben, oder was weiß ich. Auf jeden Fall is er des!"

Als Veitl aufgelegt hatte, fragte Margarete erschrocken: „Was? Bist du sicher, dass der des war?"

„Mei, vielleicht is Kobayashi ja a Nam wie Meier in Japan, des weiß i ned, aber es erscheint mir doch eher unwahrscheinlich", entgegnete Veitl.

„Aber geh, so a netter junger Mann, a Mörder!", widersprach Margarete vehement.

Veitl zuckte die Schultern. „Des schließt se vielleicht manchmal gar ned aus", sagte er und belegte sich ein neues Brot mit Wurst.

108

 Jahrmarkt der Eitelkeiten

Tag 1

„Sie ist eine *was*?"

Linda presste sich eines der schneeweißen Seidenkissen vors Gesicht und prustete wie ein asthmatisches Walross. Sie gurgelte und gluckste, dann ging ihr Gelächter in ein Gackern über, das Luke fatal an ein Huhn auf Speed erinnerte.

Das Seidenkissen hatte 250 Euro gekostet. Einzelanfertigung.

Jetzt war der edle Bezug vermutlich für alle Zeiten mit ihrem Lippenstift in der Nuance *Rouge Allure Velvet* verschmiert, dem teuersten Lippenstift, den Chanel aktuell auf dem Markt hatte. Das war auch der Grund, weshalb Linda ihn gekauft hatte.

Ihr war der Preis wichtig.

Je teurer etwas war, desto besser war es. Das war Lindas bestrickende Logik. Luke mochte vor allem *schöne* Dinge, dann konnten sie auch ruhig teuer sein. Aber sie *mussten* nicht.

„Ja, mein Gott. Und?"

Luke fand das Amüsement seiner Schwester etwas übertrieben.

Jetzt lag Linda auf dem Rücken zwischen den anderen 250-Euro-Seidenkissen und strampelte mit den Beinen in der Luft herum. Das Geräusch, das sie dabei machte, ließ Luke einen Moment lang erwägen, einen Notarzt zu rufen.

Doch dann rollte sie herum und sah ihn fast ernst an. „Du verarschst mich."

Luke verdrehte die Augen. „Nein. Ich versichere dir, das mache ich nicht."

Es folgte ein erneuter Ausbruch von Lindas Gelächter.

Luke erhob sich und ging hinüber in die offene Küche. Es war sinnlos, weiter mit ihr zu reden. Überhaupt war ihm im Moment nicht mehr klar, weshalb er überhaupt mit ihr darüber hatte sprechen wollen. Er hätte es sich denken können. Auch bei der

Wahl ihrer Partner legte Linda stets Wert auf den Preis: auf den Preis der Geschenke, die sie ihr machten, oder den der luxuriösen Dinners, zu denen sie sie einluden. Obwohl sie es sich hätte leisten können, den ärmsten Schlucker zu nehmen, war das Jahreseinkommen die Skala, an der sie ihre Lover maß.

Luke ließ sich einen Kaffee aus dem Kaffeeautomaten in der Küche. Durch die Glasfront ging sein Blick hinaus auf den See. Der Strand war fast menschenleer. Nicht nur weil es ein Privatstrand war, sondern weil es stürmte. Nur ein paar unerschrockene Segler waren da draußen unterwegs auf der Jagd nach dem ultimativen Kick. Es sah so aus, als stünden die Chancen dafür heute gut.

Luke beobachtete die bunten Punkte, die zwischen den Gischt sprühenden Wellen auf- und abtanzten, und spürte das Jucken in seinen Fingern. Doch das Segeln oder Surfen war ihm verboten. Solange er bei BAVARIAMEDIA unter Vertrag stand, musste er sich aufs Zusehen beschränken. Zu gefährlich. BAVARIAMEDIA konnte es sich nicht leisten, ihren aktuellen Star bei einem Sportunfall zu verlieren.

Luke seufzte. War diesen Medienbossen denn nicht klar, was sie ihm damit antaten?

Linda hatte sich beruhigt und offenbar seine Abwesenheit bemerkt. Sie kam zu ihm in die Küche und stellte sich hinter ihn an die Glasfront. Sie schlang ihre Arme um seine Taille und legte die Wange an seine Schulter. Sie war so klein, so zerbrechlich. Bei allen Männern löste Linda sofort den Beschützerinstinkt aus, auch bei ihrem Bruder.

„Das meinst du nicht ernst, oder, Luke?", fragte sie vorsichtshalber noch einmal. „Ich meine, du kannst dich mit ihr vergnügen. Das versteh ich. Das hat so etwas ... Exotisches."

Luke drehte sich zu ihr um, ohne die Umarmung zu lösen. „Was soll daran exotisch sein, Linda? Sie ist Deutsche, wie ich."

„Aber ..."

Jetzt schob Luke seine Schwester von sich weg. „Ich möchte darüber nicht weiter mit dir diskutieren, hörst du? Ich liebe sie. Basta."

Linda seufzte. „Du bist so ekelhaft romantisch manchmal."

Luke schlug spielerisch nach ihr. „Ein bisschen mehr Romantik und etwas weniger Berechnung würden dir auch gut tun!"

Er öffnete die Glastür zur Veranda. Dieses Haus am See war ein Glücksgriff seiner Maklerin gewesen. „Lass uns spazieren gehen", schlug er vor.

Als er die Treppe hinunterging, nahm er immer zwei Stufen auf einmal. Während er das kühle Gras zwischen den nackten Zehen spürte, atmete er durch. Die Luft roch würzig und ein paar Möwen jagten schimpfend hintereinander her.

Linda fingerte an ihren Riemchen-Stilettos herum. „Warte auf mich! Ich muss erst noch die Schuhe ausziehen."

Schließlich kam sie, die Schuhe in der Hand, auf ihn zu. „Ich verstehe nicht, wieso du dich hier vergräbst. Du könntest mit mir in Schwabing wohnen. Oder wenigstens in Grünwald. Aber nein, es musste ja unbedingt Starnberg sein", nörgelte sie. Sein Blick schweifte über das windgepeitschte Wasser, den Himmel mit den sich auftürmenden Wolken und den kühlen, rauen Kies unter seinen Füßen. Wo, wenn nicht hier, könnte er es aushalten?

Er sah sie kopfschüttelnd an. „Halt die Klappe!"

Schweigend liefen sie ein Stück nebeneinander her.

„Woher kennst du sie denn?", griff Linda das Thema doch wieder auf.

„Aus so einer Bar."

„Welcher Bar? Du gehst in keine Bars!"

„Das *Coyote Ugly*."

Linda prustete schon wieder. „*Coyote Ugly*? Was ist das? Eine dämliche Hollywoodkomödie? Das wird ja immer besser."

Luke zuckte die Achseln.

„Ist das so eine Bar, wo halbnackte Mädchen auf dem Tresen tanzen? Wie in dem Film?"

Luke nickte.

Linda verdrehte die Augen. „Auch das noch ... Und was tut sie da? Tanzen?"

Luke nickte erneut. Er wusste ja selber, wie bescheuert das alles klang. Aber so war es nun einmal.

Linda blieb abrupt stehen. „Luke Sparwasser!"

Luke blieb ebenfalls stehen.

„Bist du noch zu retten? Du bist der gefeierte Actionstar des deutschen Kinos. Die Produzenten reißen sich um dich. Dein letzter Kinofilm hat am ersten Wochenende das Dreifache seiner Produktionskosten eingespielt. Herrgott, die handeln dich schon als den deutschen James Bond!"

Luke sah Linda fragend an. „Ähh ... ja. Und? Was hat das jetzt damit zu tun?"

„Du *kannst* nicht mit einer Nachtclubtänzerin ausgehen!"

„Doch."

„Was meinst du, was das für Schlagzeilen gibt? Die Paparazzi werden sich auf dich stürzen wie die Geier!"

Luke zuckte die Schultern. „Und wenn schon. Auch das wird ihnen irgendwann langweilig."

„Komm gut nach Hause."

Nachdem Linda gegangen war, machte Luke sich einen Scotch mit Eis und setzte sich auf die Veranda. Die meisten der Adrenalinjunkies, die ihr Glück mit den Wellen versucht hatten, waren inzwischen nach Hause in die hübschen Villen ihrer reichen Eltern gegangen.

Luke verurteilte sie nicht dafür, er war selbst so aufgewachsen. Linda und er hatten immer von allem im Überfluss gehabt – der Vater ein erfolgreicher Produzent, die Mutter ein mehr oder minder bekanntes Starlet. Nach Lukes Geburt hatte sie sich allerdings ins Privatleben zurückgezogen. Bis zu ihrem tragischen Tod hatten Marie und Joe Sparwasser ein äußert skandalfreies, privilegiertes Leben geführt. Dass die Kinder schließlich auch beide in die Medienwelt der Filmindustrie drängten, erschien den Eltern damals nur als eine logische Konsequenz.

In diesem *Haifischbecken* hatten sie es einfacher als die meisten, weil sie von klein auf an seine Regeln gewöhnt waren. Luke hatte, nicht zuletzt dank seines Vaters, eine glänzende Karriere gemacht und war, wie Linda richtig betont hatte, heute ein Publikumsliebling.

Linda drehte keine großen Kinofilme, sie war das Gesicht einer seit Jahren erfolgreichen Telenovela. Sie war mit der Figur, die sie spielte, groß geworden. Mit siebzehn wurde sie zu „Sarah": Die Tochter aus gutem Haus, adelig, verliert durch den Tod ihrer Eltern alles, die Liebe zu einem jungen Millionär rettet sie schließlich und holt sie aus der Gosse.

Parallel dazu waren Lindas und Lukes wirkliche Eltern zu dieser Zeit bei einem Autounfall tödlich verunglückt. Anders als Lindas Serienfigur stürzte das die beiden jedoch nicht in den Bankrott. Joe Sparwasser hinterließ ihnen nämlich ein Vermögen, das es seinen Kindern erlaubt hätte, nie mehr zu arbeiten.

Aber da die beiden so nicht erzogen worden waren, machte jeder dort weiter, wo er eben stand. Linda stieg mit ihrer Serie zu einem Liebling im deutschen Vorabendprogramm auf und Luke drehte mit den renommiertesten Regisseuren Actionstreifen für das internationale Kino.

Heute, zehn Jahre nach dem Tod seines Vaters, rangierte Luke Sparwasser unter den Top Ten der bestverdienenden Männer Deutschlands.

An das tägliche Spiel mit der Presse war er gewöhnt. Vor dem schicken Seehaus am Starnberger See lungerten immer ein paar Paparazzi herum. Luke war damit vertraut, wie man ihnen gerade ausreichend Informationen zuwarf, um seine Ruhe zu haben, und das, was sie nichts anging, geschickt vor ihnen verbarg. Linda tappte immer wieder einmal mit einem ihrer Liebhaber in eine Falle. Doch an die kleinen Skandale, die ihre Serienheldin gelegentlich auslöste, war das Publikum gewöhnt und verzieh sie ihr in der Regel schnell.

Dass der Saubermann des Actionkinos dagegen eine Bardame datete, würde die Geier anlocken wie ein Haufen Scheiße die Fliegen. Damit konnte man sich das Image im scheinheiligen Mediengetümmel schnell verderben. Das war Luke durchaus bewusst, dennoch hatte er Linda gegenüber die Wahrheit gesagt.

Es war bereits zu spät: Er liebte Anna.

„Du meine Güte!" Guy Cagney lachte herzhaft. „Komm wieder auf den Teppich, Luke."

Lukes Miene verfinsterte sich. „Warum? Die Rolle ist doch perfekt!"

Guy nickte. „Das ist sie. Aber nicht für dich."

Luke hatte das Gefühl, die Wände hochgehen zu müssen.

Er arbeitete schon viele Jahre mit Guy Cagney zusammen, weil der Amerikaner ein Freund der Familie, aber auch ein knallharter Profi war. Nicht zuletzt verdankte er Guy seine bisherige Karriere.

Aber Guy war auch der Auffassung, dass jeder das tun sollte, was er am besten konnte. Und in seinen Augen hieß das, dass Luke sich auf Actionfilme beschränken sollte. Filme, die sich vor allem durch spektakuläre Stunts und Effekte auszeichneten und weniger durch ihre Story. Lukes bisher einziger Ausflug in Richtung Komödie war ein Flop gewesen, lediglich beachtet von einigen von Lukes weiblichen Fans. Seitdem war Guys ohnehin geringe Bereitschaft für Experimente erschöpft.

„Luke, sei bitte vernünftig. Das ist kein Film für dich."

Luke ballte wütend seine Hände zu Fäusten. „Wieso, Herrgott noch mal? Andere Actionstars haben es doch vorgemacht!"

„Von wem genau sprichst du? *Wisteria* ist eine tragische Liebesgeschichte. So etwas funktioniert mit Hugh Grant, aber nicht mit Jackie Chan!"

„Ich bin nicht Jackie Chan! Was ist mit Til Schweiger? Der spielt im *Tatort*, er spielt *Schutzengel* und dazwischen macht er *Keinohrhasen*! Oder *Honig im Kopf*!"

Guy verdrehte die Augen. Dieses Beispiel führte Luke immer an. „Du bist auch nicht Til Schweiger. Meine Güte, der Kerl kann ALLES spielen! Was weiß ich, vielleicht liegt es daran, dass er nicht nur Schauspieler, sondern auch Regisseur und Drehbuchautor ist. Der schreibt sich die Rollen selber auf den Leib."

„Ach. Und ich kann das nicht, weil ich nur ein Schauspieler bin?" Luke war bewusst, dass er Guy provozierte, und es war ihm egal.

„Luke, lass es. Du bist nicht Schweiger, du bist nicht Grant. Du bist Luke Sparwasser, und der hat im letzten Jahr mehr Filme

gemacht und mehr Geld an der Kinokasse eingespielt, als Schweiger und Grant zusammen."

Luke schnitt eine Grimasse. „Was für ein Trost. Hey, ich kann zwar nicht das machen, was ich will, aber immerhin bringt's ne Menge Geld ein!"

Guy verzog das Gesicht zu einem ironisch-mitleidigen Grinsen. „Armer schwarzer Kater."

Luke lief wie ein hungriger Tiger im Käfig vor Guys Schreibtisch auf und ab. Der Ausblick aus Guys Büro war phänomenal. Er saß im zwölften Stock des *BAVARIAMEDIA* Hochhauses zwischen dem Gebäudekomplex der *Pro7-Sat1-Medien AG* und des *Sky Deutschland Entertainment Centers* in Unterföhring. Von hier aus sah man bei schönem Wetter bis in die bayerischen Alpen.

„Jetzt nimm Vernunft an und setz dich. Ich hab da was andres für dich", schlug Guy einen etwas versöhnlicheren Ton an.

Luke zog skeptisch eine Augenbraue hoch. „Na, da bin ich aber gespannt."

Guy begann geschäftsmäßig in seinen Unterlagen zu kramen. Jetzt war er wieder in seinem Element, Auseinandersetzungen waren ihm nämlich zuwider. „Da, da ist es ja. Ich habe ein Drehbuch, das ist wie für dich gemacht." Er zog einen gehefteten Stapel Papier hervor und warf ihn Luke zu.

Der fing das Drehbuch und drehte es zu sich herum. „*The Vampire Slayer from Newark*? Ist nicht dein Ernst!" Ohne einen Blick hineinzuwerfen, knallte er es Guy wieder mitten auf den Schreibtisch.

„Das ist gerade *der* Hype! Hier, *Twilight* und der ganze Scheiß. Das ist pures Gold! Und so etwas kannst du, Luke."

„Ja. Du sagst es ja schon sehr schön: der ganze *Scheiß*. Ich hab auf *den Scheiß* aber keine Lust."

Jetzt platzte Guy der Kragen. „Herrgott noch mal! Luke! Ich sage dir, du machst diesen Vampir-Mist."

Luke setzte zu einer Erwiderung an.

„Und jetzt ist Schluss. Es ist ein offenes Geheimnis, dass *BerlinCityMedia* die Option auf *Wisteria* hat. Solange das Projekt bei denen liegt, ist es für dich sowieso indiskutabel, oder glaubst du etwa, dass *BAVARIAMEDIA* dich aus ihrem Vertrag lässt? Ich diskutiere das nicht mit dir. Sonst kannst du dir einen anderen Manager suchen!"

„Na toll ..."

Als Luke wenig später das Bürogebäude verließ und auf die Medienallee hinaustrat, hatte er das Gefühl, eine wichtige Schlacht geschlagen zu haben. Und er hatte sie verloren.

Das Drehbuch von *The Vampire Slayer from Newark* steckte in seiner Tasche und schien wie eine ätzende Säure Löcher hineinzufressen.

Einer spontanen Eingebung folgend fuhr er nicht zurück nach Starnberg, sondern in die entgegengesetzte Richtung die Autobahn entlang Richtung Zentrum. Er bog auf den Frankfurter Ring ab. In der Nähe des Olympia Parks lag die Bar *Coyote Ugly*. Diese Bar war dem Schauplatz des gleichnamigen Films nachempfunden und seine neue Bekanntschaft, Anna Perlmann, arbeitete als Kellnerin dort.

Als er vor dem Eingang stand, wurde ihm klar, wie dämlich diese Idee gewesen war. Es war erst sechs Uhr, die Bar hatte noch geschlossen. Unschlüssig ging er zu seinem schwarzen Porsche Cayenne zurück, der reichlich unerlaubt quer auf dem Gehsteig parkte. Gerade als er einsteigen wollte, ging hinter ihm die Tür auf.

„Luke?"

Er fuhr herum und da stand Anna. Sie trug eine fleckige, weiße Schürze über hautengen Lederjeans, das knappe Bustier ließ einen breiten Streifen sonnengebräunter Haut um ihren Bauchnabel frei. Ihr Haar wurde vom einem karierten Bandana zurückgehalten.

„Ich dachte mir doch, dass das dein Wagen ist!" Lächelnd kam sie auf ihn zu und gab ihm ohne zu zögern einen Kuss mitten auf den Mund.

Luke zuckte instinktiv zurück.

Anna sah ihn erstaunt an.

„Entschuldige." Er schlang zum Zeichen, dass es ihm leidtat, einen Arm um ihre Taille und küsste sie auf die Nasenspitze.

Da ertönte hinter seinem Wagen ein wohlbekanntes Klicken.

Luke fuhr herum. „Scheiße! Paparazzi!"

Anna packte Luke geistesgegenwärtig an der Hand und zog ihn mit sich in die noch geschlossene Bar.

Drinnen standen zwei Frauen hinter dem Tresen.

Die eine polierte Gläser, die andere füllte die Kühlschränke auf. Beide sahen von ihrer Arbeit auf, als Anna mit Luke hereinstürmte. Sie schlugen die Tür hinter sich zu und Anna schob den Riegel vor.

„Ist das immer so bei dir?", fragte sie lachend.

Luke nickte. „Die sind schlimmer als die Pest. Sie sind einfach überall."

Anna grinste. „Und was gibt das jetzt? Das Titelbild auf der Gala?"

Schlimmer, dachte Luke, sagte aber nichts. Er mochte sich noch gar nicht ausmalen, was Guy sagen würde, wenn er ihn mit Anna in der Klatschpresse sah.

Und Linda.

Die ältere der beiden Frauen hinter dem Tresen rief Anna zu: „Hey Anna, wir haben noch geschlossen!"

Anna lachte. „Ich weiß, Claire. Darf ich vorstellen? Das ist Luke, mein Freund. Luke, das ist Claire, meine Chefin."

Luke schluckte bei seiner Charakterisierung. Sah sie ihn wirklich schon als ihren festen Freund an?

„Luke? Luke *Sparwasser*? Anna, ich fass es nicht!"

Das Mädchen, das die Gläser poliert hatte, machte große Augen.

„Luke, das ist Kim."

Kim schüttelte frenetisch Lukes Hand. „Scheiße, Anna! Das ist Luke Sparwasser! Das ist wirklich und wahrhaftig Luke Sparwasser!"

Anna lachte. „Sag ich doch."

Da klatschte Claire in die Hände. „Ich stör euch ja nur ungern, Mädels, aber wir haben hier eine Bar vorzubereiten."

„Was wollen Sie hier?" Die Empfangsdame machte einen gelangweilten Eindruck.

„Ich sagte Ihnen doch bereits: Ich möchte zu Herrn Spacek."

Die Dame ließ ihren Blick von seinem Scheitel hinunter bis zu den Spitzen seiner Cowboyboots wandern. Offensichtlich gefiel ihr nicht, was sie sah. Das war früher anders gewesen, aber Wes beste Zeiten lagen schon etwas zurück. Deshalb war er es leider gewöhnt, dass die Empfangsdamen ihn wie eine Kakerlake behandelten, die sich durch die gläserne Drehtür irgendwie auf den frisch gewischten Marmorboden geschlichen hatte.

„Also, was ist jetzt? Kann ich zu ihm hoch?"

„Ihre Arroganz ist unangebracht, Herr … wie war der Name? Nein, Sie können nicht hoch. Herr Spacek ist in einer wichtigen Besprechung", erwiderte die Empfangsdame mit einem aalglatten Lächeln.

Wes biss sich auf die Lippen, er musste sich wirklich etwas kooperativer zeigen. Er schenkte der Frau sein strahlendstes Lächeln. „Sehen Sie …", er ließ seinen Blick schweifen und blieb an dem Messingschild hängen, das schräg vor ihr auf dem Tresen angebracht war. Elisabeth Bergmaier.

„Sehen Sie, Liz. Ich darf Sie doch Liz nennen? Was ich mit ihm zu besprechen habe, ist auch sehr wichtig. Sehr, sehr wichtig. Wir sind sozusagen alte Freunde und ich bin überzeugt, er würde hören wollen, was ich ihm zu sagen habe. Da möchten Sie doch nicht schuld sein, dass er es nicht erfährt, nicht?"

Liz lächelte freundlich.

Wes hatte immer noch Charme. Erleichtert richtete er sich auf. Früher hatte er Frauen wie Liz zum Frühstück verspeist. Es wurmte ihn, dass er sich jetzt von ihnen abweisen lassen musste. Aber ganz schien ihn sein Glück doch nicht verlassen zu haben. Liz griff nach dem Telefonhörer, sie lächelte ihn immer noch an. Jetzt würde sie Herrn Spacek erklären, dass hier ein ganz wichtiges Gespräch auf ihn wartete, und dann hatte Wes immerhin einen Fuß in der Tür.

Er grinste lässig.

Gerade wollte er sich innerlich für seinen Erfolg auf die Schulter klopfen, da hörte er, wie Liz ins Telefon rief: „Hallo, Sicherheitsdienst? Hier ist Elisabeth vom Empfang. Kann mal einer von euch herkommen, ich hab hier ein Problem."

Sie ließ den Hörer auf die Gabel zurückfallen und lächelte Wes immer noch an. Jetzt wirkte ihr Lächeln allerdings schadenfroh.

Im nächsten Moment kamen zwei Wachmänner im Laufschritt um die Ecke. Sie trugen schwarze Uniformen und an ihren Gürteln baumelten Schlagstöcke. Wes erkannte, dass es Zeit für einen geordneten Rückzug war.

„Hey, ist ja gut, ist ja gut. Ich bin ja schon weg. Kein Grund, gleich ungemütlich zu werden."

Die beiden Bulldoggen verzogen keine Miene. Sie sahen aus wie zwei Quarterbacks, denen Wes den Weg zum alles entscheidenden Touchdown versperrte. Kommentarlos drängten sie Wes zurück zur Drehtür. Und ehe er sich versah, stand Wes wieder auf dem Gehsteig.

„Mach, dass du verschwindest!", brüllte der eine ihm noch nach.

Unschlüssig stand Wes vor dem beeindruckenden Gebäude der *BerlinCityMedia* auf dem Potsdamer Platz. Sein Blick ging die glatte Außenfassade hinauf, bis in die oberen Etagen, wo er Spaceks Büro vermutete. Wäre er Spiderman, würde er jetzt einfach die Fassade hochklettern, aber er war weit davon entfernt, Spiderman zu sein. Die ganze Armseligkeit seines Daseins wurde ihm erst wieder bewusst, als er da so verloren auf der Straße stand.

Gerade als er sich abwandte und davon stapfen wollte, sprach ihn von hinten eine bekannte Stimme an: „Hey, Wes!"

Wes fuhr herum und erkannte Luc Simon, einen inzwischen höchst erfolgreichen Schauspielkollegen aus alten Tagen.

„Mensch, Simon! Das ist ja'n Ding. Wie geht's?"

Luc grinste. „Bestens, bestens. Ich bin wieder für den Bären nominiert. Jetzt wird's ja wohl endlich klappen! Und mit *Wisteria* setz ich meiner Karriere dann noch die Krone auf."

Wes kochte innerlich vor Wut, ließ sich aber nichts anmerken. Sie hatten zusammen begonnen, in einer kleinen Produktion. Zunächst hatte es so ausgesehen, als hätte Wes das glücklichere Händchen, doch dann kam Luc Simons großer Tag und er wurde mit einer internationalen Co-Produktion, einem Drama namens *Heaven Helps*, zum Superstar, während Wes wieder in der Versenkung verschwand.

Eigentlich hätte es andersrum sein sollen, dachte Wes.

„Das freut mich für dich", sagte er stattdessen. „Bei mir läuft's nicht so. Ich wollte gerade beim alten Spacek vorsprechen, aber diese Furie an seiner Rezeption hat mich auflaufen lassen."

Luc Simon lachte herzhaft. „Ja, die Elisabeth. Die lässt nicht jeden ran."

„Ich bräuchte dringend mal wieder ein bisschen Glück", räumte Wes ein und ließ offen, ob er jetzt die Schauspielerei oder die Frauen meinte.

Luc schlug ihm jovial auf die Schulter. „Ich schau mal, was ich für dich drehen kann, alter Junge."

Wes strahlte. „Das würdest du für mich tun?"

„Aber immer doch, Wes. Alte Freunde müssen doch zusammenhalten!" Luc Simon knuffte Wes noch einmal in die Schulter, dann spazierte er zu seinem Wagen. Natürlich eine Sonderanfertigung und aufreizend getuned.

Geschmack kann man eben nicht kaufen, dachte Wes.

Er hatte hingegen nicht einmal genug Geld dabei, um sich ein Taxi nach Hause zu nehmen. So würde er auch nicht im Alkohol Vergessen finden.

Die paar Kröten in seinem Portemonnaie reichten nicht für einen Vollrausch, es sei denn, er fand noch jemanden, der ihn aushielt. Also stapfte er resigniert davon. In einem der Nobelschuppen von Berlins Szenebezirk würde er schon fündig werden.

„Läuft doch wie am Schnürchen!"

Tatsächlich fand Wes ein weiteres bekanntes Gesicht vor einem In-Restaurant. Auch ein alter Kumpel aus besseren Tagen.

Nun ja, streng genommen hatte es nur eine große Produktion gegeben, und Wes' Part darin war eher nebensächlich gewesen, das pflegte Wes aber gerne zu vergessen. Es hatte ihm einen kurzen und steilen Höhenflug beschert, eine ordentliche Gage und ein halbes Jahr in Saus und Braus.

Aus diesen goldenen Zeiten stammte auch seine Bekanntschaft zu Steve Bilbo. Steve war ebenso wie Wes inzwischen bestenfalls

noch ein C-Promi. Aber immerhin hatte er es verstanden, sich sein Geld besser einzuteilen, und er verdiente auch immer noch gelegentlich welches hinzu. Neben seiner, für die Medienwelt, eher bodenständigen Anschauung, was Geldgeschäfte betraf, zeichnete Steve vor allem sein grundanständiger Charakter aus, auch eine in der Szene eher schwach vertretene Eigenschaft.

Er schien sich ehrlich über Wes Auftauchen zu freuen. „Mensch, Wes! Wes Barkin! Du lieber Himmel, wie lange ist das her?"

„Viel zu lange", bestätigte Wes.

„Kommst du mit ins *Starlight*?", fragte Steve begeistert und wies auf die Schlange von Wartenden vor dem Einlass.

Wes grinste. Das lief ja wirklich wie am Schnürchen. „Ach nee, du, lass mal. Heute lieber nicht."

Steve machte ein enttäuschtes Gesicht. „Aber wir haben uns ewig nicht gesehen!"

Wes nickte bedauernd. „Schon ... aber weißt du ... um ehrlich zu sein ... ich stehe nicht auf der Gästeliste."

„Es gibt hier meines Wissens keine Gästelisten."

Wes wand sich noch ein wenig in scheinbarer Beschämung, bis Steve begriff. „Hast du mal wieder alles verbraten? Du solltest dir dringend einen Finanzberater zulegen, mein Freund!"

Wes hielt es für überflüssig zu erwähnen, dass der Berater zu allererst selbst Geld sehen wollte. Geld, das er nun einmal nicht hatte. Da sprach Steve die ersehnten fünf Worte: „Komm, ich lad dich ein!"

Wes zierte sich angemessen, Steve beharrte auf seiner Einladung und die beiden fädelten sich in die Warteschlange ein. Dort tauschten sie ein paar Neuigkeiten aus, wer mit wem, wer nicht und so weiter. Schließlich rückten sie zu den beiden Gorillas vor, die den Eingang bewachten und bei Wes ein unschönes Déjà-vu auslösten. Tatsächlich rümpften sie die Nasen und setzten den „Igitt, eine Kakerlake"-Blick auf. Selbst Steves Beteuerungen und seine Bereitschaft, das Gehalt der beiden ein bisschen außertourlich aufzubessern, stimmte sie nicht gnädig. Das war definitiv mal wieder nicht Wes' Tag.

„Egal, komm mit, ich weiß was Besseres", rief Steve unbekümmert und zog Wes am Ärmel.

Wes folgte Steve über den Parkplatz zu dessen Auto. Der alte Chevrolet wäre jedem anderen in Berlins Glamourzirkel peinlich gewesen, aber das war eben Steves Art, seine Ausgaben auf das Wesentliche zu beschränken.

„Steig ein!", befahl er fröhlicher, als Wes zumute war.

„Wohin fahren wir denn?"

„Lass dich überraschen!"

Kaum fiel die Autotür hinter Wes ins Schloss, startete Steve den Wagen und lenkte ihn zielstrebig aus der Innenstadt hinaus. Wes lehnte sich zurück. Im Grunde war ihm egal wohin.

Wenig später bogen Steve und Wes auf den Zubringer zum Flughafen Berlin-Tegel ein. Wes hatte immer noch keine Ahnung, wohin Steve ihn führte, bis sie vor dem Abflugterminal hielten.

„Und jetzt?", fragte Wes.

Steve kletterte eifrig aus dem Wagen und klimperte mit den Schlüsseln. „Komm schon, das wird die Party überhaupt!"

Wes zuckte die Schultern und trabte hinter Steve her, der den Weg zum Check-in einschlug. „Ich habe eine Einladung nach München, zum Bayerischen Filmpreis. Eigentlich wollte ich ja erst morgen fliegen. Aber die Einladung meiner Agentur gilt für zwei und die Flugtickets sind auch schon dabei. Wir machen uns jetzt einen gemütlichen Abend in München!"

„Taxi! ... Sind Sie frei?" In München angekommen, winkte Steve ein Taxi heran und gab dem Fahrer eine Adresse.

„Mein Agent hat für heute Abend was ganz Besonderes arrangiert. Ich wollte ja eigentlich den ganzen Rummel um die Preisverleihung auslassen, aber mit dir zusammen ist das was anderes!"

Wes nickte ohne echte Überzeugung. „Und wohin verschleppst du mich jetzt?"

Nicht, dass zu Hause jemand auf ihn gewartet hätte; ob er heimkam oder nicht, spielte überhaupt keine Rolle. Aber er traute

dem grundsoliden Steve nicht wirklich zu, etwas Außergewöhnliches aus dem Hut zu zaubern.

Das Taxi fuhr auf die Autobahn und brachte die beiden Männer im Stop-and-Go des Münchner Feierabendverkehrs hinaus vor die Tore der Landeshauptstadt. Der Verkehr wurde flüssiger und das Taxi kam schneller vom Fleck. Bald hielt es an der gewünschten Adresse im Jachthafen von Starnberg.

Da schaukelten Millionen träge im Wasser, nichts, was Wes sonderlich begeistert hätte, immerhin konnte er sich nicht einmal einen netten Abend auf einer gecharterten Jacht leisten, geschweige denn eine eigene.

Steve beglich die Taxirechnung.

Plötzlich hörte man entfernt Lautsprecherboxen wummern. Steve grinste. „Hast du immer noch keine Ahnung, wo wir hingehen?"

Wes verneinte.

„Der gute alte Scott Harden hat hier eine Jacht liegen und er feiert darauf regelmäßig die schärfsten Partys in ganz München. Ach, was sage ich: in ganz Deutschland! Und zufällig steht meine Agentur heute Abend auf der Gästeliste. Ich hatte zwar eigentlich noch in Berlin zu tun, aber Scotts Partys sollte man sich nicht entgehen lassen."

Wes horchte auf.

Sollte das am Ende doch noch sein Tag werden?

„Was ist das hier? Gibt es keinen Schnaps mehr? Ich brauche einen ordentlichen Drink!" Sam Rhys machte nicht gerade den Eindruck, als hätte er zu wenig zu trinken abbekommen.

Der Rockstar schwankte bedenklich und lallte auch schon beträchtlich.

Trotzdem ließ sich sein Gastgeber nicht lange bitten. Weil der See heute zu aufgewühlt war, hatte das Partyvolk darauf verzichtet auszulaufen, stattdessen dümpelte die Jacht im Starnberger Hafen vor Anker umher. Geladen waren neben Scotts altem Freund Sam vor allem eine Schar hübscher, leicht bekleideter Mädchen, im Schnitt halb so alt wie Scott und Sam.

Als Sam wieder versorgt war, sowohl mit Alkohol als auch mit einer schicken Brünetten in einem verboten kurzen Höschen, das diese Bezeichnung kaum verdiente, wandte Scott sich wieder seinem eigenen Glas zu.

Die hübsche Brünette lief damit einer Blondine den Rang ab, die bis eben noch den Platz auf Sams Schoß innegehabt hatte. Beleidigt zog sie ab.

Steve betrat mit Wes im Schlepptau die Bildfläche. Der Gastgeber Scott Harden begrüßte die beiden nachlässig. „Immer rein mit euch. Ihr wisst ja, wo alles ist. Amüsiert euch."

Dann wandte er sich wieder anderen – vermutlich spannenderen – Gästen zu. Wes störte es nicht. Er konnte sein Glück kaum fassen. Unter Deck kochte die Stimmung ihrem Siedepunkt entgegen, eine Vielzahl Leiber bewegte sich rhythmisch zu den psychedelischen Klängen von Sams neuer CD. Einige der Mädchen entledigten sich auch noch der letzten Reste von Kleidung, die sie trugen. Die Kerle johlten und feuerten sie an. Unterwäsche flog quer durch den Raum, paarweise verschwanden sie in die Kajüten. Der Alkohol floss in Strömen, Zigarettenrauch und die Dämpfe verschiedener anderer mehr oder eher weniger legaler Rauchwaren verdickten die Luft unter Deck zum Schneiden.

Bald würde die Party darin gipfeln, dass die hübschen Mädchen, die eigens zu diesem Zweck eingeladen worden waren, von den Erfolgreichen in den Séparées flachgelegt wurden und die Übriggebliebenen so viel Alkohol und Koks in sich hineingepumpt hatten, dass sie, wo sie saßen oder lagen, ins Delirium fielen.

Und Wes war mitten unter ihnen.

Scott Harden war erstaunlicherweise trotz seiner ausschweifenden Partys erfolgreich, oder gerade deshalb. Er feierte exzessiv, er lebte exzessiv, aber er arbeitete auch so. Als Regisseur war er im Augenblick gefragt wie kaum ein anderer, und das Projekt, das man ihm jetzt angetragen hatte und das für ihn selbst als Vorwand für die Party herhalten musste, sollte sein persönlicher Höhepunkt werden.

Das Buch war der Überraschungshit des letzten Jahres gewesen, die Autorin, vollkommen unbekannt, hatte mit ihrer tragisch-komischen Liebesgeschichte einen Nerv der Zeit getroffen.

Sofort war um die Filmrechte ein regelrechter Kampf entbrannt, sowohl BAVARIAMEDIA als auch deren ewiger Konkurrent *BerlinCityMedia* hatten ihr Interesse bekundet. Jetzt hatte *BerlinCityMedia Pictures* sich die Rechte an der Verfilmung von *Wisteria* so gut wie gesichert, und in der Filmszene gab es dieser Tage nur ein Thema: Wer darf mit ins Boot?

Scott war schon mit einem Bein drin. Die *BerlinCityMedia* wollte ihn als Regisseur. Als Favoriten für die beiden Hauptrollen galten Luc Simon und Lea Dechanel, die aktuellen Superstars des deutschen Romantikfilms. Aber im Moment kreisten Scotts Gedanken gerade nicht mehr um die anstehende Verfilmung von *Wisteria*.

Eine hübsche Blondine, Typ „aufstrebende Schauspielerin", wie es ihn in der Münchner Schickeria zu Tausenden gab, hatte seinen Jagdinstinkt geweckt. „Was machst du so?", fragte er sie.

Scott lehnte lässig neben ihr an der Bar im Unterdeck. Er war ein durchaus attraktiver Typ Anfang vierzig, der seine Chancen bei den Frauen auch so gehabt hätte. Dazu kamen seine Karriere und sein Bekanntheitsgrad bis hinauf nach Hollywood, die ihn unwiderstehlich machten.

Entsprechend musste für die kleine Schauspielerin, die noch keinen einzigen Film gemacht hatte, gerade ein Traum wahrwerden. Für sie rückte scheinbar die erträumte Karriere einen riesigen Schritt näher, für Scott das Ziel dieses Abends. Scott hatte schon häufig mit Mädchen wie ihr zu tun gehabt und konnte daher ihre Wünsche und Hoffnungen von ihrem Gesicht ablesen wie von einem Teleprompter.

Eine halbe Stunde später bugsierte Scott das inzwischen stark alkoholisierte Mädchen in seine Kapitänskajüte. Das luxuriöse Schlafzimmer am vorderen Ende der Jacht war bereits von einem anderen Paar okkupiert.

Scott packte den Typ, der sich mit heruntergelassener Hose abmühte, seiner Begleiterin und sich selbst den Höhepunkt des

Tages zu verschaffen, ungerührt am Kragen. „Alter, hau ab! Das hier ist meine Spielwiese!"

Die Kleine neben Scott kicherte.

Der Angesprochene grunzte etwas Unflätiges, ließ aber von seinem Aufriss ab.

Die Frau, die unter ihm zum Vorschein kam, beeilte sich, ihre Blößen notdürftig zu verdecken und das Weite zu suchen.

Scott warf die Tür hinter den beiden ins Schloss. Zur Sicherheit drehte er den Schlüssel. Natürlich verfügte auch das Schlafzimmer des Kapitäns über eine gut sortierte Bar.

Obwohl Scott bereits etliches getrunken hatte, hielt sich sein Rausch noch in Grenzen. Er war immerhin an Alkohol gewöhnt, nicht so seine Gespielin. Das arme Mädchen hatte bereits erhebliche Probleme, auf ihren High Heels zu stehen, weshalb Scott ihr selbstlos einen Platz auf dem breiten Bett anbot.

Während er zwei Cocktails mixte, entledigte sie sich ihrer unbequemen Schuhe und versuchte sich auf dem Wasserbett in Position zu legen. Nüchtern betrachtet wirkte ihre Pose billig, und viel Alkohol fehlte offensichtlich nicht mehr, bis sie sich über einer Kloschüssel wiederfinden würde, aber auch Scott war nicht nüchtern und außerdem nicht wählerisch.

Er kehrte mit seinen beiden Cocktails zum Bett zurück und reichte ihr einen. Zu mehr als einem Nippen kam sie allerdings nicht mehr, und das war beabsichtigt, Scott wollte keinen Totalausfall riskieren.

Er begann sie nachlässig zu küssen. Dann lehnte der berühmte Regisseur sich in die Kissen zurück und ließ die kleine Schauspielerin die Arbeit machen. Offenbar betrachtete sie dieses Tête-à-tête als Chance und legte sich entsprechend ins Zeug. Scott musste nichts weiter tun, als zu genießen. So hatte er es am liebsten, was der Grund dafür war, weshalb er sich so gerne mit jungen, unerfahrenen Schauspielerinnen umgab. Diese Frauen waren attraktiv, gut gebaut und sehr willig.

Sie streifte ihr weißes Minikleid über den Kopf, das vorne bereits eine Auswahl der verschiedenen Drinks, die sie intus hatte, in Form von Flecken widerspiegelte. Darunter trug sie weiße Dessous, etwas zu sportlich für Scotts Geschmack, aber diesen Fehler korrigierte er auf die naheliegendste Weise: Er hakte ihren BH auf und ließ ihn unters Bett verschwinden.

Ihre kleinen Brüste waren straff und ihr Bauch flach, mit der Andeutung von Bauchmuskeln. Scott gefiel, was er sah, er hatte sich nicht geirrt. Ihre Haut war seidenweich und glatt, wie es nur die Haut einer Zwanzigjährigen sein konnte.

Sie liebkoste seinen Hals und seine Brust bis hinunter zum Bund seiner Designerjeans. Sie gab sich wirklich alle Mühe.

Scott bedauerte, dass er ihren Namen schon wieder vergessen hatte, sonst hätte er ihr jetzt etwas Persönliches ins Ohr flüstern können. So musste er sich auf „Komm Kleine, zieh dich ganz aus" beschränken.

Bereitwillig streifte sie auch noch ihr Höschen ab. Jetzt beeilte Scott sich ebenfalls, seine Hose loszuwerden. Von da an übernahm er das Kommando. Sie wollte sich zurücklehnen, doch Scott dirigierte sie auf den Bauch. Dann kniete er sich hinter sie und betrachtete genüsslich die beiden weißen Wölbungen ihres Hinterteils. Das war doch immer noch die beste Ansicht einer Frau. Er zog ihre Hüfte zu sich heran und nahm sich, was er brauchte.

Der Rest ging schnell. Scott war kein Typ, der viele Gedanken auf die Befriedigung seiner Gespielinnen verschwendete. Scott Harden war sich stets selbst der Nächste.

Die Enttäuschung war ihr dann auch anzusehen, als Scott sich unmittelbar danach erhob, seine Boxershorts unter dem Bett hervorholte und ihr ihren BH und das Höschen zuwarf.

Der Schreck schien eine plötzliche Ernüchterung nach sich zu ziehen. Plötzlich war ihr Rausch nämlich verflogen und ihr dämmerte offenbar, dass dies nicht der Anfang einer sagenhaften Karriere, sondern wohl eher das Ende eines unrühmlichen One-Night-Stands war. Sichtlich peinlich berührt suchte sie daher auch ihre restlichen Sachen zusammen und trat den Rückzug an.

„Und tschüss ...", rief Scott ihr noch nach, dann verschwand er im angrenzenden Bad.

Tag 2

„Verdammte Scheiße …"

Sams Schädel brummte. Er öffnete ein Auge, doch das grelle Sonnenlicht blendete ihn, sodass er sein Lid schleunigst wieder zupresste.

Verdammt, was hatte er alles getrunken?

Er konnte sich nicht erinnern.

Langsam versuchte er es noch einmal mit dem Augenöffnen. Verschwommen nahm er seine Umgebung wahr. Als er versuchte sich aufzusetzen, begann sich alles zu drehen. Ihm wurde übel.

Bevor er sich hätte beherrschen können, erbrach er hustend neben sich. Der säuerliche Geruch löste sofort neue Übelkeit aus.

Sein Hals brannte.

Er sah sich nach etwas zu Trinken um. Als sein Blick endlich scharf genug war, dass er seine Umgebung ausmachen konnte, stellte er fest, dass er nicht allein war.

Neben ihm lag eine blonde Frau.

Sie war fast nackt und soweit er erkennen konnte, war sie ihm vollkommen unbekannt. Aber zumindest dämmerte ihm endlich, wo er war.

Das war Scotts Jacht und sie hatten eine Party gefeiert.

Auf einem Glastischchen, etwas entfernt, entdeckte er eine Flasche Whiskey. Gerade maß er ab, ob er es bis zum Tisch schaffen würde, da regte sich die Unbekannte neben ihm. Sie drehte sich auf den Rücken, entblößte dabei ihre Brüste und wandte Sam ihr Gesicht zu. Hübsch, dachte er, und fühlte, wie sich trotz seines immensen Katers etwas regte.

Hoffentlich habe ich sie letzte Nacht flachgelegt.

Er sah an sich hinunter. Er trug zwar kein Oberteil mehr, aber seine Jeans war zugeknöpft und der Gürtel saß da, wo er hingehörte. Daraus schloss er, dass er womöglich vorzeitig ins Koma gefallen war.

Schade, dachte er mit einem wehmütigen Blick auf die nackten Brüste. Dann entschied er, dass sein Brand dringender seiner Aufmerksamkeit bedurfte als seine Libido, und quälte sich auf die Beine.

Er schwankte bedenklich, aber die erwartete Übelkeit blieb aus. Die hübsche Unbekannte murmelte etwas im Schlaf. Sam erreichte den Glastisch, griff nach der Whiskeyflasche und kippte einen ordentlichen Schluck in sich hinein. Es brannte höllisch, aber irgendwie kam es ihm vor, als kämen seine Lebensgeister zurück. Er setzte erneut an.

Sekunden später fühlte er, wie der Rausch vom Vorabend zurückkehrte. Das Wummern in seinem Schädel ließ nach und machte einem schwebenden Zustand Platz. Er nahm einen letzten kräftigen Schluck, dann ließ er die Flasche los und wandte sich wieder der Unbekannten zu.

Was nicht ist, kann ja noch werden, dachte er und musste grinsen. Er wankte zurück zum Bett und knöpfte seine Jeans auf.

„Dann wollen wir doch mal da weitermachen, wo wir gestern stehen geblieben sind", lallte er grinsend. „Stehen geblieben ist ein gutes Stichwort. Da steht noch jemand, schau mal!"

Die Unbekannte regte sich nicht. Als er ihr das Höschen hinunterzog, grunzte sie im Schlaf. Willenlos ließ sie sich von ihm in Position schieben. Sam hatte Schwierigkeiten, sein Gleichgewicht zu halten, aber er schaffte es schließlich dahin zu kommen, wo er hinwollte. Als er fertig war, ließ er sich neben sie plumpsen und fing augenblicklich an zu schnarchen.

„Ganze Arbeit, Jungs! Das sieht ja wieder wüst aus hier ..."

Scott hatte den Rest der Nacht alleine verbracht.

Er erwachte ohne Kater.

Nach einer erfrischenden Dusche machte er sich daran, die Schäden der Party zu begutachten. Vor der Bar lagen etliche zerbrochene Flaschen und Gläser. Das würde die Putzfrau erledigen. Die verspiegelte Wand, die zu den Gästekajüten führte, zierte ein breiter Sprung. Das war ärgerlich, die Spiegel hatte er erst anbringen lassen.

Scott stieß die Türen auf und warf einen Blick in die Kajüten.

Überall dasselbe: zerbrochenes Glas, zertretene Chips und Flecken von allerlei Flüssigkeiten. Aber eigentlich nichts Außergewöhnliches. Ein paar von Scotts Gästen lagen noch herum und schliefen ihren Rausch aus.

In der hintersten Kajüte fand Scott seinen Kumpel Sam mit einer der Modelanwärterinnen, oder vielleicht war sie auch eine verhinderte Schauspielerin, so genau erinnerte sich Scott nicht mehr an ihre Geschichte. Die beiden schienen Spaß gehabt zu haben. Das Mädchen bewegte sich und blinzelte Scott aus verschlafenen Augen an. Leise schloss Scott die Tür wieder hinter sich und ging an Deck. Danach zu urteilen, wie hoch die Sonne schon stand, musste es schon Nachmittag sein. Eigentlich hatte Scott bereits am Morgen einen Termin mit einem der Produzenten seines neusten Filmprojekts gehabt.

Verdammt.

Scott sprang auf den Steg und lief, vorbei an den vielen angedockten Jachten, aus dem Hafen hinaus zu seinem Wagen. Der Motor des weißen Maserati MC Sport Line fauchte auf. In Nullkommanichts war er auf der Autobahn Richtung Innenstadt. Bei offenem Verdeck bekam sein Hirn langsam den Sauerstoff, den es benötigte, um die anstehenden Verhandlungen zu führen.

Er parkte vor dem Hotel Vierjahreszeiten im Halteverbot. So ein Auto wird nicht abgeschleppt, war seine Devise. Der Producer war verärgert, aber er wusste, dass *Wisteria* unbedingt einen Regisseur wie Scott Harden brauchte.

Christian Spacek führte seinen kapriziösen Star-Regisseur in das angemietete Büro. „Schön, dass Sie es doch noch einrichten konnten, Scott. Das Projekt liegt mir sehr am Herzen."

Scott nickte. Er ignorierte den angebotenen Stuhl und spazierte stattdessen ein bisschen in dem zum Büro umfunktionierten Tagungsraum herum. An der Wand hing ein Plakat, das für die bevorstehende Verleihung des Bayerischen Filmpreises warb. Spielerisch strich Scott mit der Hand über die abgebildete Trophäe. „Sieht schwer aus, das Ding. Hatten Sie den schon mal in der Hand?"

Spacek verdrehte die Augen. „Ja, die sind alle schwer. Und wenn wir es richtig anstellen, dann steht nächstes Jahr auch einer bei Ihnen auf dem Kaminsims."

Scott ließ von dem Plakat ab und wandte sich endlich dem Produzenten zu. „Gibt es schon Präferenzen für die Besetzung?"

Spacek wühlte in seinen Unterlagen. „Es kommen praktisch täglich irgendwelche mehr oder weniger begabten Schauspieler bei mir Klinke putzen, seit bei der Presse durchgesickert ist, dass wir *Wisteria* verfilmen wollen."

Das hatte Scott sich bereits gedacht. „Und? War schon was Passendes dabei?"

„Naja, die *BerlinCityMedia* hätte am liebsten Luc Simon als Hauptdarsteller."

Scott lachte. „Ja, ja. Das alte Lied. Nur kein Risiko."

Spacek nickte. „Ich sehe, wir verstehen uns."

In diesem Moment klopfte es an der Tür. „Verdammt, ich habe doch gesagt, ich will nicht gestört werden!"

Scott machte eine abwehrende Handbewegung. „Bitte, bitte. Ich hab Zeit."

Spacek knurrte: „Herein!"

Seine rothaarige Sekretärin steckte ihren Wuschelkopf durch den Türspalt. „Entschuldigung, Herr Spacek, aber ... es scheint wichtig ... Die Herren kommen wegen Herrn Harden ..."

Zwei Polizeibeamte drängten sich an der Perle vorbei in Spaceks provisorisches Büro.

Spacek verzog das Gesicht. „Na, na, Harden ... Was hat das denn zu bedeuten?"

Scotts Gesicht war anzumerken, dass er es ebenfalls nicht wusste.

„Wir stören ja nur ungern", erklärte einer der beiden Beamten, und es war ihm anzusehen, dass es ihm kein bisschen unangenehm war. „Können wir irgendwo mit Herrn Harden alleine sprechen?"

Spacek beeilte sich aufzustehen. „Selbstverständlich, meine Herren, ich überlasse Ihnen mein Büro. Ich bin dann kurz vor der Tür, ich muss ohnehin noch ein paar Telefonate erledigen."

Als er draußen war, wandte der Polizist sich Scott zu. Er betrachtete sein Gegenüber, als hätte er einen fetten Wurm vor sich – die Art Abscheu, die viele Leute gegenüber Angehörigen der Filmindustrie empfanden, die aus ihrer Sicht unverdient zu Ruhm gekommen waren, ohne je ernsthaft dafür gearbeitet zu haben.

Scott blähte sich zu seiner vollen Größe auf. Er bedauerte, keine Sonnenbrille dabei zu haben, das wirkte doch immer irgendwie unangreifbarer. Dabei war ihm gar nicht klar, was die Herren von ihm wollten. Es konnte ja kaum wegen des falsch geparkten Wagens sein. „Was kann ich für Sie tun?"

Der Polizist sagte: „Ich habe mich noch gar nicht vorgestellt: Peter Berger, Kriminalpolizei München. Und das ist mein Kollege, Tim Burton."

Scott nickte gelangweilt, ignorierte den Scherz.

„Wann haben Sie Ihren alten Freund Sam Rhys zuletzt gesehen?", kam Berger zum Punkt.

Scott runzelte die Stirn. „Wir waren gestern zusammen auf meiner Jacht. Kleiner Umtrunk unter Freunden. Er blieb über Nacht. Als ich vorher hierher kam, war er noch dort."

Berger hob eine Augenbraue. „So, so."

Er gab seinem Kollegen mit einem Kopfnicken zu verstehen, dass er diese Auskunft protokollieren sollte.

Diensteifrig zog „Burton" ein Büchlein aus der Brusttasche und begann Notizen zu machen.

„Setz dich, sonst kann das Gekrakel wieder kein Mensch lesen!", motzte Berger ihn an.

Er trat ans Fenster und ließ den Blick über die stark befahrene Maximilianstraße schweifen. „Wie ging es Ihrem Freund, als Sie ihn zuletzt gesehen haben?"

Scott rutschte unruhig auf seinem Stuhl hin und her. „Gut."

Dann besann er sich eines Besseren.

„Na ja ... Er war wohl etwas verkatert."

Berger lachte dreckig. „Ja, das glaub ich!"

„Herr Wachtmeister ... Worum geht es denn? Was ist mit Sam?"

Berger drehte sich zu Scott um und sah ihm direkt in die Augen.

„Sam Rhys ist tot."

Scott sog hörbar die Luft ein. „Scheiße ... Wie ... Wie kam das denn? War es ... der Alkohol?"

Berger ließ seine Worte wirken, dann sagte er: „Ja, ich denke, so könnte man es auch sagen."

Es war unverkennbar, dass Berger seine eigene Meinung zur Schickimickiszene von München hatte.

„Verdammt, reden Sie doch Klartext, was ist passiert?"

„Herr Harden", Bergers Stimme war mit einem Mal todernst, „er ist tot. Wir haben sein Hirn von der Wand gekratzt. Aber trösten Sie sich, es war nicht viel Arbeit."

Scott starrte den Polizisten mit weit aufgerissenen Augen an. Doch unter seinem Schock machte sich bereits Wut breit.

„Wollen Sie damit sagen, dass er sich umgebracht hat?", fragte er mit zusammengebissenen Zähnen.

Berger sah Scott herausfordernd an. „Nein, das glauben wir eigentlich nicht."

Scott wurde das Rätselspiel des Polizisten langsam zu bunt. „Hören Sie mal, Sam Rhys war mein bester Freund! Sie kommen hier herein und erzählen mir, dass er tot ist. Und dann haben Sie nichts Besseres zu tun, als mich zum Narren zu halten? Was soll das? Abgesehen davon, dass Sie sich als Gesetzeshüter auch noch über einen Toten lustig zu machen scheinen."

Berger ließ sich lässig auf der Tischkante von Spaceks Schreibtisch nieder und sah Scott auffordernd in die Augen. „Nun, Herr Harden, dann kommen wir zum Punkt: Sagen Sie es mir!"

Scott schnaubte.

„Sagen Sie mir, Herr Harden, ob Rhys sich selbst umgebracht hat. Oder kann es nicht viel mehr so gewesen sein, dass *Sie* es waren?"

Jetzt fiel Scott die Kinnlade herunter. „Ich? Sie verdächtigen mich des Mordes an meinem besten Freund? Sind Sie noch zu retten?"

Berger setzte eine geschäftsmäßige Miene auf. „Er war mit Ihnen zusammen, und das nächste, was wir von ihm wissen, ist, dass er mausetot auf Ihrer Jacht herumlag, auf der offensichtlich zuvor ein ... ich nenne es einmal vorsichtig: ein Saufgelage stattgefunden hat. Ihr *bester* Freund wurde mit einer Whiskeyflasche erschlagen, so weit wir das beurteilen können. Ein passender Tod für einen stadtbekannten Säufer und Junkie, keine Frage. Aber mein Lieber, Sie waren der Letzte, der Herrn Rhys lebend gesehen hat. Und deshalb ... Tim, lesen Sie ihm seine Rechte vor! So macht man das doch in Hollywood, oder?"

Tim Burton, oder wie immer er richtig hieß, zuckte zusammen, als sein Name fiel. Er richtete sich kerzengerade auf. Fehlte nur noch, dass er die Hacken zusammenschlug. Dann begann er herunterzuleiern: „Sie haben das Recht zu schweigen. Es steht Ihnen frei, einen Anwalt hinzuzuziehen ..."

Scott winkte ab. Er starrte Berger immer noch fassungslos an. „Sie verhaften mich?"

Berger legte den Kopf schief und die Stirn in Falten. „Lassen Sie mich kurz überlegen. Genau. Genau, ich verhafte Sie. Schlaues Kerlchen."

Damit drehte er sich auf dem Absatz um und verließ den Tagungsraum.

Burton nestelte an den Handschellen herum, die er am Gürtel trug. Scott seufzte. „Schon gut. Lassen Sie stecken. Ich komme ja schon."

Tag 3

„Skandal-Rocker tot am Jachthafen gefunden!"

Für die Klatschmedien war der Vorfall ein gefundenes Fressen. Wie die Aasgeier umkreisten sie den Jachthafen von Starnberg. Der berühmt-berüchtigte Rocksänger Sam Rhys war tot.

Ermordet.

Und sein bester Freund, der bekannte Regisseur Scott Harden, der, wie vor wenigen Tagen erst laut wurde, für die lang erwartete Verfilmung von *Wisteria* im Gespräch war, stand unter Mordverdacht.

Scott saß in Untersuchungshaft. Die *BerlinCityMedia* blockte alle Anfragen der Journalisten und Medien ab. „Kein Kommentar."

Die Option auf *Wisteria* drohte zu verfallen.

Schon gab es Spekulationen darüber, dass die *BAVARIAMEDIA* dem Konkurrenten doch noch die Butter vom Brot nehmen und den Supercoup selbst landen könnte.

Luke schlug die Zeitung zu.

Kopfschüttelnd wandte er sich wieder seiner Tasse Kaffee zu. Ein schrecklicher Vorfall. Aber für ihn eigentlich gar nicht so schlecht. Es verschaffte ihm Zeit, Guy davon zu überzeugen, dass er diesen Film machen wollte. Diesen und keinen anderen.

Nachdem er sich beharrlich geweigert hatte, bei diesem Vampirfilm mitzuwirken, hatte Guy ihm zwei neue Drehbücher geschickt. Luke blätterte gelangweilt darin. Das Übliche. Viel Bumm-Bumm, kaum Inhalt.

Luke war es so leid.

Es klingelte an der Tür. Luke warf einen Blick auf seine Armbanduhr. Erst halb zehn Uhr vormittags. Wer mochte das sein?

Lukes Haushälterin öffnete die Tür. Er hörte sie sprechen. Dann schallte ihre energische Stimme durch das ganze Haus: „Herr Sparwasser? Herr Sparwasser! Ihre Schwester!"

Luke erhob sich und ging Linda entgegen. Sie fegte in sein offenes Wohnzimmer wie ein Wirbelsturm. Ihr Haar war feucht, es hatte den ganzen Morgen geregnet, und sie wirkte seltsam verstört. In all den Jahren hatte selbst Luke seine Schwester kaum jemals anders als perfekt gestylt gesehen. Heute wirkte sie, als hätte sie in den Klamotten geschlafen, die sie trug, und ihr Haar fiel ihr aufgelöst über die Schultern. „Was führt dich so früh hier heraus, Schwesterchen?"

Linda ließ sich erschöpft auf die Couch fallen.

„Deine Stimmung passt zu den Schlagzeilen, wo ganz München doch heute in Schockstarre verbringt."

Linda warf Luke einen gepeinigten Blick zu, ließ sich aber doch zu einer Frage herab: „Schock?"

„Liest du keine Zeitung?"

Linda schüttelte den Kopf. „Nein, nur, wenn du drin bist."

Sie grinste schief. „Oder ich."

„Dann hast du wahrscheinlich heute die Schlagzeile des Tages verpasst", meinte Luke unbeeindruckt.

Linda schüttelte unwirsch den Kopf. „Es interessiert mich ehrlich gesagt im Moment überhaupt nicht, ob Brad Pitt und Angelina ihr zwölftes Kind adoptieren, oder Tom Cruise von den Scientologen jetzt zu den Mormonen gewechselt ist, großer Bruder."

Da realisierte Luke erst, dass seine kleine Schwester offenbar etwas auf dem Herzen hatte. „Entschuldige bitte, Lin. Was gibt es denn so wahnsinnig Wichtiges, dass du sogar schon vor dem Lunch den beschwerlichen Weg hier heraus in die Niederungen von Starnberg auf dich nimmst?"

Doch jetzt winkte Linda ab. „Lass gut sein, Luke, ich glaube, ich möchte lieber doch nicht darüber reden. Erzähl du mir lieber, wie es mit deinen Bemühungen um *Wisteria* läuft."

Bei der Erwähnung des Filmprojekts sank Luke neben ihr auf die Couch. „Du liest wirklich keine Nachrichten", stellte er düster fest.

Linda richtete sich zu ihrer vollen, wenn auch nicht sehr beeindruckenden, Größe auf: „Du traust dir das nicht zu? Weil Luc Simon für die Rolle im Gespräch ist. Beziehungsweise Guy traut es dir nicht zu, nicht wahr?" Linda sah ehrlich wütend aus.

Luke hob beschwichtigend die Hände. „Linda, darum geht es doch nicht. Also, ja, doch auch. Aber *Wisteria* ist abgesagt!"

Linda zog ein langes Gesicht. „Was sagst du da?"

„Die *BerlinCityMedia* hat *Wisteria* heute auf Eis gelegt. Kein Wunder, wenn man bedenkt, dass ihr Starregisseur in Untersuchungshaft sitzt."

Lindas Augen wurden noch einen Tick größer. „Aber ... aber wie ist das denn möglich?"

Luke griff die Zeitung und warf sie ihr zu. Linda überflog den Leitartikel.

„Mord?", presste sie mühsam hervor. „Scott Harden soll Sam Rhys ermordet haben? Glaubst du das?"

Luke zuckte die Achseln. „Woher soll ich das wissen? Ich kenne weder den einen noch den anderen."

Mit einem Mal sah Linda aus, als müsste sie sich übergeben. Ihr Gesicht war aschfahl. „Aber das kann einfach nicht sein. Scott und Sam sind doch Freunde! Wie können sie Scott verdächtigen?", rief Linda aus und biss sich im selben Moment auf die Lippen.

Luke sah sie scharf an. „Woher willst du das wissen?"

Linda schwieg.

„Linda? Sag mir die Wahrheit! Was hast du mit den beiden zu schaffen?"

Seine Schwester wand sich. „Nichts. Eigentlich nichts. Es ist nur ... ich war nur ... Luke, du darfst nicht böse sein. Ich weiß, was du davon hältst, aber ich bin auch kein kleines Kind mehr!"

Luke blieb auf der Hut. Er bemühte sich, den treuen Ausdruck in Lindas Augen zu ignorieren. Sie wusste einfach immer, wie sie ihn um den Finger wickeln konnte.

„Es gibt Dinge, für die ist man nie alt genug", knurrte er.

„Ja ... Ich weiß, dass du das so siehst. Aber wir leben doch nur einmal! Partys gehören einfach dazu!"

„Partys?" Luke war sich sicher, dass er gar nicht so genau hören wollte, was Linda mit der ganzen Sache in Verbindung brachte. Trotzdem musste er nachhaken. „Du warst also mit Sam Rhys auf einer Party?"

„Ja. Nein. Nein, nicht direkt. Wir waren zufällig beide auf derselben Party. Und das war wohl der Abend, bevor er ermordet wurde ..." Linda fing Lukes Blick auf und brach ab.

Luke machte ein Gesicht, als hätte er in ein Stück Seife gebissen. „Linda ... Wo treibst du dich bloß dauernd rum?"

„Die Party war auf der Jacht von Scott Harden."

Luke kannte Männer wie Scott und Sam nur zur Genüge.

Und seine Begeisterung darüber, dass seine kleine Schwester sich die Nächte mit ihnen um die Ohren schlug, hielt sich dementsprechend extrem in Grenzen.

Auf Lindas Gesicht spielte sich in der Zwischenzeit eine Symphonie von Gefühlen ab. Erst verbarg sie ihr Gesicht in den Händen, dann ließ sie sie wieder sinken, hob an etwas zu sagen, entschied sich dann dagegen und schüttelte nur bedauernd den Kopf. Luke beobachtete die Mimik seiner Schwester, in der man ihre Gedanken meist wie auf einem Plakat lesen konnte, doch jetzt hatte er keinen Schimmer, was in ihr vorging.

Mit einem Satz sprang sie auf und rief: „Ich muss etwas tun!"

„Was?"

„Scott Harden hat Sam Rhys nicht umgebracht."

Luke rutschte auf der Couch herum. Der Verlauf, den das Gespräch nahm, alarmierte ihn sehr.

„Linda, wie kommst du denn jetzt wieder darauf? Hast du sie gesehen? Weißt du etwas über den Vorfall?"

Linda wich Lukes Blicken aus, doch ihre Stimme klang jetzt entschlossen. „Nein. Aber ich habe Scott gesehen. Er hat die Jacht lange vor Sam verlassen."

Jetzt sah Luke seine Schwester aufmerksam an. „Bist du sicher?"

„Ja, auf jeden Fall. Scott fuhr weg. Da waren wir alle noch auf dem Schiff."

Luke verkniff sich die Frage, weshalb der Gastgeber vor all seinen Gästen von Bord ging. Von Scott Hardens Partys konnte man jede Woche genug in den Klatschblättern lesen, um zu wissen, dass dort nicht Mensch-ärgere-dich-nicht gespielt wurde, doch für Vorhaltungen war jetzt nicht der richtige Zeitpunkt. Er würde seiner Schwester ein anderes Mal ins Gewissen reden, jetzt gab es erst einmal dringendere Dinge zu tun.

„Wenn du das sicher weißt, solltest du zur Polizei gehen."

„Hey! Harden! Komm raus da."

Ein genervt aussehender Polizist schloss die Zelle auf und steckte seinen Kopf durch die Tür.

Scott blickte auf. Er saß auf einer Pritsche und starrte Löcher in die Luft. Die ganze Zeit fragt er sich, wie es dazu hatte kommen können. Dass er jetzt im Gefängnis hockte und man ihm offenbar diesen Mord anlasten wollte, kümmerte ihn weniger. Irgendwie glaubte er daran, dass die Wahrheit schon ans Licht kommen würde. Aber was war die Wahrheit?

Als der Beamte keine Antwort bekam, knurrte er ungeduldig. „Alter, ich sag dir das nicht zweimal! Entweder du kommst jetzt raus, oder du kannst hier drin verrotten!" Es war ihm deutlich anzuhören, dass er persönlich für die zweite Möglichkeit plädiert hätte.

Scott sah ihn an. „Wo soll ich hin?"

„Raus."

„Habt ihr den Mörder?" Scotts Sinne waren auf einmal hellwach. Wenn man ihn entließ, musste das doch bedeuten, dass Sams Mörder gefasst war.

„Nein. Nur keine falsche Hoffnung. Deine Kaution ist bezahlt. Du kannst gehen. Aber halte dich zu unserer Verfügung. Ein kleiner Trip nach Italien oder so käme etwas schlecht im Moment, wenn du verstehst, was ich meine."

Scott sprang auf die Beine. Viel hatte er nicht zu packen: die paar Kleidungsstücke, die ihm sein aufgebrachter Agent vorbeigebracht hatte, weiter nichts.

Wenige Minuten später fand er sich vor dem Gefängnis wieder. Er blinzelte in die bayerische Sonne, die vollkommen unberührt von den Ereignissen zu ihren Füßen vom wolkenlosen Himmel brannte.

Eine blonde, junge Frau löste sich von einem dunkelblauen BMW Cabrio, an dem sie gelehnt hatte, rückte ihre Sonnenbrille zurecht und kam mit langen Schritten auf ihn zu. Irgendwie kam sie ihm vage bekannt vor.

Ein Fan vielleicht?

„Na endlich, da kommt er ja."

Linda wartete im Schatten neben ihrem Wagen. Es hatte sie all ihre Überzeugungskraft gekostet, Luke dazu zu bringen, dass er sie alleine mit Scott reden ließ.

Die Erinnerung an jene Nacht, beziehungsweise an das grauenvolle Erwachen am nächsten Morgen, trieb Linda immer noch die Schamesröte ins Gesicht. Sie wusste eigentlich, dass sie keinen Alkohol vertrug, trotzdem gelang es ihr manchmal nicht, rechtzeitig die Notbremse zu ziehen. Und es gab noch mehr, woran sie sich nicht erinnern wollte. Doch jetzt hatte sie Wichtigeres zu tun.

Als sie nun auf Scott zuging, ließen die Erinnerungsfetzen sie allerdings nicht los. Sie atmete tief durch.

Als die Fremde ihm entgegenkam, sah Scott sie erwartungsvoll an.

„Hi", eröffnete sie das Gespräch.

„Hi", echote Scott.

Die Frau hielt ihm die ausgestreckte Rechte unter die Nase. „Linda Sparwasser." Sie beobachtete ihn interessiert.

Scott nahm ihre Hand und schüttelte sie. „Scott Harden", stellte er sich überflüssigerweise vor.

Ihr Name löste bei ihm keine Erinnerungen aus.

„Ich war letztens auf deiner Party", versuchte sie ihm auf die Sprünge zu helfen.

Scott nickte.

Also wirklich ein Fan.

Oder?

„Und ich habe deine Kaution bezahlt", fügte Linda hinzu.

Scott traute seinen Ohren nicht. „Du hast meine Kaution bezahlt? Wie komme ich dazu?"

Scott Harden war es schon nicht gewohnt, von einer Frau auf ein Bier eingeladen zu werden, ganz zu schweigen davon, welche astronomische Summe man der kleinen Linda abgeknöpft haben musste, um ihn hier rauszubekommen. Wie man ihm eben noch einmal deutlich eingeschärft hatte, war der Verdacht gegen ihn bei Leibe nicht aus der Welt. Was also bewegte diese ihm vollkommen unbekannte Frau dazu, für ihn zu bürgen?

Scott musterte Linda verstohlen. Gab es da doch noch eine Verbindung?

„Guck nicht so. Ich weiß, dass du es nicht warst", erwiderte Linda lapidar auf die ungestellte Frage. „Komm!" Linda drehte sich um und stakste auf ihren High Heels zurück zum Wagen.

Scott folgte ihr etwas bedröppelt.

Bevor sie einsteigen konnte, packte er sie am Handgelenk und drehte sie wieder zu sich herum. „Jetzt mal Stopp! Was geht denn hier ab? Ich check da gerade irgendwas nicht."

Linda sah ihn an. „Wieso? Warst du's doch?"

„Nein! Nein, natürlich nicht!", echauffierte Scott sich.

„Na siehste."

Linda wollte ihren Weg fortsetzen, doch Scott hinderte sie daran. „Ich fühle mich gekidnappt! Ich kenne dich nicht, obwohl ich das Gefühl habe, ich sollte. Und was mich betrifft: Ja, ich weiß, dass ich Sam nicht ermordet habe. Aber was ist mit dir? Woher weißt du das?" Er kniff die Augen zusammen. Gerade durchzuckte ihn ein ganz abstoßender Gedanke. Konnte es sein …?

Linda las den Geistesblitz in Scotts Gesicht. „Das glaubst du doch jetzt selber nicht!"

Scott blieb unentschlossen.

Das alles kam ihm unglaublich merkwürdig vor.

„Können wir dann jetzt los?", rief Linda vom Fahrersitz ihres BMWs aus.

Scott beeilte sich, um das Auto herumzugehen, und stieg auf der Beifahrerseite ein. „Wohin fahren wir?"

Nachdem er sich von dem kurzen Moment erholt hatte, den er angenommen hatte, sie könnte die Mörderin seines Freundes sein, beschloss er, dass er ihr vertrauen würde. Etwas anderes blieb ihm ohnehin nicht übrig.

Wenn sie nicht die Täterin war, dann war sie möglicherweise der Schlüssel zur Aufklärung dieses Verbrechens. Und, zum einen, weil er sich selbst reinwaschen wollte, zum anderen aber auch, weil er es Sam schuldig war, wollte er herausfinden, was Sam das Leben gekostet hatte.

Linda knallte die Fahrertür des BMWs zu und ließ Scott noch die Zeit, um sich anzuschnallen.

Sie warf dem deutlich älteren Mann auf dem Beifahrersitz einen kessen Blick zu und meinte: „Also, zu dir oder zu mir?"

Scott musste lächeln. Unter anderen Umständen hätte er eine Fahrt in einem BMW Cabrio neben einer so hübschen und jungen Frau sicher genossen. „Mir egal", erwiderte er im Bewusstsein, dass das hier nicht der Auftakt zu einem romantischen Abend war.

„Dann nehm ich dich mit zu mir, wenn's recht ist." Linda startete den Motor und ließ die Reifen quietschen, als sie aus der Parkbucht auf die Straße einbog. Sie beschleunigte und reihte sich in den Verkehr ein. Scott lehnte sich im Sitz zurück.

Linda lenkte ihren BMW auf die Stadelheimer Straße Richtung Westen. Wenig später bog sie auf den Innsbrucker Ring ab und kämpfte sich im dichter werdenden Stadtverkehr über Berg am Laim nach Bogenhausen.

Wenig später fuhren sie durch eine der noblen Villengegenden mitten im Herzen Münchens. Offenbar kam seine Fahrerin aus einem guten Stall.

Lindas BMW schlängelte sich durch ein Geflecht aus Anliegerstraßen, vorbei an hohen Mauern und fest verschlossenen Toren, hinter denen die gesammelte Prominenz von Münchens Schickeria residierte, sicher abgeschirmt von den neugierigen Blicken der Paparazzi und Touristen.

Prompt trafen sie nach einer Biegung auf einen dunklen Lancia, der betont unauffällig vor einem imposanten Eingangstor parkte. Der Besitzer wandte ihnen den Blick zu, als er den Motor des BMWs hörte.

„Scheiße", murmelte Linda.

Doch es war zu spät, der Paparazzo hatte sie schon erkannt. Sicher, den Schuss seines Lebens zu bekommen, griff er nach seiner Ausrüstung, stürzte sich in seinen Wagen und folgte ihnen. Linda ließ das Verdeck zufahren und trat das Gaspedal ihres Cabrios durch. „Festhalten!", befahl sie, während sie wie ein Haken schlagendes Kaninchen versuchte, den Paparazzo abzuhängen. Ihr Glück war nur der Heimvorteil, der es ihr erlaubte, die Kurven in so atemberaubendem Tempo zu nehmen, dass die Hinterreifen des BMWs über den Gehweg schlitterten. Ungeachtet der ruinierten Reifen trat sie sofort wieder aufs Gas und heizte die nächste Straße hinunter, um möglichst abzubiegen, bevor der Paparazzo hinter ihr im Rückspiegel auftauchte.

Scott klammerte sich instinktiv an den Haltegriff und ertappte sich dabei, wie er versuchte, auf seiner Seite des Wagens mitzubremsen. Schließlich zerrte Linda mit der linken Hand ihr Handy aus der Tasche, ohne dabei auch nur eine Sekunde vom Gas zu gehen.

Als sie den Blick von der Straße nehmen musste, um die Nummer einzutippen, rasierte sie eine Mülltonne von der Bürgersteigkante, die polternd hinter ihnen die Straße hinunter kullerte.

Völlig unberührt von diesem Zwischenfall hob Linda ihr Telefon ans Ohr und rief ihrem Gesprächspartner ohne Einleitung zu: „Schnell, mach das Tor auf!"

Nur gefühlte Sekunden später flog der BMW ungebremst durch ein offenes Hoftor, das sich unmittelbar hinter ihm wie von Geisterhand wieder schloss. Linda bremste abrupt und gerade noch rechtzeitig, bevor sie gegen die Wand eines Häuschens knallten. Scott atmete durch.

Linda dagegen grinste. „Den hab ich aber abgehängt!"

Mit etwas zittrigen Knien entstieg Scott dem Wagen, froh, wieder festen Boden unter den Füßen zu haben. „Sah so aus, als hättest du das nicht zum ersten Mal gemacht", meinte er nicht ohne Anerkennung.

Linda grinste.

„Jahrelange Übung."

Dabei wirkte seine Begleiterin auf Scott nicht, als hätte sie schon viele Lebensjahre Zeit gehabt, sich mit Verfolgungsjagden zu beschäftigen.

Er ließ den Blick von ihr weg über das Anwesen schweifen. Das Häuschen, dessen Wand sie eben beinahe gerammt hätten, war offenbar so eine Art Wachhäuschen für das Tor. Neben dem BMW parkte ein schwarzer Porsche Cayenne. Direkt vor ihnen führte eine schicke Auffahrt, gesäumt von Palmen in großen Kübeln, zu einer Villa, die sich vor den ganzen Promiresidenzen in ihrer Nachbarschaft nicht zu verstecken brauchte.

Scott musterte seine Begleiterin verstohlen.

Also ein simpler Fan, der sein Sparschwein geplündert hatte, um ihn frei zu bekommen, war sie schon einmal sicher nicht.

Lindas Blick glitt indes über den Porsche. „Auch das noch", murmelte sie.

„Schlechte Neuigkeiten?", fragte Scott.

„Mein Bruder ist hier. Ich hab's befürchtet. Er wollte mich ja vor der JVA schon nicht allein lassen."

Scott grinste. „Bruderkrankheit."

Er dachte, dass er als Bruder einer hübschen Münchnerin auch seine Probleme gehabt hätte, sie Scott Harden allein aus dem Gefängnis freikaufen zu lassen.

Linda holte ihre Tasche aus dem Cabrio und knallte die Tür zu. „Ich fürchte, da steht uns ein peinliches Gespräch bevor", sagte sie.

„Da bist du ja endlich!", begrüßte Luke sie, als er die Tür ins Schloss fallen hörte. Die Villa war innen dezent, aber sehr teuer eingerichtet. Es handelte sich dabei um Lukes und Lindas Elternhaus, das Linda nach dem Tod ihrer Eltern meist allein bewohnte.

Luke zog es vor, in seinem Häuschen am See zu bleiben. Aber heute hatte er hier auf Linda warten wollen.

„Wir haben Besuch." Linda wirkte verärgert über die Überfürsorglichkeit ihres Bruders.

Luke kam durch die offene Tür, die den Blick auf ein großzügiges Wohnzimmer freigab. Er sah Scott und hielt in der Bewegung inne.

Luke konnte Typen wie Scott Harden und Sam Ryhs schon aus Prinzip nicht ausstehen. Insgeheim dachte er, dass Sam bekommen hatte, was ihm zustand. Mit unverhohlener Abneigung musterte er Scott.

„Hi", sagte der etwas unbeholfen. Scheinbar verunsicherte ihn Lukes Anwesenheit, wie der mit Genugtuung zur Kenntnis nahm.

„Hi", erwiderte Luke, etwa so freundlich, wie man eine Ratte begrüßte, die sich in das eigene Haus verirrte.

„Scott Harden – mein Bruder Luke Sparwasser. Luke – Scott Harden", erledigte Linda die Vorstellungsrunde.

„Luke Sparwasser?", wiederholte Scott und endlich machte sich so etwas wie Erkennen auf seinem Gesicht breit. „Der Actionheld?"

Luke nickte gelangweilt.

„Wow. Ach, und du bist Lukes kleine Schwester? Du bist auch beim Film, oder?", wandte Scott sich dann an Linda, nachdem Luke keinen Zweifel daran ließ, dass er an einem Smalltalk mit Scott Harden nicht interessiert war.

Linda verneinte.

„Nicht beim Film, nein. Ich mache TV."

„Und du, Luke? Mensch, ich hätte dich echt nicht erkannt. Auf den Plakaten siehst du irgendwie anders aus. Hast du grad was am Start?"

Luke ließ sich nicht zu einer Antwort herab.

Er hatte die Schnauze schon voll von diesem ungebetenen Gast, den er so schnell wohl nicht loswerden würde.

Linda war es schließlich, die das Gespräch wieder in die Spur brachte. „Wie geht es jetzt weiter? Hast du eine Ahnung, wer Sam erledigt haben könnte?"

Überrascht sah Scott Linda an. „Na aber ich dachte, du weißt etwas! Weshalb hast du sonst die Kaution bezahlt?"

Linda zuckte die Schultern. „Ich weiß, dass du es nicht warst. Du bist von Bord gegangen, bevor Sam ... " Linda brach mitten im Satz ab und warf ihrem Bruder einen erschrockenen Blick zu.

Luke musterte sie abwartend. „Ja?"

„Ich meine ... Sam war noch auf dem Schiff, als du wegfuhrst", korrigierte Linda sich.

„Was ja nicht bedeutet, dass er nicht später zurückkommen und ihm eine Flasche Whiskey auf den Schädel hauen konnte", warf Luke ätzend ein.

Scott schluckte. „Ich war es nicht."

„Das glaubt ja auch niemand", fuhr Linda dazwischen. „Du warst es nicht. Wer war es dann? Hatte Sam Feinde?"

Scott lachte auf. „Feinde? Sam Rhys? Es würde mich wundern, wenn er außer mir Freunde gehabt hätte. Sam war kein sehr geselliger Typ."

„Immerhin hat er die meisten seiner Nächte und die Zeit des Tages, die er nicht besoffen, bekifft oder sonst irgendwie unter Drogen war, auf wilden Partys zugebracht, wenn man den Klatschspalten glauben darf. Kann also kein solcher Einzelgänger gewesen sein", mischte Luke sich wieder ein.

Scott zuckte die Schultern. „Die schreiben viel. Ich sag mal so: Sam hat den Rock'n'Roll gelebt. Dazu gehörten für ihn auch die Partys. Aber deshalb war er mit den Leuten nicht unbedingt befreundet. Ich wette, die meisten der Gäste auf meinem Schiff hat er nicht mal gekannt."

Luke registrierte, wie sein flüchtiger Blick Linda streifte, als Harden auf die Party zu sprechen kam. Woher wusste sie, wo Sam gewesen war, als Harden das Schiff verlassen hatte?

Luke vermutete jedoch richtig, dass Linda ihm darüber keine Auskunft geben würde.

Scott erzählte inzwischen: „Ich hatte an dem Morgen eigentlich einen Termin mit einem Producer. Ich hatte ihn ganz vergessen. Deshalb bin ich nach der Party so überstürzt davon."

„Kann ja mal passieren, wenn man Wichtigeres zu tun hat. Alkoholexzesse und Sexgelage zum Beispiel." Lukes Stimme klang so schmeichelhaft wie Salzsäure.

Linda warf ihrem Bruder einen warnenden Blick zu. „Dann bist du direkt in die Stadt?"

Scott nickte.

„Und während du bei deinem Termin warst, ist Sam ermordet worden. Dann hast du ja ein Alibi!"

„Anscheinend nicht. Es muss wohl unmittelbar nachdem ich von Bord gegangen bin passiert sein. Ich hätte also theoretisch noch umkehren können."

„Bist du aber nicht."

„Nein, bin ich nicht."

„Was soll das heißen?"

„Das soll heißen, dass *Wisteria* für uns vom Tisch ist." Spacek ließ sich in seinen Schreibtischsessel fallen.

„Das kann doch nicht dein Ernst sein! Ich habe meine ganze Karriere auf so einen Film gewartet!" Luc Simon lief vor Wut und Frustration dunkelrot an. Der gefeierte Star der *BerlinCityMedia* war Franzose und für sein heißblütiges Temperament bekannt und gefürchtet.

„Es wird andere Filme geben, Luc", versuchte Spacek ihn zu beruhigen. Es wurmte den alten Producer selbst, dass ihm die Rechte an diesem Megaevent durch die Finger glitten. Seine Bosse in Berlin tobten. Eigentlich war er nach München gekommen, um die Verträge mit den Sponsoren unter Dach und Fach zu bekommen und bei der *BAVARIAMEDIA* vorzufühlen. Stattdessen flog ihm jetzt gerade der komplette Film um die Ohren. Das Letzte, was er jetzt noch brauchte, war der hysterische Anfall seines Stars. „Du hattest die Rolle doch noch nicht einmal."

Der Einwurf war nicht gerade dazu angetan, Luc Simons Mütchen zu kühlen. „Wem sonst hättest du die Rolle geben wollen? Willst du sie selber spielen? Ich bin *perfekt* dafür!"

Spacek hob beschwichtigend die Hände. „Ja, ja, mag ja sein. Aber wenn uns jetzt *BAVARIAMEDIA* doch noch den Rang abläuft, dann hilft dir das leider auch nichts. Unsere Option auf das Buch läuft am Montag aus. Und diese Schmarotzer von *BAVARIAMEDIA* sitzen garantiert schon in den Startlöchern."

Luc knurrte etwas Französisches. Immer wenn er sich aufregte, glitt er in seine Muttersprache ab.

„*Putain de merde*! Ich will diesen Film machen. Und wenn ich dazu zu *BAVARIAMEDIA* gehen muss, dann gehe ich!"

Spaceks Faust knallte so hart auf die Schreibtischplatte in seinem Büro des Vierjahreszeiten, dass die Gegenstände darauf nervös klimperten. „Reiß dich zusammen! Die *BerlinCityMedia* hat dich noch bis Ende des Jahres unter Vertrag. Und da wirst du den Teufel tun und dich denen an den Hals werfen! Sonst hast du die längste Zeit hier Filme gemacht! Habe ich mich deutlich ausgedrückt?"

Lucs Brust schwoll an, als er mühsam beherrscht hervor presste: „Meine Karriere habe ich wohl kaum dir oder der *BCM* zu verdanken! Im Gegenteil, möglicherweise seid ihr mehr auf mich angewiesen, als ich auf euch!"

„Wenn die *BAVARIAMEDIA* sich eine Option auf das Buch geben lässt, dann haben die ihre eigenen Stars dafür. Die warten nicht auf dich!" Jetzt ließ Spacek zum ersten Mal in diesem Gespräch anklingen, dass auch er Angst hatte, sein bisher größtes Projekt zu verlieren. „Ich will *Wisteria* auch machen! Nicht nur du verlierst hier die Chance deines Lebens! Das wird der Kassenschlager überhaupt! Aber mit dieser dämlichen Geschichte am Bein können wir unmöglich drehen. Wer immer diesen Typen umgenietet hat, ich wette mit dir, er wollte *Wisteria* kippen und sonst gar nichts!"

Luc sah den Produzenten überrascht an. „Glaubst du wirklich?"

„Was denn sonst? Der Kerl war so uninteressant wie die Titten einer Sechzigjährigen, warum sollte ihn jemand ums Eck bringen wollen?" Spacek kochte mehr, als er zugeben wollte.

„Aber wieso dann ausgerechnet den?"

Spacek zuckte die Schultern ob dieses berechtigten Einwurfs. „Was weiß ich, was im Hirn von so einem Mörder vorgeht? Fakt ist, dass es aufgeht! Dieser Rocker ist tot, mein Regisseur sitzt im Knast und wir haben jetzt erst einmal die Ermittlungen am Hals. Die Option verfällt uns und die *BAVARIAMEDIA* hat freie Fahrt."

Luc ließ den Blick grimmig durch den Raum wandern.

Auf einmal drehte er sich mit einem Ruck zu Spacek herum. „Dann macht's eben ein anderer. So ist das Showbiz nun einmal, oder nicht? *The show must go on*!"

Spacek bedachte Luc Simon mit einem Blick, als hätte der sie nicht alle. „Ja, so ist es. Diesen Film wird wohl ein anderer machen und wir beide sind nicht dabei. Ich dachte, zu dieser Erkenntnis wären wir schon früher an diesem Tag gekommen."

Aber Luc schüttelte frenetisch den Kopf. „Nein! Ich meine, wir suchen uns einen anderen Regisseur! Ich bin ja durchaus deiner Meinung, dass Scott Harden ein guter Fang für dieses Projekt gewesen wäre, aber wenn er nun einmal verhindert ist ... Dann macht es eben ein anderer."

Spacek sah Luc kopfschüttelnd an. Das kam der Empfehlung gleich, doch einfach Jack Daniels – den er zutiefst verachtete – statt seines heiß geliebten, schottischen Singlemalt zu trinken.

„Sicher. Jeder könnte *Wisteria* machen. *Wisteria* ist ja an sich schon ein Hit. Egal, wer dann daran herumstümpert. Deshalb kann *BAVARIAMEDIA* den Film auch gut ohne dich machen. Auch wenn du dich tausend Mal für den begabtesten Kandidaten hältst. Das ist eben das Showbiz."

„Komm doch mit hinaus an den Pool", schlug Linda Scott vor.

Nach einem kurzen, aber heftigen Streit der Geschwister hatte Luke Sparwasser sich nach Starnberg verabschiedet. Dass Linda Scott angeschleppt hatte, schien ihm mächtig gegen den Strich zu gehen. „Wenn das erst die Paparazzi spitz bekommen!", hatte er ihr vorgehalten. Wie knapp sie denen heute schon entgangen waren, wusste Luke glücklicherweise nicht.

Linda lief die breite Freitreppe in der Eingangshalle hinauf. „Ich bring dir ein Handtuch mit!", rief sie über die Schulter.

Scott stand unschlüssig am Treppenabsatz und sah ihr hinterher. Das war ja sehr freundlich, aber neben einem Handtuch würde er am Pool wohl auch Badehosen brauchen.

Wenig später kehrte Linda mit den versprochenen Handtüchern zurück. Ihr durchtrainierter, schlanker Körper steckte in einem sommerlich-sonnengelben Bikini, das blonde Haar hatte sie nachlässig zu einem Pferdeschwanz gebunden und eine große schwarze Sonnenbrille hineingesteckt.

Scott kam nicht umhin festzustellen, dass seine Befreierin sehr attraktiv war. Er folgte ihr an den Pool.

Die Villa verfügte nach hinten hinaus über einen leicht ansteigenden Garten, den ganz offensichtlich versierte Hände pflegten.

Die Büsche waren ordentlich gestutzt, der Rasen gemäht und gleichmäßig wie auf einem Golfplatz. Etwas abseits lag der geschwungene Pool, umgeben von einer gepflasterten Terrasse, auf der einige moderne Rattanliegen standen.

Linda ließ die Handtücher auf eine der Liegen fallen und glitt ohne weitere Vorrede in das glitzernde Blau. Mit ein paar Schwimmzügen erreichte sie den gegenüberliegenden Poolrand, stieß sich ab und kam auf dem Rücken schwimmend wieder zu Scott zurück, der unbeweglich am Beckenrand stand und sie einfach beobachtete.

Linda stützte ihre Arme auf den Rand und sah ihn auffordernd an. „Was ist? Komm rein!"

Scott ließ sich stattdessen betont lässig auf eine Liege fallen. „Ich hab ja gar keine Badesachen mit", erklärte er abwehrend. „Du hättest mir mal besser sagen sollen, für was ich packen soll."

Linda lachte, entblößte eine Reihe makelloser Zähne und um ihre Augen bildeten sich feine Fältchen. „Ich wusste ja nicht, dass Scott Harden in Wirklichkeit so verklemmt ist. In der Presse liest man etwas anderes." Sie sah ihn herausfordernd an.

„Tja", erwiderte Scott. „In der Presse liest man oft nicht die Wahrheit. Dass sich die Sauberfrau des öffentlich-rechtlichen Vorabends gerne auf zwielichtigen Partys herumtreibt, stand da auch nicht."

Linda grinste. „Doch, bisweilen schreiben sie davon. Und es ist immer ein großes Pfui. Aber hier sind wir ja sicher vor der Presse. Wir sind ganz unter uns."

Sie stieß sich erneut vom Rand ab und paddelte ein bisschen herum. „Aber lass nur. Ich verstehe, dass ein Mann deines Alters sich vor einem jungen Hüpfer wie mir geniert." Linda grinste wieder und tauchte unter, bevor er etwas erwidern konnte.

„Na warte!"

Das hatte gesessen. Sein Alter ließ Scott Harden sich ungern vorhalten, bildete er sich doch mordsmäßig was darauf ein, dass er trotz seines ausschweifenden Lebenswandels immer noch ein ziemlich attraktiver Kerl war.

Bevor Linda wieder auf seine Seite herüberkam, hatte er sich bereits seines Shirts und der Jeans entledigt und sprang in seinen Boxershorts kopfüber zu ihr ins Wasser.

Das Wasser war kalt und hinterließ ein angenehmes Prickeln auf der Haut. Scott streckte seine Glieder und pflügte mit gleichmäßigen Kraulbewegungen durch den Pool, dabei war er sich ihres beobachtenden Blickes wohl bewusst. Er gab ihr Zeit, ihn gebührend in Augenschein zu nehmen und das vorschnelle Urteil bezüglich seines Alters zu revidieren.

Nach einigen Bahnen hievte Scott sich wieder aus dem Wasser und blieb am Beckenrand sitzen, die Beine im Wasser. Seine schwarzen Calvin-Klein-Shorts klebten ihm am Körper, auf seiner Brust kräuselten sich ein paar blonde Brusthaare, zwischen denen Wassertropfen hingen, darunter lässig trainierte Bauchmuskeln. Kein ausgeprägtes Six-Pack wie bei einem Männermodel, eher eine Andeutung von etwas, das Scott Harden mit Leichtigkeit hätte haben können, und irgendwie gab ihm das eine extra Portion Coolness.

Aber davon besaß er ohnehin eine Menge.

Er strich sich das nasse Haar zurück und sah auffordernd zu Linda hinunter. „Und jetzt, Miss California? Verrätst du mir, wie es jetzt weitergehen soll?"

Statt einer Antwort packte Linda Scotts Hand, mit der er sich abgestützt hatte, und zog ihn Richtung Pool. Scott verlor das Gleichgewicht und plumpste zurück ins Wasser. Nach einem Überraschungsmoment fing er sich und griff nun seinerseits nach ihr, um sie unterzutauchen. So balgten sie eine Weile durch den Pool, quietschend und kreischend wie Teenager.

Schließlich bekam Scott Linda so zu fassen, dass er ihr beide Arme am Rücken festhalten und sie damit außer Gefecht setzen konnte. Linda zappelte.

„Ich meinte eigentlich, was du jetzt in Bezug auf die Mordgeschichte unternehmen willst", sagte er und konnte sich einen triumphierenden Unterton nicht verkneifen.

Linda hörte auf zu strampeln und ihre Stimme wurde ernst. „Ich denke, wir sollten systematisch vorgehen und versuchen, den Abend zu rekonstruieren."

Scott gab ihr recht. Er fragte sich ohnehin immer noch, welche Rolle sie eigentlich an dem Abend gespielt hatte.

Als er sie so an sich gepresst hielt, obwohl sie sich gar nicht mehr zur Wehr setzte, wurde ihm auch ihre Nähe plötzlich sehr bewusst. Im kalten Wasser fühlte er die Wärme ihres Körpers an seinem. Das nasse Haar hing ihr jetzt in wirren Strähnen herab, da sich der Pferdeschwanz durch die Balgerei gelöst hatte.

Über diese Haut zu streichen, müsste sich gut anfühlen, dachte Scott.

„Was überlegst du denn?", fragte sie, um von sich abzulenken.

Durch seine Fesselung war sie bewegungsunfähig, und obwohl ihr Spiel vorbei war, schien er es nicht eilig zu haben, sie loszulassen. Aus der Nähe sah man seinem Gesicht an, dass er längst keine dreißig mehr war, außerdem hatte er sich während seiner Nacht in der Untersuchungshaft nicht rasieren können, und um sein Kinn und an den Wangen standen nachlässige Bartstoppeln.

Ihre Blicke trafen sich und beide fühlten sich in ihren Beobachtungen ertappt. Er wich ihr aus, indem er den Griff lockerte, hielt sie aber weiterhin mit einem Arm umschlungen.

Linda ließ ihn gewähren. Der Flirt mit dem älteren Regisseur gefiel ihr. *Er* gefiel ihr.

Als er sich vorbeugte, um sie zu küssen, war sie aber doch etwas überrascht. Einen Moment lang reagierte sie überhaupt nicht, doch als er sich schon von ihr zurückziehen wollte, schlang sie nachgiebig die Arme um seinen Hals und drückte ihren zierlichen Körper an seinen. Sie spürte, wie sein Mund sich an ihren Lippen zu einem Grinsen verzog.

Spiel, Satz und Sieg. So war Scott es gewöhnt. Auffordernd ließ er seine Hände über ihren Rücken gleiten, die Bänder ihres Bikinioberteils, denen er dabei begegnete, zog er wie zufällig auf.

Sie ließ ihn gewähren, schlang sogar, von einer plötzlichen Leidenschaft geleitet, beide Beine um seine Hüften.

Da beschloss Scott endgültig, die nötigen Überlegungen zum Tod seines Kumpels erst einmal hinten anzustellen. Seine Hände suchten sich einen Weg vorbei an Lindas Bikinihöschen. Seine Boxershorts streifte er mit der freien Hand ab; das Textil, das für den Gebrauch im Pool nicht gedacht war, stellte kein Hindernis im nassen Element dar.

Klick. Linda fühlte, wie sie auf einer sich aufschaukelnden Welle der Erregung davongetragen wurde. Sie wollte sich hineinfallen und fortspülen lassen. Doch ausgerechnet, als sie spürte, wie Scotts Ekstase sich ihrem Höhepunkt näherte, vernahm sie dieses wohlbekannte Klicken.

Erschrocken riss sie die Augen auf und sah genau in die Linse eines Teleobjektives, das zwischen den Büschen hervorblitzte.

Scott bekam von diesem Einbruch in ihre und seine Intimsphäre offenbar nichts mit.

Erst als er erschöpft innehielt und die Augen öffnete, sah er, wohl am Ausdruck ihres Gesichts, dass etwas ihr den Spaß verdorben hatte. Enttäuscht musterte er sie, suchte in ihrem Gesicht nach dem Grund für ihre vorzeitig erloschene Begeisterung.

Linda vergrub den Kopf an seinem Hals, um ihm zu zeigen, dass nicht er versagt hatte, aber vor allem auch, um sich vor dem Fotografen zu schützen. An seinem Ohr flüsterte sie kaum hörbar: „Wir sind nicht allein. Da hinten ist ein Paparazzo im Gebüsch, er hat Fotos gemacht."

Mit einem Ruck löste Scott sich aus der Umarmung. Er wandte sich um und suchte mit raschem Blick die Anpflanzung ab. Ein Knacken im Geäst und eine raschelnde Bewegung verrieten den Spanner. Im Nu war Scott aus dem Wasser und sprintete den Rasen hinunter, dorthin, wo sich die Büsche verräterisch bewegten.

„Sei vorsichtig!", rief Linda ihm hinterher.

Der Paparazzo hatte sich zum Rückzug entschlossen, aber Scott war ihm dicht auf den Fersen.

Linda stieg ihrerseits aus dem Wasser. Sie fragte sich, wie der Kerl hereingekommen war. Vom Pool aus konnte sie den Sicherheitsdienst am Wachtor nicht informieren, und ihr Handy hatte sie im Haus gelassen.

Scott verschwand aus ihrem Blickfeld, als er den Eindringling um die Villa herum jagte. Vor dem Haus würde ihm hoffentlich der wachhabende Sicherheitsbeamte zu Hilfe kommen.

„Was war das?!"

Linda schreckte zusammen, denn sie hatte einen Knall gehört.

Ein Schuss!

Die nächsten Ereignisse überschlugen sich, obwohl Linda die Sekunden seltsam gedehnt wahrnahm.

Dann kratzte das eiserne Tor über den asphaltierten Boden, als es gewaltsam aufgezwungen wurde.

Nur wenige Augenblicke später startete ein Motor und ein Fahrzeug entfernte sich mit quietschenden Reifen.

Erst da ließ Lindas Schockstarre nach und sie konnte den Hang hinunterstürzen. Sie nahm dieselbe Route wie Scott zuvor und erreichte die Hofeinfahrt, gerade als auch die Haustür aufging und die Hausangestellte heraus eilte. Sie hatte den Schuss ebenso gehört. Der Sicherheitsmann kniete am Boden und beugte sich über etwas zu seinen Füßen. Linda erkannte erst auf den zweiten Blick, dass es Scotts Körper war. Der Teer unter ihm glänzte feucht.

Ihr gellender Schrei hallte von den Wänden der Villa wider.

Mit fliegenden Schritten eilte sie zu Scott und dem Wachmann. Scott Harden lag reglos auf dem Boden, seine nackte Brust war blutverschmiert. Der Wachmann versuchte, mit seinen Händen die Blutung zu stillen.

Linda registrierte gar nicht, dass sie beide immer noch splitternackt waren. Sie ließ sich neben ihm auf den Boden sinken.

„Was um alles in der Welt ist denn geschehen?", wollte sie fragen, doch ihre Stimme war nur ein heiseres Krächzen.

„Ich habe die Polizei und den Notarzt verständigt", antwortete der Security, peinlich darauf bedacht, sie nicht direkt anzusehen.

Die polnische Haushaltshilfe nickte bestätigend.

„*Właśnie!* Ich auch *alarmować policje!*"

„Wo waren Sie, bevor der Schuss fiel?", wollte der Polizeibeamte wissen, der wenige Minuten später am Tatort eintraf.

Kurz hinter dem Polizeiauto war auch der Rettungswagen durch das Tor gebrettert. Erst als Scott versorgt und abtransportiert worden war, hatte Linda trotz ihrer Blöße die Polizisten ins Wohnzimmer gebeten und sie allein gelassen. Wenig später kehrte sie angezogen zu ihnen zurück.

Die Beamten begannen mit der Vernehmung.

„Wir waren im Pool", erwiderte Linda, was zwar nicht vollständig, aber doch wahrheitsgetreu war.

„Woher kennen Sie und Herr Harden sich?"

„Mein Gott, von verschiedenen Gelegenheiten. Sie wissen doch, wie das hier ist."

Der Polizist warf Linda über den Rand seiner Brille einen abschätzenden Blick zu. „Ja, allerdings. Wie wir informiert wurden, haben Sie heute Morgen die Kaution gestellt, um ihn aus der Untersuchungshaft zu holen."

Linda nickte.

„Könnte dieser Umstand vielleicht etwas mit dem Vorfall hier zu tun haben?"

Linda zuckte die Achseln.

„Ich weiß es nicht."

Der Polizist legte seinen Notizblock zur Seite. „Der Rockstar Sam Rhys wurde tot aufgefunden, und heute finden wir seinen mutmaßlichen Mörder mit einer Schussverletzung hier in Ihrem Hof. Entschuldigen Sie die Mutmaßung, Frau Sparwasser, aber das sieht mir nach einer Beziehungstat aus."

„Wir sind doch nicht bei der Mafia!", warf Linda empört ein.

„Sie haben also den Angreifer nicht gesehen?", fragte der Beamte weiter.

„Nein. Nur sein Objektiv", erklärte Linda.

„Also ein Paparazzo?"

„Ich nehme es an. Wir wurden heute schon einmal von einem verfolgt, vielleicht war es derselbe."

„Wo war das?"

Linda schilderte den Vorfall unmittelbar vor ihrer Ankunft bei der Villa. Den Teil mit der Verfolgungsjagd und der umgestürzten Mülltonne sparte sie wohlweislich aus.

„Könnte der Mann Sie erkannt haben? Oder Herrn Harden?"

Linda war sich nicht sicher. „Schon möglich. Diese Aasgeier sind ja darauf programmiert. Aber ich konnte ihn abhängen, und es ist mir ein Rätsel, wie er hier herein gekommen wäre."

„Hat das Haus eine Alarmanlage?"

„Was ist das denn für eine Frage? Kennen Sie ein Haus in Bogenhausen, das keine hat? Die Mauer ist alarmgesichert und das Tor zudem personell bewacht. Fragen Sie den Sicherheitsmann."

„Wurden Sie oder Herr Harden in letzter Zeit bedroht?"

„Ich bin keiner von den ganz prominenten Stars. Wenn, dann wäre mein Bruder eher gefährdet. Aber der wohnt die meiste Zeit draußen in Starnberg. Ob Scott bedroht wurde, kann ich Ihnen nicht sagen. So gut kenne ich ihn nicht."

Der Polizist grinste anzüglich.

„Immerhin gut genug, dass sie beide sich den Nachmittag nackt am Pool vertreiben."

Linda musste noch etliche andere Fragen beantworten und bekam die Belehrung, sich für weitere Fragen zur Verfügung zu halten. Dann verabschiedeten sich die Polizisten.

Linda blieb mit ihren Gedanken allein zurück. Weil sie es nicht aushielt, beschloss sie, zu ihrem Bruder hinauszufahren.

„Könnte es etwas mit diesem Film zu tun haben?"

Linda runzelte die Stirn. „Mit *Wisteria*?"

„Ja! Ich meine, schau, Harden sollte die Regie führen, das war doch ein offenes Geheimnis. Wenn die *BerlinCityMedia* den Film gemacht hätte, wäre er unter Garantie ihr Favorit gewesen, oder?"

Linda nickte gedankenverloren. „Ja. Schon. Aber was hat das mit Sam Rhys zu tun?"

Luke überlegte eine Weile. „Vielleicht war er gar nicht gemeint."

„Wie, *gemeint*?"

„Vielleicht war Rhys nur ein Kollateralschaden."

„Und eigentlich hatte der Täter von Anfang an Scott im Visier", vervollständigte Linda den Gedanken.

Luke legte ihr die Hand auf den Arm und sagte eindringlich: „Was immer da los ist, halt dich da raus! Es ist gefährlich."

Linda erhob sich mit einem Ruck. „Nein. Ich muss ins Krankenhaus. Eigentlich hätte ich da sofort hinfahren sollen. Aber du weißt schon ... seit ... seit damals ..." Linda verzog das Gesicht.

Luke nickte. „Sag nichts. Ich weiß schon. Ich hasse Krankenhäuser auch. Ich war in keinem mehr, seit Mama und Paps gestorben sind. Ich war nicht mal in der Nähe von einem."

Er zwinkerte seiner Schwester aufmunternd zu. „Um die Wahrheit zu sagen: Ich wechsle die Straßenseite!"

Linda lächelte halbherzig zurück. „Ja. Eben. Aber es hilft nichts. Ich muss da hin. Ich muss mit Scott reden. Wenn er nicht ... also ich meine, womöglich ist er ..." Sie brach ab und sah bedrückt aus.

Luke schlang in einer spontanen Geste die Arme um ihren Hals und küsste sie auf die Nasenspitze. „Quatsch. Das ist ein harter Kerl. Es geht ihm bestimmt schon wieder gut. Aber bitte, pass du auf dich auf."

Anschließend telefonierten Luke und Linda die Stadt nach dem Krankenhaus ab, in dem Scott Harden lag. Als sie ihn gefunden hatten, blieb Linda keine Ausrede mehr.

„Ich hab ihn! Sie haben ihn nach Großhadern rübergebracht." Luke hielt Linda ein Post-it hin, auf dem er die Daten notiert hatte.

„Dann werd ich mal ..."

Luke nickte. „Toi, toi, toi. Du schaffst das."

Linda hatte auf dem Rückweg in die Stadt eine Weile Zeit, ihre Gedanken zu ordnen. Der Verkehr auf der A95 war höllisch. Doch schließlich lenkte sie ihren BMW auf den Parkplatz des Klinikums.

Linda atmete tief aus. Seit dem Tod ihrer Eltern hatte sie, wie ihr Bruder, Krankenhäuser gemieden, es kamen sofort wieder

Erinnerungen hoch. Sie fühlte die Verzweiflung wieder, die ihr die Kehle zuzuschnüren drohte. Diese Hilflosigkeit, die sie in eine Statistenrolle zwang, während andere um das Leben ihrer Eltern gekämpft hatten.

Was mach ich hier?, ging es ihr durch den Kopf. Doch dann holte sie auch das schlechte Gewissen wieder ein. Immerhin war es ihre Schuld, dass Scott sich in Reichweite des Paparazzos befunden hatte. Ohne ihre Einmischung säße er noch sicher in der U-Haft. Sie war es ihm schuldig.

Entschlossen öffnete sie die Fahrertür.

Es war nicht so einfach, zu Scott durchzukommen. Nicht nur Linda versuchte an sein Krankenbett zu gelangen.

Den ganzen Tag hatten die Schwestern und Ärzte mit Paparazzi und Fans zu kämpfen, die ein Foto des verunglückten Regisseurs zu ergattern versuchten. Im Internet kursierten bereits wilde Gerüchte über die Schießerei.

„Ich bin eine Freundin von ihm!", versuchte Linda die Schwester am Empfang zu überzeugen.

Die korpulente Krankenhausangestellte hinter dem Empfangstresen sah sie abschätzig an. „Schätzchen, was glaubst du wohl, was uns die Leute hier alles auftischen. Du müsstest schon seine Ehefrau sein, oder seine Mutter. Dann würde ich vielleicht darüber nachdenken. *Vielleicht.*"

Da war es wieder, das Gefühl der Hilflosigkeit. Lindas erster Impuls war weglaufen, doch sie widerstand dem Drang. Jetzt war sie schon einmal da, hatte sich überwunden und dann so etwas. Sie beugte sich, so weit sie die Glasabsperrung ließ, zu der Schwester hinüber.

„Jetzt hör mir mal gut zu: Ich bin weder seine Mutter, noch bin ich mit ihm verheiratet, aber ich bin die letzte Frau, mit der er gevögelt hat! Er wurde in *meinem* Garten angeschossen, ich war dabei! Verstehst du? Und ich möchte jetzt einfach kurz nach ihm sehen. Ist das zu viel verlangt?"

Die Schwester zeigte sich völlig unbeeindruckt von diesen Offenbarungen.

Sie nickte gelangweilt und blätterte in ihren Akten. Linda schnaubte.

Gerade als sie aufgeben wollte, runzelte die Schwester die Stirn. „Ich kenn dich doch auch. Irgendwoher kenn ich dich, oder?"

Linda sah ihre letzte Chance gekommen. „Ich bin Linda Sparwasser, wie ich bereits sagte. Die Serie *Schatten der Leidenschaft*, sagt dir das was? Ich verkörpere Sarah."

Die Schwester sprang für ihr Gewicht erstaunlich behände auf die Beine und klatschte euphorisch in die Hände. „Verdammte Scheiße, ja! Ich wusste es, ich hab dich schon mal irgendwo gesehen. Sarah. Verdammt. Wieso sagst du das nicht gleich? Ich verpasse keine Folge. Das ist so romantisch! Kommst du mit dem schicken Typen jetzt zusammen? Der mit dem Schloss?"

Linda verdrehte innerlich die Augen, versuchte aber nach außen, ein besonders großzügiges Lächeln zur Schau zu stellen. Sie hasste es, wenn man sie mit Sarah ansprach, und ganz besonders hasste sie es, wenn die Menschen nicht unterscheiden konnten, dass sie nicht Sarah und Sarahs Leben nicht ihr Leben war. Aber wenn es sie in diesem Fall weiterbrachte ...

Und tatsächlich begleitete die Schwester, die sich als Maria vorstellte, sie persönlich zu Scott Hardens Zimmer. Linda hatte das Gefühl, an dem mächtigen Kloß in ihrer Kehle ersticken zu müssen, als sie durch die Korridore liefen. Schon der Geruch von all diesen Desinfektionsmitteln brachte Erinnerungen zurück, die Linda tief in sich begraben geglaubt hatte.

Unterwegs quasselte Maria, plötzlich die Freundlichkeit in Person, ununterbrochen auf Linda ein. Linda versuchte den Wortschwall zu ignorieren. Schließlich hielten sie vor einer Tür.

Maria öffnete sie für Linda, steckte den Kopf hinein und meldete: „Huhu, Herr Harden! Hier ist jemand, der Sie sprechen möchte! Die süße Sarah ist hier, gucken Sie mal."

Linda fiel es schwer, sich höflich von Maria zu verabschieden, schnell schob sie sich an ihr vorbei.

Scott war blass und sah um Jahre gealtert aus. Er lag matt in den Kissen, um ihn herum piepten und quäkten Apparaturen.

Linda schluckte.

Als er sie sah, versuchte er ein Grinsen zustande zu bringen, das ihm misslang. „Sarah, hm?" Seine Stimme klang rau.

„Hi", murmelte Linda. Auch ihre Stimme klang belegt. „Sie hat mich erst durchgelassen, als sie hörte, dass ich Sarah aus *Schatten der Leidenschaft* bin." Sie näherte sich zögernd dem Bett. „Wie geht's dir?"

Scott zuckte die Schultern, verzog bei der spontanen Bewegung aber sofort das Gesicht.

„Hast du Schmerzen?"

Scott mimte den Coolen. „Geht schon. Hat nicht richtig getroffen, der Arsch. Gott sei Dank."

Linda erinnerte sich, weshalb sie gekommen war. „Hast du den Kerl gesehen?"

Scott nickte.

„Kennst du ihn?"

„Nein. Nicht direkt. Aber ich hab ihn schon mal irgendwo gesehen. Ich überlege schon die ganze Zeit, wo."

Tag 4

„Hier bin ich. Was willst du?" Luke war etwas ungehalten und machte sich nicht die Mühe, es zu verbergen.

Guy Cagney hatte schon damit gerechnet, dass sein Schützling zickig sein würde. „Nicht so ruppig, mein Lieber. Hör dir erst einmal an, warum ich dich herbestellt habe."

Luke ließ sich in einen der Besuchersessel fallen. „Mach's kurz. Es ist schon spät."

Guy zuckte die Schultern. „In diesem Business schlafen wir nicht. Ich habe dir ein Angebot zu machen, das dich freuen wird. Also mach ein etwas freundlicheres Gesicht!"

Luke verzog sein Gesicht zu einer grinsenden Fratze. „Besser?"

„Du kannst so komisch sein. Vielleicht sollten wir an einer zweiten Karriere als Comedian arbeiten? Aber Spaß beiseite. Ich hab da wirklich was für dich."

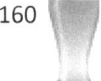

Luke schlug gelangweilt die Beine übereinander. „Lass mich raten: *Schnarchnase, der Penner aus Brooklyn*?"

„Lustig. Wirklich sehr lustig. Aber nein. Was würdest du davon halten, doch die Hauptrolle in *Wisteria* zu spielen?" Guy vollführte eine Geste, wie ein Zauberer, der ein Kaninchen aus dem Hut zog.

Luke machte ein Gesicht, als habe Guy ihm eben angeboten, er könne Nofretete die Hand schütteln. „Hallo? Liest du keine Zeitungen? *Wisteria* ist durch. Aus. Vorbei. Gestorben."

Guy plusterte sich zu seiner vollen Größe auf und machte ein wichtiges Gesicht. „Ja, für die Idioten von der *BCM*. Aber du arbeitest ja momentan für *BAVARIAMEDIA*, nicht wahr?"

Luke musterte Guy verständnislos. „Und?"

Guy breitete die Arme aus. „Und? Die haben jetzt die Option auf *Wisteria*!"

„Was?", fragte Luke. „Aber du fandst das Projekt doch scheiße. Und insbesondere fandst du mich in diesem Zusammenhang scheiße, schon vergessen?"

Guy grinste. „Ja, ich fand *Wisteria* als *BCM*-Film mit dir in der Hauptrolle scheiße. Aber jetzt sind die Karten neu gemischt. Dank dieser ... nennen wir es, günstigen Fügung."

Luke sah Guy entgeistert an.

„*Günstige Fügung*? Geht's noch bei dir? Ein Mensch ist gestorben und ein anderer liegt schwer verletzt im Krankenhaus, das nennst du eine *günstige Fügung*?"

Guy winkte ab. „Was ist jetzt, willst du oder willst du nicht?"

Luke sprang auf, der Sessel kippte dabei nach hinten und krachte zu Boden. „Ich versteh dich nicht! Ich versteh dich wirklich nicht. Wie lange ist das jetzt her, dass wir exakt hier diese Diskussion hatten, von wegen *du bist nicht Schweiger*? Was versteh ich an deinem plötzlichen Wandel hier nicht?"

Guy setzte ein beleidigtes Gesicht auf. „Ich dachte, du freust dich."

Luke war nicht in der Stimmung, sich mit Guy zu streiten, er beendete das Gespräch brüsk und war froh, als er seinen Wagen wieder vom Parkplatz lenken konnte.

„... und dann war da diese kleine Serienschauspielerin."

Scott grinste anzüglich und Linda versetzte ihm einen spielerischen Klaps. „Ich warne dich!"

„Ja? Tust du? Wovor? Vor dir?" Scott lachte herzhaft.

Sie war wieder zum Krankenbesuch gekommen. Heute ging es Scott schon sichtlich besser als am Vortag, was Linda sehr erleichtert zur Kenntnis genommen hatte. Jetzt hatte sie einen Block auf dem Schoß und notierte die Namen, die Scott ihr nannte. Sie versuchten, die Besucherliste der Party zu rekonstruieren. Dabei erwies es sich als äußerst hinderlich, dass Scott kaum klare Einladungen erteilt hatte, sondern die Gäste auch durch Mund-zu-Mund-Propaganda von der Party auf der Jacht erfahren hatten.

„Dass du da warst, war mir jetzt auch nicht so direkt klar. Erst, als du mich aus dem Gefängnis geholt hast. Mit wem warst du da? Warst du allein?"

„Nein. Ich hatte zwei Kolleginnen vom *Schatten*-Set dabei." Linda notierte zwei weitere Namen. „Aber die können wir wohl auch ausschließen", stellte sie fest und strich sie wieder durch.

Insgesamt nahmen die Gäste eine halbe Seite ein und viele der Namen waren bereits wieder durchgestrichen.

„Die sind schon bald wieder nach Hause, hat ihnen nicht gefallen."

Scott machte ein empörtes Gesicht. „Was? Meine Party? Frechheit!"

Eine Weile versuchten sie sich schweigend daran zu erinnern, wem sie noch auf der Jacht begegnet waren.

„Wo warst du eigentlich die ganze Zeit? Ich bin mir sicher, dass ich dich nicht gesehen habe. Das wüsste ich." Scott grinste anzüglich.

Linda wich seinem Blick aus. „Ich hab ziemlich viel getrunken", räumte sie ein.

„Ach, da warst du sicher die Einzige. Offenbar warst du über Nacht da, oder woher wüsstest du sonst, wann ich morgens gegangen bin?" Scott musterte Linda forschend. „Du weichst mir ständig aus, wenn das Thema auf die Party kommt. Weil du so

besoffen warst, oder hast du dich mit einem Kerl amüsiert, der dir nüchtern betrachtet peinlich ist?" Scott lachte.

Aber Linda nickte. „Ja, so ungefähr." Sie versuchte ein Grinsen.

Scott sah sie amüsiert an.

„Schämst du dich für ihn? Ist er so hässlich? Bist du mit deinen Liebschaften immer so verklemmt? Schämst du dich für mich auch?"

Der Block traf Scott an der Schläfe, als Linda ihn damit auf den Kopf schlagen wollte. Scott duckte sich weg, sofort fasste er nach der verbundenen Stelle auf seiner Brust. Geräuschvoll sog Scott die Luft ein und ließ sich zurückfallen.

Linda war sofort neben ihm.

„O Gott, sorry. Das wollte ich nicht. Tut's sehr weh?"

Scott nickte mit zusammengekniffenen Augen.

„Ach du Scheiße. Scheiße, Scheiße. Das wollte ich wirklich nicht. Kann ich etwas tun?"

Scott nickte erneut. Er schielte zwischen zusammengekniffenen Lidern hindurch und spitzte die Lippen zu einer Parodie eines Kussmundes.

Linda erkannte, dass er sie hochnahm.

Drohend hob sie die Hand, doch Scott wehrte sie dieses Mal erfolgreicher ab und Linda ließ sich von ihm küssen.

Gleichzeitig fragte sie sich, auf was sie sich da einließ. Eine Affäre mit Scott Harden? Oder suchte er nur nach Unterhaltung, solange er ans Bett gefesselt war? Scott war für seine Wankelmütigkeit in Bezug auf seine Frauengeschichten berüchtigt.

Zu mehr Überlegungen über den Status ihrer Beziehung kam Linda nicht. Als Scott anfing, sich an ihrer Bluse zu schaffen zu machen, klopfte es an der Tür.

Mit einem Satz war Linda aus Scotts Bett und saß wieder artig auf dem Stuhl daneben. Gerade fingerte sie nach dem Block, der unters Bett gerutscht war, als Kommissar Berger eintrat.

„Herr Harden, schön Sie wiederzusehen", sagte er. Bergers Gesichtsausdruck zeigte deutliche Spuren von Sarkasmus.

Scott setzte dieselbe scheinheilige Miene auf und erwiderte: „Ganz meinerseits, Inspektor. Ganz meinerseits."

Bergers Blick fiel auf Linda. „Sie haben Besuch. Frau …?"

„O, entschuldigen Sie, mein Fehler. Das ist Linda Sparwasser. Linda, Kommissar Berger." Scott lächelte Berger mit heuchlerischer Euphorie an.

Linda starrte von einem zum anderen.

„Und was führt Sie hierher? Frau … Spaßwasser?"

„Sparwasser", korrigierte Linda reflexartig.

Berger nickte. „Natürlich. Sparwasser. Waren Sie auch auf der Party?" Bergers Blick schien sich in Lindas Augen zu bohren.

Linda schluckte. „Äh … ja."

Sie wich Bergers Blick aus, indem sie sich wieder unter das Bett bückte und den Block aufhob.

Als sie wieder auftauchte, hatte sie ihre Fassung zurück. Charmant lächelnd reichte sie dem Polizisten den Bogen Papier, auf dem sie eben noch geschrieben hatte. „Wir haben eben über der Gästeliste gebrütet, Herr Kommissar."

Berger nahm das Blatt und überflog es. „Sind das alle?" Die Frage ging an Scott.

Der zuckte die Achseln.

„Ich weiß es nicht. Um ehrlich zu sein, ich habe mir nicht die Mühe gemacht, kleine rosarote Kärtchen an meine Freunde zu verschicken und um Rückantwort zu bitten."

Berger nickte süffisant.

„Ich bin mir sicher, dass Sie das nicht haben."

Linda meldete sich vorsichtig wieder zu Wort: „Inspektor, glauben Sie wirklich, dass der Kerl … also, dass er auf der Party war?"

Bergers stechende Augen wandten sich wieder Linda zu. „Woher nehmen Sie die Gewissheit, dass es sich um einen männlichen Täter handelt?"

Hilfesuchend wandte Linda sich an Scott, der seinerseits die Stirn in Falten legte.

Berger, offenbar erfreut darüber, die beiden verwirrt zu haben, räumte ein: „Ja, in der Tat, wir gehen davon aus, dass der Mörder schon auf der Party war."

Er steckte die Liste in seine Tasche.

„Also, vielen Dank für Ihre Mithilfe, die Liste wird uns sicher weiterhelfen. Ich komme aus einem anderen Grund."

Damit war eindeutig Scott gemeint.

„Ich warte dann vor der Tür", erklärte Linda bereitwillig und stand auf.

„Bitte halten Sie sich auch weiter zu unserer Verfügung." Berger nickte Linda flüchtig zu und zog die Tür hinter ihr ins Schloss.

Tag 5

„Was wollen Sie denn schon wieder?" Die Rezeptionistin klang sichtlich genervt, als sie Wes Barkins Stimme am Telefon erkannte. Doch dieses Mal war Wes davon überzeugt, dass er die besseren Karten im Ärmel hatte. Lässig lehnte er sich zurück und säuselte in sein Handy. „Liz, nicht?"

Die Empfangsdame von *BCM* in Berlin gab einen genervten Laut von sich. Wes fuhr unbeirrt fort: „Liz, hören Sie mir zu. Ich möchte mit Spacek sprechen."

Sie schnaubte, von Wes' Dreistigkeit gereizt bis zur Weißglut. „Jetzt hören *Sie mir* zu: Herr Spacek ist für Sie nicht zu sprechen. Nicht heute, nicht morgen und überhaupt nicht. Verstanden? Außerdem ist er gar nicht in Berlin."

Wes grinste. „Schätzchen, ich bin mir aber ganz sicher, dass der gute alte Spacek darauf brennt, zu hören, was ich ihm zu sagen habe. Und ich weiß auch, dass er wegen dringender Geschäfte seinen Besuch in München unterbrochen hat und wieder oben ist bei euch."

Elisabeth erklärte sarkastisch: „Ja, ich bin überzeugt davon, dass sie über jeden seiner Schritte bestens informiert sind. Aber meine Antwort lautet: Nein."

Wes grinste in sich hinein, er war dieses Mal wirklich sehr guter Laune.

„Sie machen einen Fehler."

„Ganz bestimmt. Legen Sie auf, das wird nichts mit Ihnen und Herrn Spacek. Nicht persönlich und auch nicht telefonisch!" Er hörte, wie sie sich vom Hörer entfernte. Sie war im Begriff einfach aufzulegen.

„Augenblick!", rief Wes sie zurück. „Passen Sie auf, Liz. Sie machen wirklich einen Fehler. Ich habe Informationen zu den Vorfällen um *Wisteria*, und ich kann Spacek Beweise liefern, dass *BAVARIAMEDIA* die Finger im Spiel hatte. Na? Reicht Ihnen das?"

Liz erwiderte nichts, aber sie war noch am Apparat.

Wes sah sich beinahe am Ziel. „*BAVARIAMEDIA* hat etwas mit den Überfällen auf den Regisseur von *Wisteria* zu tun. Sie wollten das Projekt kippen, damit die Option verfällt und sie selbst den Film machen können. Ist Ihnen das jetzt heiß genug?"

Liz reagierte nicht.

„Nun machen Sie schon!" Wes Barkin verlor langsam die Geduld.

Aber Liz war inzwischen anscheinend verunsichert genug, um sich davon überzeugen zu lassen, nicht einfach aufzulegen, stattdessen schob sie Wes in die Warteschleife.

Wes summte triumphierend die Wartemusik in der Leitung mit.

Plötzlich war Liz' Stimme wieder an seinem Ohr: „Ihr Name war noch mal?"

„Wes Barkin", trällerte er.

Nach einem erneuten Aufenthalt in der Warteschleife erklärte Liz knapp: „Herr Spacek ist in einer wichtigen Besprechung, aber Sie können heute Abend noch einmal anrufen, Herr Barkin."

„Scheiße!"

Luke klappte das Magazin zu, in dem er geblättert hatte. Er hatte es befürchtet. Die Zeitungen waren voll von dem Mord an Sam Rhys und dem Übergriff auf Scott Harden. Die Reporter verstiegen sich in abenteuerlichen Vermutungen, wie diese beiden Vorfälle zusammen hingen. Jedenfalls schien niemand mehr davon auszugehen, dass Scott seinen besten Freund selber auf dem Gewissen hatte. Von der ausschweifenden Party auf Scotts Jacht war die Rede, und dass das Unheil dort seinen Lauf genommen habe. Glücklicherweise kam Lindas Name noch nirgends vor, was der eigentliche Grund gewesen war, aus dem Luke den Artikel komplett gelesen hatte. Nicht einmal, dass Scott auf ihrem Grundstück verletzt worden war, erschien in der Presse.

Dafür blieb Lukes Herz beinahe stehen, als er umblätterte und in sein eigenes Gesicht blickte. Zwar gehörten die Titelseiten in diesen Tagen eindeutig Scott und Sam, doch immerhin prangte auf Seite vier sein Konterfei und ein ziemlich eindeutiges Foto von ihm und Anna vor dem *Coyote Ugly*.

Luke pfefferte das Blatt auf den gläsernen Couchtisch. Auch das noch. Er mochte sich gar nicht ausmalen, was bei Anna und in der Bar jetzt los war. Die Paparazzi würden sich wie die Wölfe auf sie stürzen.

Prompt klingelte sein Handy. Als Luke die Nummer sah, stöhnte er innerlich auf. „Morgen, Guy."

Guy Caney verschwendete keine Zeit mit höflichen Floskeln, sondern wetterte ohne Einleitung los. „Bist du von allen guten Geistern verlassen? Hab ich dir überhaupt nichts beigebracht?"

Luke ließ sich auf seine Couch fallen. Wenn Guy erst einmal in Fahrt war, dann dauerte es meist länger, bis jemand bei ihm zu Wort kam.

„Was hast du dir dabei gedacht? Wer ist dieses Mädchen? Ach, ist ja vollkommen egal, wer sie ist. Du kannst vögeln, wen du willst, aber halt um Himmels willen die Presse da raus. Du willst einen Film wie *Wisteria* machen? Mit diesen Schlagzeilen? Hältst du das für klug?"

Obwohl Guy eine Frage nach der anderen auf seinen Schützling abfeuerte, schien er keine Antwort von ihm zu erwarten. Ohne Luft zu holen, fuhr er fort: „Ich hatte dich eigentlich für professioneller gehalten. Und ich Vollidiot habe heute Nachmittag für dich vorgesprochen! Jetzt, wo *Wisteria* bei uns gemacht wird. Aber unter diesen Umständen …"

Jetzt platzte Luke der Kragen. Er fiel seinem Manager mitten ins Wort: „Was hat denn das eine mit dem anderen zu tun? Bin ich ein besserer oder schlechterer Schauspieler, abhängig davon, mit wem ich ausgehe?"

„Nein", polterte Guy mit ungeminderter Härte weiter.

„Aber es macht dich zu einem guten oder miserablen Schauspieler, ob du im Stande bist, mit der Presse *umzugehen*. UND DAS BIST DU NICHT!"

„Ich dachte, die Qualität eines Schauspielers würde an seinen Filmen gemessen werden, aber anscheinend irre ich mich da?!"

„Ich habe es dir schon einmal gesagt und ich sage es noch mal: SCHLAG DIR *WISTERIA* AUS DEM KOPF!"

„Wieso diskutieren wir eigentlich mein Interesse an *Wisteria* jetzt noch einmal? Du wolltest mich doch sowieso nicht dafür vorschlagen, also, wieso kauen wir das jetzt wieder durch?"

„Weil ich dir vor Augen führen will, wie unglaublich dumm dein Verhalten war und was für Folgen es haben könnte." Guy wirkte etwas erschöpft nach seinem Ausbruch.

„Wieso? Welche Folgen? Ich bekomme einen Film nicht, den ich sowieso nicht hätte machen dürfen? Das kann ich verkraften." Luke hatte noch nicht vor, den Streit so einfach beizulegen.

„Du bist doch nicht dumm, Luke. Du weißt doch selber, dass so eine Schlagzeile im Moment Gift für deine Karriere ist. Wer ist diese Frau überhaupt?"

Luke knurrte. Natürlich war es ihm bewusst und er ärgerte sich selbst über seine Nachlässigkeit. Aber mindestens genauso ärgerte ihn die Überreaktion seines Managers. „Was geht dich das an? Suchst du mir jetzt nicht nur die Filme, sondern auch noch die Frauen aus?"

Luke wusste, dass er Guy wieder reizte.

Prompt antwortete der bissig: „Da du offenbar zu beidem nicht in der Lage bist ..."

Luke hatte keine Lust mehr auf das Gespräch. „Hast du mir noch etwas Wichtiges zu sagen, oder können wir das hier beenden? Ich hab auch noch was anderes zu tun."

„Was denn zum Beispiel? Durch die Kneipen touren?"

Guys Stimme troff vor Sarkasmus.

„Nein, ich gehe die perfekte Welle jagen. Da draußen ist heute ein gigantisches Wetter fürs Surfen und du wirst mich nicht länger davon abhalten."

Das scharfe Einatmen am anderen Ende der Leitung ließ Luke annehmen, dass er seinen Gegner getroffen hatte.

Doch Guy sagte nur lapidar: „Tu, was du nicht lassen kannst."

Als er aufgelegt hatte, beschloss Luke tatsächlich wieder surfen zu gehen. Eigentlich hatte er das nur gesagt, um Guy zu ärgern, weil er wusste, wie sein Manager zu diesem Sport stand.

Wenig später steckte er in seinem Neopren und stapfte, das Bord unterm Arm, Richtung See.

„Ich weiß es auch nicht!"

Nach seinem unerfreulichen Gespräch mit Luke telefonierte Guy mit dem neuen Produzenten von *Wisteria*. Nachdem die Option der *BCM* verfallen war, hatte *BAVARIAMEDIA* keinen Moment gezögert, das Mammutprojekt selbst an Land zu ziehen und die Produktion dem Schweden Krister Enkström übertragen. Tatsächlich war Guy über seinen Schatten gesprungen und hatte für seinen Schützling bei Enkström vorgesprochen, kaum dass intern bekannt wurde, dass dieser als Produzent diskutiert wurde.

Im selben Moment, da Guy Caney heute die Zeitungen durchgeblättert hatte, hatte er diesen Schritt bereut.

Er ärgerte sich vor allem deshalb so über den Vorfall, weil er heute Luke hatte verkünden wollen, dass Enkström ihn tatsächlich in Betracht zog.

„Ich weiß es wirklich nicht, Krister."

„Aber was hat er sich dabei gedacht?" Krister Enkströms schwedischer Akzent trat besonders stark hervor, wenn er sich echauffierte.

„Er denkt überhaupt nicht, das ist ja das Problem."

„Und so jemanden soll ich als Hauptdarsteller besetzen? Weißt du, was das für ein Projekt wie *Wisteria* bedeutet?"

Guy knurrte. Natürlich wusste er es.

So einen Unsicherheitsfaktor konnte sich eine solche Großproduktion nicht leisten.

„Glaubst du, das habe ich ihm nicht gesagt?"

„Das ist es ja eben! Man sollte ihm so etwas nicht *sagen* müssen! Er ist doch kein Neuling in diesem Business!"

Guy seufzte. Er hatte Enkström nichts entgegenzusetzen. „Also ist Luke raus?"

Enkström stieß ein Brummen aus. „Ich weiß es nicht. Das habe nicht ich allein zu entscheiden. Ich melde mich bei dir."

„Verdammt, Luke, wo bist du? Geh ran!"

Linda knallte ihr Handy auf den Tisch. Sie hatte nach der Begegnung im Krankenhaus das dringende Bedürfnis, mit ihrem Bruder zu sprechen. Doch der ging nicht ans Telefon.

Linda begann unruhig in ihrem Schlafzimmer auf und ab zu laufen. Seit der verhängnisvollen Nacht auf Scotts Jacht stand ihr Leben Kopf. Erst diese Party und diese unselige Geschichte danach. Und dann der Überfall auf Scott hier auf ihrem Grundstück. Sie hatte die Sicherheitsfirma sofort angewiesen, die Bewachung zu verdoppeln, doch trotzdem blieb das unangenehme Gefühl, verwundbar zu sein. Sie dachte auch an die Verfolgungsjagd mit dem Paparazzo, bevor Scott und sie in ihrer Villa angekommen waren. Inzwischen war sie sich nicht mehr sicher, ob es tatsächlich ein Paparazzo gewesen war.

Sie beschloss ein Bad zu nehmen, um sich zu beruhigen. Danach würde sie Luke hoffentlich erreichen. Sie drehte das Wasser im angrenzenden Bad auf und begann sich auszuziehen. Irgendwie hatte sie das Gefühl, beobachtet zu werden. Bevor sie sich gänzlich entkleidete, schloss sie die Jalou-sien an den Fenstern im Schlafzimmer und im Bad und sperrte die Türen ab.

„Du wirst paranoid", sagte sie zu sich selbst. Als sie sich in das heiße Wasser gleiten ließ, versuchte sie bewusst an etwas anderes zu denken.

„Viele Informationen haben Sie jetzt aber noch nicht vom Stapel gelassen."

Christian Spacek wirkte sichtbar genervt. Wes dagegen war in seinem Element. Nach seinem erfolgreichen Vorsprechen früher am Tag bei Rezeptionistin Elisabeth bekam er tatsächlich einen Telefontermin bei dem berühmten Producer.

Spacek war ein vielbeschäftigter Mann. Gerade jetzt, da das Megaprojekt *Wisteria* gekippt war, stand sein Telefon kaum still. Erst spät abends konnte er Zeit erübrigen, um den Wichtigtuer Wes Barkin anzuhören. Sein Tag war lang gewesen und Spacek wusste, dass der morgige kein bisschen kürzer werden würde, daher war seine Geduld äußerst begrenzt. „Also Barkin, machen wir's kurz. Spucken Sie aus, was Sie zu sagen haben, und dann fallen Sie mir nicht weiter auf die Nerven."

Wes überhörte die eisige Ablehnung geflissentlich. Er wusste, dass seine Informationen heiß genug waren, um ihm endlich einen Weg zurück zu ebnen, zurück zu einem Stand beim Film, wie er ihn verdiente – oder zumindest, wie er dachte, dass er ihn verdiene.

„Also? Was hat *BAVARIAMEDIA* mit dem Ausfall von *Wisteria* zu tun?"

Wes grinste. Obwohl er darum bemüht war, gleichgültig und desinteressiert zu klingen, hörte Wes an Spaceks Stimme, dass er ihn am Haken hatte. „Das dürfte Sie wohl kaum verwundern, oder?"

Spacek knurrte genervt.

Wes dagegen genoss jede Sekunde. „Ich denke, wir wissen beide, dass es kein Zufall war, dass ausgerechnet Harden angegriffen wurde, oder? Nachdem er erst schon wegen des Mordes an Sam Rhys in Bedrängnis kam?"

Spacek ließ mit keiner Regung erkennen, ob er sich dieses Zusammenhangs bewusst war oder nicht. „Was ist also dann die unglaubliche Neuigkeit? Wenn Sie doch davon ausgehen, dass ich diese Zusammenhänge bereits selbst erkannt habe?"

Wes ließ einen Moment der Spannung verstreichen, ehe er antwortete. Mit Bedacht wählte er seine Worte und ließ eines nach dem anderen vor Spacek wirken.

„Ich. Habe. Diesen. Fehler. Heute. Korrigiert."

Jetzt hatte Wes Spaceks geballte Aufmerksamkeit.

Mit zusammengebissenen Zähnen presste er hervor: „Was wollen Sie damit sagen?"

Wes zuckte unbekümmert die Schultern. „Ich sage nicht mehr, das müssen Sie verstehen. Aber so viel kann ich wohl verraten: Ich weiß, wer Sam Rhys ermordet hat. Und Scott Harden war es nicht. Und ich weiß auch, wer Scott Harden angeschossen hat. Wie gesagt, die BAVARIAMEDIA nutzt den Trubel um den Tod von Rhys geschickt für ihre Zwecke aus und startet eine Hetzjagd auf Harden, nachdem das aber nicht genügt, gehen sie noch einen Schritt weiter."

„Das ist doch absurd!", fuhr Spacek dazwischen. „Die BAVARIAMEDIA schickt doch keinen Auftragskiller, um Wisteria zu torpedieren. Was für ein Schwachsinn! Verschonen Sie mich mit Ihren Verschwörungstheorien!"

Wes mimte den Beleidigten. „Glauben Sie, was Sie wollen. Ich kann Ihnen nur sagen, was ich gesehen habe. Und wenn Sie das nicht interessiert, interessiert es vielleicht die Presse. Die wetzt ohnehin schon die Klingen."

Spacek reagierte nicht sofort.

Dann sagte er langsam: „Was wollen Sie? Geld?"

Wes Barkin lachte herzhaft. „Ja, Geld, nicht? Damit lässt sich alles regeln. Nein, mein Lieber, Ihr Geld reicht nicht. Ich hab derart unglaubliche Informationen, dass ich dafür von jeder Presseagentur der Welt perverse Summen bekommen könnte. Das reicht mir aber nicht. Auch mit dem größten Berg Geld der Welt kann man nur eine bestimmte Zeit auskommen."

„Sie ganz bestimmt", merkte Spacek trocken an.

Wes ignorierte den Einwurf. „Man kann eine bestimmte Zeit auskommen. Aber mehr als Geld wiegen doch Ansehen und Einfluss, beides kann die Presse mir nicht verschaffen. Aber Sie."

Spacek knurrte: „Was soll die Erpressung?"

Wes schüttelte den Kopf. „Was für ein hässliches Wort. Nein, als ob ich Sie erpressen könnte."

Spacek fiel ein Satz ein, der vorher gefallen war. „Was meinten Sie eigentlich damit, als Sie sagten: Sie hätten das korrigiert? Was genau?"

Wes grinste. „Ah, da sind wir ja wieder auf dem Punkt. Wenn die BCM vielleicht schon morgen wieder im Besitz der Rechte an

Wisteria ist, dann sollten Sie an den alten Wes Barkin denken. Wussten Sie eigentlich, dass ich Schauspieler bin?"

Der abrupte Themenwechsel ließ Spacek die Stirn runzeln. „Heißt das, Sie wollen eine Rolle in *Wisteria*? Verstehe ich Sie richtig? Sie verschaffen der *BerlinCityMedia* wieder die Rechte an *Wisteria*, damit man Sie bei der Besetzung berücksichtigt?

Gesetzt den Fall, ich würde Ihnen glauben, dass Sie irgendeine Rolle in diesem Drama spielen, was sollte mich dazu bewegen, Sie mit einer Rolle zu belohnen? Anscheinend haben Sie ja Ihren Teil der Abmachung, die es ja nicht einmal gibt, bereits selbstlos erfüllt, oder?"

„Ob Sie mir glauben oder nicht, steht Ihnen frei. Natürlich liegt es mir auch fern, Ihnen zu drohen. Bloß könnte ich immer noch die besagten Presseagenturen aufsuchen. Was meinen Sie, was für ein Teufelskreis dann beginnt?"

Spacek hatte genug von dieser seltsamen Unterhaltung. „Anstatt hier dieses Kasperletheater aufzuführen und mir meine Zeit zu stehlen, sollten Sie endlich zum Punkt kommen. Tun Sie aber nicht, weil es nichts zu enthüllen gibt. Ich sage Ihnen jetzt, was *ich* glaube: Sie sind ein ganz armer Schlucker, der gerne ein renommierter Schauspieler geworden wäre. Leider – oder soll ich sagen: *völlig zu Recht*? – hat sich dieser Traum für Sie nicht erfüllt. Ich würde ja sogar sagen, dass es mir sehr leid für Sie tut, wenn es mir nicht so egal wäre! Sie besitzen die Frechheit, mir zu drohen! Ich habe mir nichts vorzuwerfen. Die *BerlinCityMedia* hat sich nichts vorzuwerfen. Selbst wenn Sie wirklich so ungeheuerliche Informationen hätten, dann können Sie damit weder mir noch der *BCM* schaden. Gehen Sie also ruhig damit zur Presse, oder zum Teufel, mir einerlei, nur machen Sie endlich, dass Sie aus meinem Leben verschwinden!"

„Verdammt! Das gibt es doch nicht!"

Auch nach ihrem Bad blieb Lindas Bruder verschwunden. Das Bad hatte sie nicht in dem Maße entspannt, wie sie gehofft hatte. Inzwischen war es draußen dämmrig. Linda hatte das ungute

Gefühl, dass sich in den länger werdenden Schatten Dämonen versteckten. Ihre eigenen Dämonen, die nur in der Dunkelheit hervor kamen und sie von der Abenddämmerung an bis zum Morgengrauen verfolgten.

Sie spürte, dass sie kurz davor stand, in Panik zu verfallen. Da sie ihren Bruder nicht erreichte, wählte sie seine Handynummer.

Halb fürchtete sie schon, Scott könnte bereits schlafen, doch dann hörte sie seine Stimme am Telefon.

„Hey. Was gibt's? Du warst doch heute Nachmittag erst hier!"

Als sie seine belustigte Stimme hörte, kam Linda sich unsagbar dumm vor. Wie ein hysterischer Teenager führte sie sich auf. „Ich … wollte … ich wollte nur …" Linda wusste nicht, was sie sagen sollte, damit es nicht noch peinlicher wurde, als es ohnehin schon war. „Ich wollte nur … ich wollte nur noch einmal deine Stimme hören."

Linda vergrub ihr Gesicht in ihrer freien Hand. Ein Glück, dass sie Scotts spöttische Miene nicht sehen konnte. Es reichte ihr schon, dass sie sein Kichern hörte.

„Vermisst du mich etwa schon?"

„Nein. Also, ich dachte, du liegst im Krankenhaus, vielleicht ist dir langweilig." Linda hoffte, dass sie cool rüberkam und nicht so verzweifelt klang, wie sie sich eben noch gefühlt hatte. Unmöglich konnte sie Scott Harden gestehen, dass sie sich wie ein Kind vor der Dunkelheit gefürchtet hatte. Plötzlich war ihr nicht mehr klar, wie sie überhaupt auf die Idee gekommen war, ihn anzurufen.

Sie schäkerten noch ein bisschen hin und her und dann verabschiedeten sie sich. Anschließend fühlte Linda sich kein bisschen besser als zuvor. Sie tapste barfuß hinunter, um sich eine heiße Milch mit Honig zu machen, was sie schon als Kind immer gemocht hatte, wenn sie nicht schlafen konnte. Auf dem Weg knipste sie jede Lampe an, die ihr unterkam, damit ja kein dunkler Winkel auf ihrem Weg blieb. Sie kam sich selber affig dabei vor, aber so fühlte sie sich sicherer. Als sie in der Küche stand und darauf wartete, dass die Mikrowelle piepste, klingelte das Telefon.

Linda fuhr erschrocken zusammen. Ein Blick auf die Küchenuhr zeigte ihr, dass es bereits kurz vor Mitternacht war.

Üblicherweise kamen zu so einer Zeit keine guten Nachrichten mehr.

Um Lindas Brust legte sich ein Druck, als wollte jemand ihr die Luft nehmen.

„Hallo?" Ihre Stimme klang rau und kratzig.

„Linda Sparwasser?" Die Stimme am anderen Ende war geschäftsmäßig und ruhig.

„Ja, ich bin am Apparat. Mit wem spreche ich bitte?"

„Mein Name ist Berger, Kriminalpolizei München. Wir haben uns kürzlich im Klinikum bei Herrn Harden kennengelernt. Erinnern Sie sich?"

Linda wurde heiß und kalt zugleich. Die Polizei? Mitten in der Nacht? Sie räusperte sich. „Ja, ich erinnere mich an Sie. Darf ich fragen, was ich für Sie tun kann?"

Bergers Stimme wurde ungewohnt sanft. „Frau Sparwasser, ich habe leider eine sehr traurige Neuigkeit für Sie."

Linda schluckte nervös.

Berger fuhr fort: „Es geht um Ihren Bruder."

Die Erwähnung von Luke löste bei Linda rasende Angst aus. „Was ist mit meinem Bruder? Geht es ihm gut? Wo ist er?"

„Frau Sparwasser, bitte, regen Sie sich jetzt nicht auf. Ihr Bruder liegt im Krankenhaus."

„*Was?*" Linda ließ sich auf einen Küchenstuhl sinken. „Was ist passiert?"

„Spaziergänger haben ihn gefunden und die Wasserrettung alarmiert. Er hatte einen Surfunfall im See."

Wieder unterbrach Linda den Polizisten. „Beim Surfen? Das glaub ich nicht. Er war jahrelang nicht mehr surfen. Er darf gar nicht, wegen seines Vertrags bei der *BAVARIAMEDIA*, wissen Sie?"

Berger schien daran gewöhnt, Angehörigen schlechte Nachrichten zu überbringen. Unvermindert ruhig und sachlich schilderte er Linda, was er wusste: „Ihr Bruder war aber heute surfen und er hatte einen Unfall. Er trieb leblos im Wasser, als das Paar ihn vom Strand aus sah. Der Strand ist ein Privatstrand, wie Sie wissen, er wird nicht von einer Wasserwacht beaufsichtigt. Die Passanten alarmierten den Notdienst und die haben Ihren Bruder geborgen. Er war bereits stark unterkühlt und er hat schwere Verletzungen am Schädel davongetragen, eventuell ist ihm sein Board auf den Kopf geknallt. Er liegt in der Unfallklinik Murnau auf der Intensivstation und ist leider immer noch nicht bei Bewusstsein."

Als Berger auflegte, stand Linda einige Minuten wie paralysiert mit dem Telefon in der Hand da. Was lief denn im Moment bloß schief in ihrem Leben?

Seit dieser unseligen Partynacht brach ihr Leben, wie es schien, Stück für Stück auseinander, und sie konnte nichts dagegen tun. Alles, was sie tat, machte es nur noch schlimmer. Sie hätte selbst zur Polizei gehen sollen, sofort, und melden, was sie über die Party auf der Jacht wusste. Nicht erst selbst Detektiv spielen.

Doch für diese Erkenntnisse war es jetzt zu spät, jetzt musste sie erst einmal an ihren Bruder denken.

In ihrer Verzweiflung fiel ihr nichts Besseres ein, als Guy Cagney anzurufen. Immerhin war er seit dem Tod ihrer Eltern auch so etwas wie ihr Vormund gewesen.

Es klingelte eine gefühlte Ewigkeit, ehe sich die verschlafene Stimme des Managers meldete. „Was gibt's? Es ist mitten in der Nacht!"

Doch als er Lindas tränenerstickte Stimme hörte, schlug Guy sofort einen milderen Ton an.

„Um Himmels willen, Kind, was ist denn los?"

„Luke! Er hatte einen Unfall! Die Polizei hat mich gerade verständigt. O Guy, das ist alles meine Schuld!" Jetzt schluchzte Linda haltlos.

Guy versuchte die Informationen erst einmal zu sortieren.

„Noch einmal ganz langsam, Linda. Was ist geschehen?"

„Luke!", mehr brachte Linda nicht mehr zustande.

Guy seufzte. „Bleib, wo du bist, ich komme sofort zu dir."

Tag 6

„Wisteria *zum zweiten Mal vor dem Aus?*"

Am nächsten Morgen hatte Luke es von den hinteren Seiten ganz nach vorne auf den Titel geschafft. Irgendwie war durchgesickert, dass Enkström ihn für die Besetzung von *Wisteria* in Betracht gezogen hatte, und schon roch die Presse eine Verschwörung.

„Lastet ein Fluch auf dieser Produktion?", mutmaßten die einen, „Die beiden größten Filmproduktionsfirmen des Landes liefern sich eine gnadenlose Schlacht!", die anderen.

Spacek musste an diesem Morgen feststellen, dass die Öffentlichkeit anscheinend Wes Barkins Einschätzung teilte. „Holen Sie mir diesen Verrückten ans Telefon, Elisabeth, oder noch besser gleich hierher in mein Büro!"

Die Empfangsdame des *BCM*-Komplexes staunte nicht schlecht, dass dieser lästige Kerl es nun endgültig geschafft hatte. „Wie Sie wollen, Herr Spacek."

Wes war inzwischen wieder in Berlin und triumphierte, als er den Anruf bekam, der ihn informierte, dass Spacek ihn sehen wollte.

Als Wes Barkin, dieses Mal hocherhobenen Hauptes, die Eingangshalle der *BCM* betrat, konnte er sich ein Grinsen nicht verkneifen. Liz ließ sich ihre einstige Abscheu nicht mehr anmerken, geschäftsmäßig meldete sie ihn bei Spacek an und ließ ihn gleich hinaufgehen.

In seinem Büro stand Spacek am Fenster und starrte hinaus auf die Stadt, die sich nach einer Hitzewelle heute in nassgraue Wolken hüllte. Wes Barkin machte sich nicht die Mühe anzuklopfen. „Was kann ich denn heute für Sie tun?", fragte er in einem süßlich-anbiedernden Tonfall.

Spacek wandte sich nur halb um und bedachte seinen Besucher mit einem abschätzigen Blick.

„Ich nehme an, Sie haben heute bereits Zeitung gelesen?"

Wes machte eine abfällige Handbewegung. „Ach wissen Sie, es ist ja doch immer nur die Hälfte der Wahrheit, was die schreiben, nicht wahr?"

Spacek fuhr herum und durchbohrte Wes mit einem scharfen Blick. „Lassen wir die Spielchen, Barkin. Ich will jetzt wissen, was Sie mit der Sache zu schaffen haben!"

Wes lächelte huldvoll.

„Herr Spacek, das hatte ich Ihnen doch gestern schon gesagt. Ich habe die Balance wiederhergestellt, wenn Sie so wollen."

Spaceks flache Hand klatschte auf die Schreibtischplatte. „Zum Donnerwetter, reden Sie endlich Klartext! Haben Sie etwas mit Sparwassers Unfall zu schaffen?"

Wes fühlte sich einmal mehr überlegen und antwortete vollkommen ruhig. „Sie sollten mir dankbar sein. Und ich hatte Ihnen bereits aufgezeigt, wie ich mir Ihre Dankbarkeit im Detail vorstelle."

Nun platzte Spacek der Kragen. „Und ich hatte Ihnen bereits gestern gesagt, dass ich mich auf Ihre Spielchen nicht einlassen werde, und die *BCM* ebenso wenig."

Wes schüttelte bedauernd den Kopf.

„Das sehe ich anders. Durch einen glücklichen oder unglücklichen Zufall – das kann man sehen, wie man will – war ich Zeuge des Mordes an Sam Rhys und auch des Überfalls auf Scott Harden. Und ich werde jedem, der es hören will, oder auch nicht, erzählen, dass Sie mich beauftragt haben, zurückzuschlagen."

Spacek tarnte seine Empörung mit einem Husten.

„Das ist doch lächerlich."

Jetzt wurde Wes ebenfalls laut. „Entweder Sie besetzen mich bei Ihrem zweiten Anlauf für *Wisteria* – und wir sprechen hier nicht von einer Statistenrolle! – oder ich gehe noch heute zur Presse und packe aus."

„Wie steht es denn?", fragte Scott mit aufrichtiger Anteilnahme in der Stimme.

Linda zuckte die Achseln. „Er liegt im Koma. Die Ärzte tun, was sie können, sagen sie, aber er sieht einfach schrecklich aus."

Scott tätschelte mitfühlend Lindas Hand. Die liebevolle Geste ließ einen Damm brechen, denn Linda begann hemmungslos zu weinen.

Auf Scotts Krankenhausbett gestützt, gab sie dem Gefühl der Ohnmacht nach. Scott strich ihr tröstend über das blonde Haar.

„Es ist alles meine Schuld. Alles meine Schuld!", schluchzte sie.

„Das ist doch Unsinn. Das war ein Unfall, so etwas kann dem besten Surfer passieren. Und du hast doch selbst gesagt, dass er lange nicht mehr auf dem Board stand."

Linda ließ sich nicht beruhigen. „Du hast doch keine Ahnung …"

„Okay, dann erklär es mir." Scott saß kerzengerade in seinen Kissen und schaute auf Linda hinunter, die ihren Kopf hob und ihn durch einen Tränenschleier hindurch ansah.

„Ich kann nicht."

Linda verbarg ihr Gesicht wieder hinter einem Vorhang aus blonden Strähnen. Scott fasste durch die Haare und hob Lindas Kinn an, zwang sie so dazu, ihn anzuschauen. „Meinst du, mir ist nicht klar, dass du mehr weißt? Es muss dich ein Vermögen gekostet haben, mich aus der U-Haft zu holen. Ich finde, ich habe ein paar Erklärungen verdient, meinst du nicht?"

Scotts Ton war bestimmt, aber nicht unfreundlich.

Sein Blick suchte in ihren Augen nach einer Antwort. Linda fühlte sich hundeelend. Sie entzog sich seinem Griff und rutschte, soweit sie konnte, von ihm weg. „Du bist so lieb zu mir. Ich hab das überhaupt nicht verdient."

Scott legte den Kopf schief und musterte sie.

„Wieso glaubst du das?"

Wieder sammelten sich Tränen in Lindas Augen. Mit erstickter Stimme flüsterte sie: „Weil ich etwas ganz Schreckliches getan habe …"

„Was wollen Sie hier? Wer sind Sie?"

Die Schwester baute sich zu ihrer ganzen respektablen Größe auf, wie ein Bollwerk gehüllt in weißen Stoff. Ihre dunkelbraunen, fast schwarzen Augen bohrten sich in Wes hinein.

„Ich bin sozusagen ein Freund der Familie", versuchte Wes es mit seinem charmantesten Lächeln.

Doch die Oberschwester der Intensivstation im Starnberg Krankenhaus war dagegen immun. „Sozusagen. Dann haben Sie hier sozusagen nichts zu suchen. Abmarsch!"

Ihr Tonfall ließ keinen Zweifel zu. Wes Barkin trollte sich.

Zum Schein.

Unter ihrem strengen Blick verließ er den Empfangsbereich der Intensivstation, vor dem auch schon etliche Reporter herumlungerten, die sich vermutlich ebenso wie Wes an der Schwester die Zähne ausgebissen hatten.

Draußen machte Wes augenblicklich kehrt und spähte durch die milchverglaste Tür. Die Reporter beäugten den aufdringlichen Kerl skeptisch. Die alten Hasen im Paparazzigeschäft hatten sich auf eine lange Schicht eingerichtet. Der Zustand von Luke Sparwasser war kritisch, soviel konnte man den Ärzten entlocken, und dass Außenstehenden Zugang zur Intensivstation gewährt wurde, konnten sie getrost ausschließen.

Wes gab sich weniger leicht zufrieden und auf eine Nachtschicht vor dem Eingang hatte er schon gar keine Lust.

Mit einem Mal kam Leben in die träge Masse der Schaulustigen. Ein älterer Mann mit Nickelbrille und grauem Anzug bahnte sich einen Weg durch die Herumlungernden.

Er durchquerte mit raschen Schritten den Warteraum, drängte die Wartenden beiseite und drückte energisch auf die Klingel an der Milchglastür zur Intensivstation.

Die Schwester, die eben noch Wes abgewimmelt hatte, erschien mit genervtem Gesicht.

„Was denn nun schon wieder? Ihr Typen geht mir auf die Nerven! Ich arbeite hier, falls es Ihnen schon aufgefallen ist!" Sie musterte den Neuankömmling. „Und Sie sind?"

Der Mann straffte die Schultern und erklärte ihr in geschäftsmäßigem Ton: „Mein Name, werte Dame, ist Guy Cagney. Ich bin der Manager von Luke Sparwasser und sozusagen ein Familienmitglied."

Die Schwester grinste. „Erstaunlich, dass Sparwasser eine derart große *Sozusagen*-Familie hat, aber anscheinend keine wirkliche. Außer seiner Schwester war noch niemand hier."

Guy nickte bedauernd. „Jetzt bin ich ja da."

Er machte Anstalten, an der Oberschwester vorbeizugehen, doch die verstellte ihm den Weg. „Nichts da. *Sozusagen*-Familie bleibt draußen. Sie können sich zu den andren setzen. Wenn Sie noch einen Platz finden."

Einige der herumsitzenden Paparazzi lachten dreckig. Vor Guys Nase fiel die Milchglastür wieder ins Schloss. Guy drehte sich empört um, dabei stieß er beinahe mit Wes zusammen, der seine Abfuhr interessiert verfolgt hatte.

„Guy Cagney ...", murmelte Wes beeindruckt. „Schön, Sie kennenzulernen. Ich bin Wes Barkin."

Guys Blick scannte Wes einmal von oben nach unten. „Aha. Die Freude ist ganz auf Ihrer Seite."

Für mehr hielt Guy Wes nicht wert. Er nestelte in seiner Jackentasche herum auf der Suche nach seinem Handy.

Doch Wes ließ sich nicht so schnell abschütteln. „Ich hatte gehofft, Sie hier zu treffen."

Guy blickte vom Display seines Handys auf. „So?"

„Wissen Sie, ich bin ein langjähriger Bewunderer von Luke Sparwasser. Und ..."

Guys Gesichtsausdruck bekam etwas Angeekeltes. „Könnten Sie zum Punkt kommen? Ich habe noch zu tun."

„Besser nicht hier." Wes zog Guy vertraulich zur Seite. „Was ich Ihnen zu sagen habe, ist ... nun ja ... etwas pikant."

Guy streifte Wes' Hand auf seinem Ärmel ab wie eine lästige Fliege. „Hören Sie, was immer Sie zu sagen haben, spucken Sie's aus und dann lassen Sie mich bitte in Frieden."

Wes räusperte sich.

„Ich habe Informationen über den Unfall von Luke Sparwasser. Möglicherweise war es gar kein Unfall."

Bei diesen Worten sprangen die vor sich hin starrenden Fotografen auf und begannen hektisch Fotos zu schießen.

Auch Guys Aufmerksamkeit hatte Wes sich mit seinen wohlgewählten Worten gesichert. „Kommen Sie bitte nachher in mein Büro."

„Ich kann wirklich nicht!" Linda erhob sich abrupt. „Ich sollte gehen."

Scott versuchte, sie mit seinem Blick festzunageln.

„Ich … muss noch … zu Luke! Genau. Ich muss noch meinen Bruder besuchen. Also … ich muss dann los."

Hektisch begann Linda, ihre Sachen zusammenzusuchen. Beim Griff nach ihren Autoschlüsseln fegte sie ein Wasserglas vom Nachttisch, das splitternd auf dem Linoleum des Krankenzimmers zersprang. „O."

Bei ihrem Versuch, das Malheur ungeschehen zu machen, ließ sie auch noch die Tüte Bonbons, die jemand Scott mitgebracht hatte, auf den Boden regnen. Sie prasselten um sie herum nieder, rollten unter das Bett und verteilten sich im ganzen Zimmer. Scott beobachtete Linda amüsiert bei ihren Aufräumversuchen.

„Schluss jetzt, Linda. Sag mir, was los ist."

Plötzlich verfinsterte sich Scotts Gesicht. Gerade kam ihm wieder ein Verdacht, den er schon einmal gehegt hatte.

„Augenblick mal. Linda? Sieh mich an. Sieh mich an und sag mir ins Gesicht, dass du nichts damit zu schaffen hast!"

Linda saß wie erstarrt zwischen den verschütteten Bonbons, ihren Blick stur auf das Linoleum gerichtet.

Scott deutete ihr Schweigen als Antwort. „Nein! Sag, dass das nicht wahr ist! O Gott!"

Obwohl er immer noch Bettruhe verordnet hatte, hielt sein Schock Scott nicht mehr im Bett. Er sprang auf die Beine, um sofort vor Schmerz zusammenzuzucken und wieder zurückzusinken. „Au. Verdammte Scheiße."

Sein Anblick, wie er da gekrümmt auf der Bettkante hockte und vorsichtig seine bandagierte Seite betastete, riss Linda offenbar aus ihrer Lethargie. Sie rappelte sich auf und wollte ihm zu Hilfe kommen.

„Fass mich nicht an!"

Sein aggressiver Tonfall ließ sie sofort zurückzucken. Hilflos stand sie vor ihm, die Hände noch nach ihm ausgestreckt.

Scott sah ein, dass er liegen bleiben musste, und schwang seine Beine vorsichtig wieder zurück ins Bett. Dabei fixierte er Linda, als fürchtete er, sie könnte jeden Moment auf ihn losgehen.

„Ich ... kann dir das ... erklären ...", setzte Linda an und brach ab.

Scott verschränkte die Arme vor der Brust. „Schön. Erklär's mir. Erklär mir, wieso du den besten Freund erschlagen hast, den ich je hatte. Was hat er dir getan?"

Ohne nachzudenken, stieß Linda hervor: „Er hat mich vergewaltigt!"

„Kann ich hereinkommen?"

Wieder einmal klopfte Wes Barkin im Dunkeln an die Tür eines schicken Büros. Dieses Mal war es nicht Spaceks in Berlin. Ein Eisen musste man schmieden, solang das Feuer heiß loderte. Und genau das hatte Wes jetzt vor.

Er betrat das Büro von Guy Cagney und sah sich interessiert um. „Spaceks Büro spricht mich irgendwie mehr an. Haben Sie je den Ausblick aus seinem Fenster gesehen? Vermutlich nicht. Atemberaubend, kann ich Ihnen sagen."

Guy nickte Wes geistesabwesend zu. „Natürlich, natürlich. Sie erwähnten vorher etwas darüber, dass Luke Sparwassers Unfall keiner war. Könnten Sie das eventuell etwas präzisieren?"

Wes grinste. „Mit Vergnügen. Hatte Sparwasser schon öfter solche *Unfälle*?"

„Er surft eigentlich nicht mehr. Er darf nicht."

Wes nickte. „Hab ich mir schon gedacht. Man sieht ja, wohin das führt. Da ist er einmal leichtsinnig ... Ein dummer Zufall. Nicht?"

Guy fixierte Wes. „Kommen Sie auf den Punkt, Herr …?"

„Barkin. Wes Barkin. Nennen Sie mich ruhig Wes." Jovial hielt Wes Guy seine Rechte hin.

Guy ignorierte die Geste. „Was haben Sie damit zu schaffen?"

„Ich? Gar nichts. Nein, wirklich! Gar nichts. Aber wissen Sie … es gibt da doch eine Reihe seltsamer Zufälle hier in letzter Zeit, finden Sie nicht? Die *BCM* kündigt die Verfilmung von *Wisteria* unter der Regie von Scott Harden an und – bumm –, Mord an Sam Rhys, und ausgerechnet Scott Harden gerät unter Verdacht. Als das nicht reicht, die Produktion zu kippen, wird auch auf Harden geschossen. Dann übernimmt *BAVARIAMEDIA* die Rechte an *Wisteria*, und gerade, als man verkündet, dass Luke Sparwasser für die Hauptrolle im Gespräch ist, verunglückt dieser bei einem Surfausflug. Etwas viele Zufälle, wenn Sie mich fragen."

Guy schien einen Moment die Worte abzuwägen – die, die er gehört hatte, und die, die er erwidern wollte.

„Sie wollen also sagen, jemand boykottiert ganz gezielt die Verfilmung von *Wisteria*?"

Wes zuckte die Schultern. „Sagen Sie es mir. Haben Sie und Ihre Leute die *BCM*-Verfilmung torpediert, indem Sie den armen Sam Rhys über die Klinge springen haben lassen?"

Guy sog vor Empörung hörbar die Luft ein. „Das ist eine unverschämte Unterstellung, die Sie nicht beweisen können!"

„So? Kann ich nicht? Sind Sie sich da ganz sicher?"

Guys aufrichtige Entrüstung geriet einen Moment ins Wanken. „Soll das heißen, Sie haben Beweise dafür?"

Wieder zuckte Wes die Achseln. „Zumindest habe ich welche, dass die *BCM* mit dem Unfall von Luke Sparwasser zu tun hatte."

Guy Cagney sank auf seinem Schreibtischstuhl zusammen. „Um Gottes willen … wenn das wahr ist …"

„Was meinen Sie, was das für ein gefundenes Fressen für die Presse gibt?" Wes war ein Spieler, er setzte seine Trümpfe geschickt ein, und wenn er am Zug war, spielte er gnadenlos einen nach dem anderen aus. Er sah, wie Guy auf seine Falle zuwankte und wie diese zuschnappte. Er pokerte hoch und dieses Mal würde er *All In* gehen.

„Aber wenn das so ist, müssen Sie zur Polizei gehen. Nicht zu mir." Guy sah plötzlich um einige Jahre gealtert aus.

Wes nickte bedauernd. „Ich fürchte, das käme nicht gut."

„Es ist das einzig Richtige!"

Wes nickte erneut. „Sicher. Allerdings ist es auch ein Verbrechen, einen Rockstar zu erschlagen. Oder wie würden Sie das beurteilen? Und einen Regisseur anschießen?"

Guy hob den Blick und sah Wes scharf an. „Ich habe damit nichts zu tun, oder was wollen Sie damit andeuten?"

Wes kostete den letzten entscheidenden Moment aus, bevor er die Waffe hob und zustieß. „Die Attacke auf Ihren Schützling, Cagney, das war lediglich ein Vergeltungsschlag. Und das wissen Sie so gut wie ich."

Auf Guys Stirn trat eine Ader hervor, die nur zu sehen war, wenn er sich rasend aufregte. „Was glauben Sie eigentlich, wer Sie sind? Spazieren in mein Büro und tischen mir derart abwegige Märchen auf! Können Sie auch nur ein einziges davon beweisen?"

Wes lehnte sich entspannt zurück. „Ich fürchte, ich kann."

„Das ... ist jetzt nicht dein Ernst ... oder?" Scott starrte Linda fassungslos an. „Das glaub ich nicht! Das glaub ich einfach nicht!"

Linda reagierte nicht, sie vergrub nur ihr Gesicht in ihren Händen, um Scott nicht ansehen zu müssen. Die Erinnerungen an den Abend und was danach geschehen war, stürmten wieder auf sie ein.

Die Party, der Alkohol, Spielchen, Tanz, Musik, Sams neues Album.

„Das hatte er doch überhaupt nicht nötig! Er hätte *jede* haben können!" Anklagend sah Scott auf Linda hinunter. „Was hast du gemacht? Hast du ihn ... animiert?"

Mit einem Ruck riss Linda die Hände vom Gesicht und starrte Scott aus tränenroten Augen wütend an. „Ach so ist das, ja? Wenn ein Typ im Suff über ein Mädchen herfällt, dann ist es ihre Schuld. Ist das so?"

Scott hob beschwichtigend die Hände. „Nein, o Gott, nein, so mein ich das doch nicht. Aber ... aber kann es sein, dass er ...

irgendetwas ... vielleicht missverstanden hat? Er war doch kein ... also, kein solcher Typ!"

„Ach so, ja klar. Nein, so ein Typ war er nicht. Was war er denn für ein Typ? Hm?" Linda hörte selber, wie bissig sie klang, aber sie wollte Scott wehtun. Sie wollte ihm so wehtun, wie Sam ihr wehgetan hatte. Und wie sie anschließend Sam wehgetan hatte.

„Linda, bitte. Lass uns doch vernünftig reden. Ich will doch nur verstehen, was da passiert ist! Mein bester Freund ist tot und ... ich will wissen wie. Wieso. Verstehst du das nicht?"

Linda nickte resigniert. „Ja, wahrscheinlich. Wahrscheinlich hast du das verdient."

Scott fasste nach Lindas Hand. „Erzählst du's mir?"

„Raus mit der Sprache!" Guy fixierte Wes über seinen Schreibtisch hinweg. „Fangen wir doch mal am Anfang an. Wer hat Sam Rhys ermordet?"

Wes zuckte die Schultern. „Na, Scott Harden. Stand doch in allen Zeitungen."

Guy verdrehte die Augen. „Ja. Und genau deshalb ist es ja auch falsch. Er wurde freigelassen, falls Ihnen das entgangen ist."

„Nein. Seine Kaution wurde gestellt, das ist ein Unterschied."

„Okay. Schön. Weiter. Scott Harden hat also Sam Rhys erschlagen, wieso auch immer. Aber was hat das mit der *BCM* zu tun?"

„Nichts."

Mit Geduld war Guy ohnehin nicht stark gesegnet, dieses Gespräch brachte ihn jedoch noch schneller als üblich an den Rand seiner Duldungsfähigkeit.

„Sie verschwenden meine Zeit."

Guy erhob sich und machte Wes deutlich, dass seine Audienz damit beendet war. Doch Wes ließ sich nicht beirren. Er lehnte sich locker auf seinem Stuhl zurück und beobachtete Guy. Der erkannte, dass er ihn so einfach nicht loswerden würde. „Was wollen Sie denn, verdammt?"

Wes grinste. „Jetzt haben Sie mich durchschaut. Noch hat *BAVARIAMEDIA* die Rechte an *Wisteria*. Aber wenn ihr nicht bald

zu Potte kommt, dann luchsen sie euch die Herrschaften von *BCM* wieder ab. Wollen Sie das?"

Guys Miene blieb versteinert.

„Nun, ich nehme an, Sie wollen es nicht. Aber mit Luke im Krankenhaus ist schwer ein guter Film zu drehen, nicht wahr? Und wann er wieder heraus kommt, das scheint mir ja noch etwas unabsehbar. Und in welchem Zustand er dann sein wird ... eieieiei ... Also brauchen Sie schnellstmöglich einen Ersatzmann, nicht?"

Guy blieb der Mund offen stehen vor so viel Dreistigkeit. „Sie?"

Wes klopfte sich auf die stolz geschwellte Brust. „Ich bin Ihr Mann!"

„Nur über meine Leiche!"

Wes zuckte die Schultern. „Eine mehr oder weniger ... Da wäre Ihre ja nicht die erste, nicht wahr?"

Guy schäumte. „Sie wollen mir drohen?"

Wes lachte in sich hinein. „Ach, woher denn? Nein, so würde ich das nicht ausdrücken. Ich würde sagen: Eine Hand wäscht die andre. Sie helfen mir, ich helfe Ihnen."

„Doktor! Bitte kommen Sie schnell!" Die Oberschwester verließ das Krankenzimmer auf der Suche nach einem diensthabenden Arzt. Der kam ihr allerdings bereits entgegen.

„Was ist passiert?"

„Er wacht auf! Ich glaube, unser Patient kommt zu sich!"

Im Laufschritt kehrten die Schwester und der Arzt zu Luke zurück. Tatsächlich bewegte er die Augenlider und stöhnte.

„Herr Sparwasser, hören Sie mich? Können Sie mich hören?" Der Arzt beugte sich über Luke und prüfte seine Pupillen.

„Sie haben recht, er kommt zu sich."

Im selben Moment schlug Luke die Augen auf, sein Blick kreiste unfokussiert durch den Raum.

„Herr Sparwasser, ich bin Ihr Arzt. Sie hatten einen Unfall. Können Sie mich verstehen?"

Luke nickte träge.

„Erinnern Sie sich an den Unfall?"

Langsam wurde Lukes Blick scharf, er musterte den Arzt und die Schwester, die sich über ihn beugten. „Unfall?", wiederholte er mit schwerer Zunge.

„Regen Sie sich nicht auf. Das ist vollkommen normal. Ihre Erinnerungen werden Stück für Stück zurückkehren. Bleiben Sie jetzt ganz ruhig liegen. Haben Sie Schmerzen?", fragte der Arzt routiniert.

Luke versuchte mit fahrigen Bewegungen nach seinem Kopf zu fassen, der in einem dicken Verband steckte. An seiner Hand war eine Infusionsnadel befestigt und der Schlauch hinderte ihn daran, sich zu bewegen.

„Ich sage wohl am besten seinen Angehörigen Bescheid, oder?", mischte die Schwester sich ein.

Der Arzt nickte.

„Bitte, erklär's mir." Scott versuchte, Linda nicht zu sehr zu drängen. Wie unangenehm die Situation für sie war, lag auf der Hand. Dennoch wollte er endlich wissen, was in der Nacht auf seiner Jacht passiert war.

Er zog Linda an der Hand zu sich aufs Bett. Sie ließ sich willenlos führen und setzte sich neben ihn. Er machte ihr Platz, wobei ihn offensichtlich sofort wieder seine Wunde plagte.

„Schmerzen?", fragte sie mitfühlend.

Er winkte ab. „Halb so wild."

Er legte ihr den Arm um die Schultern und zog sie an sich. Wie ein verängstigtes Kind ließ Linda sich von ihm in den Arm nehmen.

„Die Party war noch in vollem Gang, als ich mich in meine Kajüte zurückgezogen habe", versuchte Scott, einen Anknüpfungspunkt für ihre Beschreibung der Ereignisse zu geben.

Linda blinzelte zu ihm hinauf. Es war nicht anzunehmen, dass er, von einer plötzlichen Müdigkeit übermannt, alleine die Kajüte aufgesucht hatte. Aber Linda beließ es dabei. Eifersucht war jetzt nicht angebracht.

Sie nickte lediglich. „Ich war so besoffen, ich kann mich an den Abend fast nicht mehr erinnern", gestand sie.

Scott schöpfte neue Hoffnung, dass die Tatsachen sich doch anders darstellten, als es den Anschein hatte. „Woher willst du dann wissen, dass Sam ..."

Linda unterbrach ihn. „Es war nicht an dem Abend. Ich weiß, wie gesagt, nicht mehr, wie es zu dem Ganzen kam. Ich weiß nur, dass ich am andren Morgen aufgewacht bin und neben mir lag dieser Typ, halbnackt. Er war offensichtlich genauso besoffen wie ich und schnarchte abscheulich. Gestunken hat's in der engen Kajüte, mir war speiübel. Irgendwas hatte mich geweckt und als ich Richtung Tür geblinzelt habe, hab ich dich da stehen sehen. Du hast zu uns hereingeschaut und dann bist du gegangen. Du hattest schon einen Mantel an und sahst irgendwie frischer aus als wir alle. Ich hab daraus geschlossen, dass du weg wolltest."

Scott erinnerte sich plötzlich, wo er Linda zum ersten Mal gesehen hatte. Was sie sagte, war die Wahrheit. Anschließend war er zum Vierjahreszeiten gefahren und hatte Spacek getroffen, aber was war auf der Jacht geschehen?

Scott wagte es kaum auszusprechen. „Und dann hat er dich ...?"
Linda schüttelte den Kopf. „Nein. Da war es schon geschehen."

Sie stockte, dann setzte sie ihre Erzählungen einfach dort fort, wo sie vor seinem Einwurf gewesen war. „Als du weg warst, wurde ich langsam klar im Kopf. Mir war fürchterlich schwindlig, aber ich wollte raus, also setzte ich mich auf und da bemerkte ich, dass ich praktisch nackt war. Genau wie dieses Ekel neben mir! Mein Slip war zerrissen und da wurde mir klar, dass ich in Blut und allen möglichen anderen Flüssigkeiten lag. Es war mein eigenes Blut.

Mir tat sowieso alles weh, mein Kopf brummte wie ein ganzer Stock voll Bienen. Dass ich zu viel getrunken hatte, daran war ich ganz offensichtlich selber schuld. Aber an den andren Schmerzen trug ich keine Schuld. Doch, irgendwie ja schon."

Linda hatte sich aufgesetzt, ihr Blick ging in die Ferne; sie war wieder ganz in der Erinnerung dieser Nacht gefangen. Scott schwieg.

„Ich kann mich nicht einmal mehr erinnern, wie ich in diese Kajüte gekommen bin, geschweige denn, was danach passierte. Vielleicht hatte ich es ihm ja erlaubt? Oder ihn sogar ermutigt?

Diesen ekligen, widerlich stinkenden Kerl, der da auf diesem Bett lag und seinen Rausch ausschlief."

Scott hatte die Szene mit eigenen Augen gesehen. Er erinnerte sich gut daran, wie Sam den Schlaf der Gerechten schlafend auf dem Kajütebett gelegen hatte. Widerlich oder eklig war er ihm nicht erschienen. Er kannte seinen alten Freund in jeder Lebenslage und auch ein veritabler Rausch bot da keinen neuen Anblick.

Unzählige Male waren sie in solcher Verfassung irgendwo wachgeworden. Scott hatte sich überhaupt keine Gedanken darüber gemacht, als er die Jacht verlassen hatte und seinen Geschäften nachgegangen war. Wie hätte er ahnen sollen, dass es das letzte Mal sein sollte, dass er seinen alten Freund lebend sehen würde?

„Aber wieso hast du ihn dann erschlagen? Du sagst doch selbst, du erinnertest dich überhaupt nicht daran, ob es eine Vergewaltigung war. Haben wir nicht alle schon mal im Suff einen Aufriss gemacht, den wir am nächsten Morgen bereut haben?"

Scott dachte an seine eigene Eroberung. Er würde das Mädchen nie wieder sehen, und bis jetzt hatte er keinen Gedanken mehr an sie verschwendet. Ob sie genauso von ihm dachte? Dass er sie vergewaltigt hatte? Gut, sie war nicht mehr ganz zurechnungsfähig gewesen, aber er hatte sie trotzdem zu nichts gezwungen. Oder?

„Wieso hast du das gemacht?", fragte er erneut und konnte sich einen anklagenden Tonfall nicht verkneifen.

„Ich wollte ihm gar nichts tun. Ich wollte nur weg. Raus da. Runter von der Jacht und das alles vergessen. Also bin ich aus dem Bett gestiegen und habe meine Sachen zusammengesucht. Wahrscheinlich war ich nicht gerade leise dabei, ich schwankte ja noch stark und konnte mich kaum auf den Beinen halten. Jedenfalls hab ich ihn wohl geweckt. Erst begann er zu grunzen und hat sich nur zur Seite gedreht, aber dann wurde er doch richtig wach. Und anscheinend wollte er die Gelegenheit noch einmal nutzen, bevor ich verschwinden konnte."

Jetzt bekam Lindas Tonfall etwas Ätzendes. „Er war mit Sicherheit in einem ähnlich schlechten Zustand wie ich, aber dafür packte er noch erstaunlich fest zu. Er packte mich am Arm und drückte mich zurück auf das Bett. Ich habe mich gewehrt, aber er war viel stärker. Er hat mich mit seinem ganzen Körpergewicht niedergedrückt. Und er hat so fürchterlich gestunken, ich dachte, ich muss mich übergeben. Ich habe getreten und gestoßen, aber es hat nichts genutzt. Es waren höllische Schmerzen. Und dann sah ich die Whiskyflasche, sie lag leer auf dem Fußboden."

Linda holte tief Luft. Sie wirkte fast befreit, als sie fortfuhr: „Ich sah darin meinen einzigen Ausweg. Ich wollte ihn nicht umbringen, ich wollte nur, dass er von mir ablässt. Also hab ich die Flasche am Hals gepackt und sie mit aller Kraft auf seinen Schädel gedonnert. Er hat noch mal kurz aufgestöhnt und ist dann bewusstlos zur Seite gekippt. Vielleicht hätte ich mich um ihn kümmern müssen, aber ich habe in dem Moment nur noch an Flucht gedacht. Ich war schon draußen auf der Straße, als ich zu mir kam und mir klar wurde, was ich da gemacht hatte. Aber umkehren konnte ich nicht. Ich hatte Angst, dass ich ihn nur leicht erwischt hatte und er noch einmal auf mich losgehen würde. Also bin ich gegangen. Danach hab ich einfach versucht, es zu vergessen."

Scott schluckte schwer. Er zweifelte nicht an der Aussage. Da erst wurde ihm klar, was Linda durchgemacht hatte. Vorsichtig streckte er die Hand nach ihr aus und streichelte sachte über ihren Rücken. „Es tut mir leid."

Tag 7

„Filmstar nach Surfunfall aus dem Koma erwacht!"

Bereits am nächsten Morgen titelten die Klatschblätter mit der Besserung von Lukes Zustand.

Linda hatte nach ihrer Rückkehr aus dem Krankenhaus davon erfahren und war sofort wieder ins Auto gestiegen und nach Murnau hinuntergefahren.

Als sie ankam, schlief Luke. Aber die Ärzte versicherten ihr, dass er wach gewesen sei und dass es ihm sichtlich besser gehe. Ohne mit Luke gesprochen zu haben, kehrte Linda wieder in ihr Haus nach Bogenhausen zurück.

Nachdem sie Scott endlich die Wahrheit gesagt hatte, schlief sie zum ersten Mal seit langer Zeit wieder tief und fest. Als sie wach wurde, war es bereits hell und das Telefon klingelte unablässig. Sie rappelte sich auf und tastete nach dem Hörer. „Ja?"

„Linda, mein Gott, endlich!" Es war Guys Stimme.

„Guy! Was gibt es denn?"

„Hast du es schon gehört? Luke ist aufgewacht!"

Linda setzte sich endgültig auf und rieb sich verschlafen die Augen. „Ja, ich weiß. Ich war gestern noch dort, aber da war es schon ziemlich spät und er hat geschlafen. Aber die Ärzte sind zuversichtlich, dass es ihm bald besser gehen wird."

„Ich fahr jetzt nach Murnau, willst du mitkommen?"

Linda überlegte kurz. „Ja, wieso eigentlich nicht. Kannst du mich abholen? Ich zieh mir nur rasch etwas an."

Guy willigte ein und versprach, sie in einer halben Stunde aufzulesen.

Linda sprang aus dem Bett und ging hinüber ins angrenzende Bad. Sie dachte an ihr Gespräch mit Scott. Scott hatte sehr verständnisvoll reagiert, ihr aber eingeschärft, sie müsse mit ihrer Version zur Polizei gehen. Es wäre Notwehr gewesen, meinte er, und sie habe nichts zu befürchten. Wahrscheinlich wollte er auch den letzten Rest an Verdacht gegen sich selbst ausräumen, immerhin schadete er seiner Karriere.

Linda dachte einen Moment, was wohl jetzt aus *Wisteria* werden würde. Das Projekt war der Herzenswunsch ihres Bruders gewesen, aber irgendwie brachte es keinem Glück.

„Was wollen Sie denn hier?"

Die vermummte Gestalt hielt jäh in ihrer Bewegung inne. Die resolute Oberschwester der Intensivstation der Murnauer Unfallklinik tastete vorsichtshalber nach einem Gegenstand, der sich zur Waffe umfunktionieren ließe, falls dies nötig werden sollte. Leider befanden sich auf ihrem Wagen nur Handtücher und Bettzeug.

Sicherheitshalber brachte sie wenigstens den Metallwagen zwischen sich und den Eindringling.

„Was wollen Sie hier?", wiederholte sie mit einer drohenden Stimmlage, die weit sicherer klang, als sie sich fühlte.

Im Moment war die Schwester auf den Stationen allein, auch auf der Intensivstation. Die nächste Kollegin war ein Stockwerk über ihr und der einzige verfügbare Mann war der Posten am Eingang.

Der Eindringling drehte sich langsam zu ihr um. Die Person trug einen dicken Parker, viel zu warm für die Jahreszeit, und eine Sturmmütze über das Gesicht gezogen. Er war nicht besonders groß, aber die Schwester befürchtete, dass er ihr trotzdem an Kraft überlegen sein würde.

Wie nicht anders zu erwarten, schlich der Kerl vor dem Krankenzimmer ihres illustren Patienten Luke Sparwasser herum.

„Ich wiederhole mich nicht noch einmal: Sagen Sie mir, was Sie hier wollen, oder ziehen Sie Leine!", schnauzte die Schwester und machte todesmutig einen Schritt auf ihn zu.

Dass der Mann bewaffnet war, sah sie zu spät.

Er zog die Brechstange hervor und schlug sie der Schwester über den Kopf, ehe sie auch nur einen Schrei von sich geben konnte. Lautlos sackte sie zusammen und hinterließ eine blutige Spur an der weißen Krankenhauswand.

„Bitte warten Sie hier." Eine Schwester hatte Guy und Linda vor der Intensivstation abgefangen.

„Wieso? Was ist los? Wieso können wir nicht zu ihm? Ich dachte, es geht ihm besser." Linda sah alarmiert zwischen Guy und der Krankenschwester hin und her.

Guy wirkte ebenfalls verstört.

„Hat sich sein Zustand wieder verschlechtert?"

Die Schwester bugsierte die beiden Besucher in einen Warteraum, außer Hörweite der immer noch lauernden Presse. „Es wird sich gleich ein Arzt um Sie kümmern."

Guy ließ sich resigniert auf einen Stuhl sinken, aber Linda ließ sich nicht so leicht abspeisen. „Wir brauchen keinen Arzt, Schwester. Wir sind gesund. Sagen Sie uns lieber, was hier los ist!"

Plötzlich hörten sie die Sirenen eines Polizeiwagens näherkommen. Vor dem Fenster sahen sie, wie ein Wagen vor dem Krankenhaus hielt und vier stark bewaffnete Beamte heraussprangen, noch ehe das Auto ganz zum Stehen gekommen war.

Linda starrte auf das Sondereinsatzkommando, das im Laufschritt auf den Krankenhauseingang zukam. „Was geht hier vor? Was macht die Polizei hier?"

Sie fühlte, dass hier etwas fürchterlich falsch lief.

Die Schwester erklärte mit Nachdruck: „Bitte, tun Sie, was ich Ihnen sage. Bleiben Sie hier und warten Sie auf den Arzt."

Damit verließ sie den Raum.

Linda wollte hinter ihr her, doch Guy hielt sie am Arm zurück. „Nicht. Bitte tu, was sie sagt. Irgendetwas geht da draußen vor und ich möchte nicht, dass du da jetzt mitten rein läufst. Wir bekommen sicher gleich Bescheid. Es kommt alles in Ordnung. Beruhige dich."

Linda stemmte sich gegen Guys Griff, doch der Manager hielt sie eisern fest.

„Linda, bitte", versuchte er, an ihre Vernunft zu appellieren.

Wie ein Sack sank sie in seinem Arm zusammen und erlaubte ihm, sie zu einem der Stühle zu führen.

Sie schluchzte. „Irgendetwas stimmt nicht mit Luke, ich weiß es! Ich fühle es!"

„Wes Barkin hier."

„Sind Sie von allen guten Geistern verlassen, Mann?!"

Wes musste den Hörer von seinem Ohr weghalten, so laut brüllte der Anrufer in den Apparat.

„Wer ist denn da?", fragte Wes. Das Display zeigte *Unbekannt*. Nummer unterdrückt, der Anrufer wollte offenbar nicht erkannt werden.

„Sie wissen sehr genau, wer hier spricht. Erklären Sie mir lieber, was diese billige Erpressermasche sollte!"

Wes verdrehte die Augen.

„Hören Sie, man muss eben sehen, wo man bleibt."

„Genügt Ihnen die Aufwandsentschädigung nicht, die ich Ihnen versprochen habe? Sie ist mehr als großzügig bemessen, wenn man bedenkt, wie dilettantisch Sie arbeiten! Wenn man nicht alles selber macht!"

Die Stimme am anderen Ende der Leitung klang drohend. Wes ließ sich davon nicht einschüchtern. Er war von seiner Sache ziemlich überzeugt. „Ich habe mich ein bisschen abgesichert. Das hat überhaupt nichts mit unserem Deal zu tun."

Dem anderen war offensichtlich nicht nach Diskussionen zumute. „Hören Sie zu, ich habe Ihre Faxen dicke! Stecken Sie sich unseren Deal sonst wohin. Sie sind raus! Ich habe das jetzt selbst in die Hand genommen."

Wes horchte auf. „Was meinen Sie damit, Sie haben das selbst in die Hand genommen?"

„Das geht Sie nichts mehr an. Sie sind gefeuert!"

Klick. Die Verbindung war unterbrochen.

Wes starrte sein Handy an. Was hatte ihm sein Auftraggeber gerade sagen wollen?

Eigentlich hatte er damit rechnen müssen, dass der Mann seinen Alleingang nicht guthieß. Dieses Risiko war Wes bewusst eingegangen.

Sein Coup drohte aus dem Ruder zu laufen.

„Zugriff!"

Auf Kommando stürmten die Beamten der Sondereinsatztruppe das Schwesternzimmer, in das der Eindringling sich geflüchtet hatte.

Guy und Linda hörten die schweren Schritte der Polizeistiefel auf dem Boden und die kurzen, abgehackten Befehle.

„Was geht da nur vor?", fragte Linda verzweifelt.

Doch seit die Polizei das Krankenhaus gestürmt hatte, war ihr Bedürfnis, aus dem Zimmer zu rennen, verflogen. Ängstlich klammerte sie sich an Guy, der aber keineswegs mutiger aussah als sie selbst.

„Ich weiß es nicht. Vielleicht haben sie einen Einbrecher."

„Wegen einem Einbrecher kommt doch nicht gleich das ganze SEK!"

Guy zuckte ratlos die Schultern. Es blieb ihnen nichts anderes übrig, als auszuharren, bis jemand sie holen kam.

Ein Arzt hatte die bewusstlose Oberschwester auf dem Gang entdeckt und sofort Erste-Hilfe-Maßnahmen eingeleitet. Da erst fiel ihm auf, dass die Tür zu Lukes Zimmer offenstand.

Ihm war sofort klar, dass er es mit einem bewaffneten Eindringling zu tun hatte, so wie die Schwester zugerichtet war. Geistesgegenwärtig verzichtete der Arzt darauf, den Helden zu spielen. Er rief die Polizei.

Nun hatte der Eindringling sich im Schwesternzimmer verschanzt, als ihm aufging, dass an eine Flucht nicht mehr zu denken war.

Die bewaffneten Polizisten stürmten seinen Zufluchtsort.

Der Einbrecher war lediglich mit einer Schlagwaffe ausgerüstet, während die Polizeibeamten ihre Schusswaffen im Anschlag hatten. Er sah ein, dass Widerstand zwecklos war.

Als ihn die Polizisten überwältigten und ihm die Sturmmaske vom Gesicht zerrten, staunten sie nicht schlecht.

„Heilige Scheiße!"

„Verdammt, seht euch das an!"

„Da ist uns ja ein fetter Fisch ins Netz gegangen. Kommt, Jungs, zieht ihn an Land!"

Die Handschellen rasteten ein.

„Aus dem Weg! Machen Sie doch Platz!"

Linda und Guy standen am Fenster und beobachteten, wie das SEK einen Mann abführte.

Mit ihnen lag das Heer der Fotografen und Paparazzi auf der Lauer. Tagelang hatten sie nun vor der Intensivstation ausgeharrt, nun bewegte sich endlich etwas. Jeder wollte der Erste sein und den besten Schuss erzielen.

Es nahm aufmarschartige Dimensionen an.

Blitzlichter flammten auf und die Polizisten mussten erneut ihre Waffen ziehen, um sich Durchgang zum Wagen zu verschaffen.

Schließlich bugsierten sie den verhafteten Mann, der sein Gesicht gegen die Hyänen von der Presse mit seinem T-Shirt abzuschirmen versuchte, auf den Rücksitz und stiegen ebenfalls ein. Mit Blaulicht und Sirene entfernte der Wagen sich.

„Was war das denn?" Linda starrte auf die Paparazzi, die wie aufgescheuchte Hühner auf der Straße herumrannten. Jeder hatte sein Handy gezückt und gab hektisch Informationen weiter.

„Es scheint wirklich einen Einbruch gegeben zu haben oder so etwas", mutmaßte Guy.

In dem Moment ging die Tür auf und ein Arzt und eine Schwester kamen herein.

„Entschuldigen Sie bitte, dass wir uns erst jetzt um Sie kümmern. Aber wir hatten hier einen kleinen ... Zwischenfall." Die Miene des Arztes war ernst.

„Was ist denn passiert?", frage Linda.

„Es wurde eingebrochen. Jemand hat sich unerlaubt Zugang zur Intensivstation verschafft."

Guy und Linda horchten auf.

„Die Intensivstation?", wiederholte Guy scharf. „Wie konnte so etwas geschehen? Ich dachte, die Station hier ist abgesichert?"

Der Arzt wirkte betreten.

„Ist sie auch. Wir wissen auch noch nicht, wie er hereingekommen ist."

„Haben Sie hier kein Personal, das so etwas verhindern kann?" Guy war in seinem Element.

Der Arzt und die Schwester tauschten nervöse Blicke.

„Hören Sie, die Stationsschwester hat sich dem Eindringling entgegen gestellt ..."

„Anscheinend nicht mit genügend Vehemenz!", blaffte Guy.

Der Arzt ignorierte seinen Einwurf. „Sie ist tot. Er hat sie mit einer Eisenstange erschlagen."

Linda schlug sich erschrocken die Hand vor den Mund. „Nein! O mein Gott!"

Auch Guy wirkte betroffen. „Das ... tut mir leid."

Plötzlich ging Linda der Zusammenhang auf. „O Gott! Nein! Was ist mit Luke? Der Kerl war wegen Luke hier, nicht wahr? Was ist mit ihm? Wie geht es ihm?"

„Bitte beruhigen Sie sich, wir tun alles, was in unserer Macht steht ..."

Linda und Guy sanken fast synchron auf die Besuchersessel.

„Mein Bruder, was ist mit meinem Bruder?" Auf einmal sah Linda blutige Eisenstangen vor ihrem inneren Auge und einen Irren, der damit wie verrückt um sich drosch.

„Wie gesagt, wir tun, was wir können. Ihr Bruder wird im Moment notoperiert."

Linda begann zu schluchzen. „Ich hab's gewusst! Ich hab's die ganze Zeit gewusst, Guy. Es ist etwas Furchtbares passiert!"

„Wie schlimm ist es?", fragte Guy mit belegter Stimme.

„Der Eindringling hat die Versorgung unterbrochen. Obwohl Herr Sparwasser gestern Abend aus dem Koma erwacht ist, war er immer noch an die Beatmung angeschlossen. Der Mann hat die Beatmung gekappt und anscheinend versucht, ihn zu erwürgen."

Linda und Guy starrten den Arzt mit weit aufgerissenen Augen an. „Ihn erwürgt? Aber wer macht denn so etwas?"

Der Arzt hob bedauernd die Schultern. „Ich habe keine Ahnung. Aber so wie es aussieht, gehen wir davon aus, dass dieser Surfunfall vielleicht gar kein Unfall war. Und wer auch immer das Unglück verschuldet hat, kam wohl jetzt zurück, um zu beenden, was er angefangen hatte."

Linda und Guy wechselten einen Blick.

Guy rutschte unruhig auf seinem Stuhl hin und her. Genau das hatte dieser Wes ihm gestern angedroht, und er hatte behauptet, er wüsste, wer dahinter steckte. Konnte es wirklich sein, dass die *BerlinCityMedia* mit alldem zu tun hatte?

„Sie haben das Recht zu schweigen."

Peter Berger stand im Verhörraum der Polizeistation in München. Die Kollegen aus Murnau hatten ihren Fang an die größere Behörde in München überstellt.

Berger war an viel gewöhnt, insbesondere daran, dass nichts so war, wie es schien. Doch das war auch für ihn neuartig.

Der Presseapparat lief schon auf Hochtouren. Er mochte sich überhaupt nicht vorstellen, was morgen für Schlagzeilen die Runde machen würden. Doch jetzt hatte er erst einmal andere Dinge zu bedenken.

„Sie haben das Recht einen Anwalt hinzu zu ziehen. Wenn Sie sich keinen leisten können ...", Berger hielt inne. „Ach, ich denke, das können wir ausschließen, nicht? Also rufen Sie Ihren Scheißanwalt dazu, von uns kriegen Sie keinen! Und alles, was Sie sagen, kann und wird vor Gericht gegen Sie verwendet werden. Also, raus mit der Sprache, was war das für eine Aktion?"

Luc Simon hielt den Kopf stur zu Boden gerichtet und antwortete nicht.

„Ihr feinen Medienfuzzis glaubt wirklich, ihr könnt euch alles erlauben, oder? Aber hier geht es um Menschenleben! Sam Rhys, Scott Harden, Luke Sparwasser, die Oberschwester der Intensivstation im Klinikum Murnau, da kommt ordentlich was zusammen! Was haben Sie dazu zu sagen?" Berger hatte eine natürliche Abneigung gegen die Prominenz, mit der er hier bisweilen zu tun hatte. Er hielt sie nämlich allesamt für arrogante Wichser, und mit dieser Meinung hielt er nur selten hinter dem Berg. „Verdammte

Scheiße, was Sie dazu zu sagen haben, will ich wissen!" Bergers Kopf bekam eine dunkelrote Farbe vor Wut.

Simon blieb beharrlich stumm.

„Okay, Freundchen, wir können das hier auch anders regeln." Mühsam beherrscht trat Berger an die Tür und brüllte auf den Gang hinaus: „Wache!"

Die polternden Schritte von Polizeistiefeln erfüllten den Raum, als zwei Beamte hereinkamen.

„Führt den Dreckskerl ab, ich kann seinen Anblick nicht länger ertragen!"

Die beiden Beamten legten Luc Simon wieder Handschellen an und führten ihn hinaus.

„Mein Bruder! Ich will zu meinem Bruder!"

Lindas Fäuste trommelten gegen Guys Brust. Guy hielt sie fest, ihm selbst liefen Tränen über die Wangen.

„Es tut mir so leid, Herr Cagney. Sie können natürlich zu ihm, aber ich weiß nicht, ob es in ihrem Zustand ratsam wäre ..." Der Arzt bedachte Linda mit einem mitleidvollen Blick.

Lindas Protest ließ nach, ihre Kraft reichte nur noch für ein hilfloses Schluchzen.

Guy wiegte sie in seinem Arm hin und her wie ein kleines Kind. „Doch, bitte bringen Sie uns zu ihm."

Der Arzt ging im Krankenhauskorridor voraus und Guy folgte ihm. Er stützte Linda, die sich an seinen Arm klammerte.

In dem Zimmer, in das man sie führte, war gerade eine Schwester zugange. Als sie sie kommen hörte, beendete sie ihre Arbeit und trat vom Bett zurück. Luke lag darauf. Seine Gesichtszüge waren entspannt, so als schliefe er tief.

Seine Hände ruhten links und rechts von seinem Körper auf der weißen Decke, die nur seine Arme und die blassen, nackten Schultern freiließ. Die Apparate um ihn herum waren verstummt, kein Schlauch und keine Sonde verband ihn mehr damit. Auf dem Nachtisch brannte eine kleine Kerze, die die Schwester dort hingestellt hatte.

Linda und Guy standen schweigend am Fußende des Bettes. Der Arzt hielt sich im Hintergrund.

„Was ist passiert?", wollte Guy wissen. Sie saßen sich an seinem Schreibtisch gegenüber. Linda hatte ein starkes Beruhigungsmittel erhalten, denn der Arzt hielt es für ratsam, sie über Nacht im Krankenhaus zu behalten. Jetzt lag sie in einem Krankenbett und schlief.

„Der Eindringling hat sich Zutritt zur Intensivstation verschafft und die wachhabende Schwester niedergeschlagen."

„Das weiß ich schon. Ich meine, was hat er mit Luke gemacht?"

Der Arzt fuhr fort: „Herr Sparwasser wurde ein Kissen auf das Gesicht gedrückt. Die Sauerstoffversorgung war für einige Minuten unterbrochen, aber er lebte noch, als der Täter gestört wurde. Vermutlich hat er den Arzt auf dem Gang gehört, der die Schwester gefunden hatte. Er wollte fliehen, kam aber nur bis zum Schwesternzimmer, wo ihn die Polizei dann überwältigte. Wir mussten Herrn Sparwasser notoperieren, aber er war durch die Nachwirkungen des Unfalls bereits zu stark geschwächt. Wir haben getan, was wir konnten, aber es war zu spät. Durch den Ausfall der Sauerstoffversorgung waren bereits schwere Gehirnschäden eingetreten. Selbst wenn es uns gelungen wäre, ihn wiederzubeleben, er wäre nicht mehr der Alte gewesen."

Guy schluckte. „Bitte ersparen Sie seiner Schwester die Details. Es trifft sie hart genug, dass sie jetzt auch noch ihren Bruder verloren hat."

Der Arzt nickte verständnisvoll. „Eine Tragödie. Ich hoffe, man wird dem Täter einen schnellen Prozess machen."

In Guys Gedanken tauchte eine hässliche Visage auf, die ihn seit Tagen bis in seine Träume verfolgte. „Weiß man etwas über den Täter?"

Guy erwartete fast, jetzt Wes Barkins Namen zu hören.

„Darüber kann ich Ihnen keine Auskunft geben. Ich bin Arzt, kein Polizist. Ich habe lediglich gesehen, dass es sich um einen Mann gehandelt hat. Ich kenne seinen Namen nicht und auch sonst habe ich keine Informationen über ihn. Wie ich höre, wird aber in Kürze ein Polizist eintreffen. Sie ermitteln jetzt in einem doppelten Mordfall."

„Kann ich Sie kurz sprechen, Herr Cagney?"

Guy nickte. Er folgte Berger in das Sprechzimmer des Arztes.

Der Doktor räumte bereitwillig seinen Platz und ließ die beiden Männer allein.

„Es tut mir sehr leid, Herr Cagney. Ich kann Ihnen lediglich versichern, dass ich alles tun werde, um diesen Scheißkerl hinter Schloss und Riegel zu bringen."

Guy verzog das Gesicht über die Ausdrucksweise des Polizisten, sagte aber nichts.

„Ich hätte da ein paar Fragen an Sie."

„Nur zu."

„Hatte Luke Sparwasser Feinde? Vielleicht ein paar aufdringliche Fans?" Der Polizeibeamte zückte sein Diktiergerät und legte es zwischen sie beide auf den Tisch. „Ich darf doch aufzeichnen?"

Guy nickte. „Feinde? Nicht, dass ich wüsste."

Er dachte wieder an sein Gespräch mit Wes Barkin. Einen Moment lang war er versucht, dem Polizisten von dieser Begegnung zu erzählen, ließ es dann aber sein. „Er war ein begnadeter Schauspieler. Zuletzt war er für die Hauptrolle in *Wisteria* im Gespräch, ich weiß nicht, ob Ihnen das etwas sagt …"

„Doch, tut es. Meine Frau ist ganz wild nach dem Buch gewesen und fiebert jetzt der Verfilmung entgegen." Berger sah Guy auffordernd an.

„Erst sollte *BerlinCityMedia* diesen Film machen, die ersten Namen von der Besetzung und Regie waren schon durchgesickert. Aber dann hat *BerlinCityMedia* die Option auf *Wisteria* verloren und wir, also ich meine *BAVARIAMEDIA*, hat sie übernommen. Von da an war es ein *BAVARIAMEDIA*-Projekt und Luke war darin vorgesehen. Es hätte der Höhepunkt seiner Karriere werden können."

Berger spielte mit einem Kugelschreiber, was Guy zusätzlich nervös machte. „Das ist aber doch ein hübsches Motiv, oder? Da

war vielleicht jemand neidisch? Vielleicht gab es noch andere Kandidaten für diese Rolle?"

Guy verzog das Gesicht. „Natürlich. Es gibt immer irgendwelche anderen. Die Frage ist doch, ob ein anderer so geeignet gewesen wäre wie Luke. Und die Antwort lautet: Nein! Es gab niemanden sonst."

Berger legte den Stift zur Seite, mit dem er gespielt hatte. „Und wer hätte die Rolle bekommen, wenn *BerlinCityMedia* statt *BAVARIAMEDIA* den Film gemacht hätte? Auch Luke Sparwasser?"

Guy stieß ein verächtliches Geräusch aus. „Dieser Luc Simon, nehme ich an. *BerlinCityMedia* scheint große Stück auf ihn zu halten, warum auch immer."

„Sie halten nichts von ihm?" Berger verfolgte jede Bewegung Guys mit seinem scharfen Blick.

„Persönlich? Nein, tue ich nicht. Gut, als Schauspieler mag er ein gewisses Talent haben. Nichts im Vergleich zu Luke, versteht sich, aber seine Filme sind schon ganz in Ordnung."

Berger hakte ein: „Würden Sie Luc Simon einen Mord zutrauen?"

Guy riss erschrocken die Augen auf. „Einen Mord? Wir führen hier kein Fachgespräch über schauspielerisches Talent, oder? Sie verdächtigen ihn, der Eindringling zu sein?"

Berger schüttelte den Kopf mit Bedacht.

„Nein. Wir verdächtigen ihn nicht. Wir haben ihn auf frischer Tat ertappt und verhaftet."

Guys Augen weiteten sich noch einen Tick mehr vor Unglauben. „Luc Simon? Sprechen wir von demselben Luc Simon? Der Schauspieler aus Filmen wie *Sunblade* oder *Heaven Helps*?"

Berger nickte bestätigend. „Ich bin kein Cineast. Aber die Visage kenn ich. Ein hoch dekorierter Schauspieler. War sogar mal für nen Oscar im Gespräch, glaub ich."

„Beweg deinen gottverdammten Arsch hierher!"

Als Guy den Polizisten losgeworden war, zögerte er keine Minute, Wes Barkin anzurufen und in sein Büro zu zitieren.

Der jedoch beschied ihm: „Bedaure, aber ich bin in Berlin. Wie kann ich Ihnen denn behilflich sein, Herr Cagney?"

„Dir wird das Feixen noch vergehen, mein Freund. Du wirst mir jetzt sagen, was der ganze Scheißdreck bedeuten soll, verdammt noch mal!" Guys Faust krachte auf den Schreibtisch, dass er Blätter aufwirbelte und sie zu Boden segeln ließ.

Wes Barkin blieb unbeeindruckt.

„Ich fürchte, ich verstehe nicht ganz."

„Du verstehst mich sehr genau! Du hast behauptet, du wüsstest Dinge über Sam Rhys und Scott Harden. Wenn ich du wäre, würde ich jetzt jedes einzelne Körnchen davon ausspucken!"

Wes wirkte immer noch amüsiert. „Ich habe Ihnen bereits gesagt, was mein Preis ist. Zahlen Sie und ich spucke. Zahlen Sie nicht, spucke ich nicht. Ganz einfach."

Guy sprang auf die Beine, er spürte, wie ihm heißes Blut in die Wangen schoss. Seine Hand umklammerte das Telefon so fest, dass seine Knöchel weiß hervortraten. Nur mühsam beherrscht zischte er: „Das hier ist kein Spiel. Ich werde der Polizei alles erzählen, was *ich* weiß, wenn du nicht bald in die Gänge kommst."

Als Wes immer noch nicht reagierte, legte Guy noch eine Schippe drauf: „Hör zu! Ich weiß nicht genau, was du mit diesem Luc Simon zu schaffen hast, aber ich werde es herausfinden. Und wenn ich mit euch beiden fertig bin, wirst du dir wünschen, deine Mutter hätte dich nie geboren! Etwas, wovon ich sicher bin, dass *sie* es längst bereut!"

Wes meinte überheblich: „Was hat jetzt Luc Simon damit zu tun?"

Guy war überzeugt, dass er ins Schwarze getroffen hatte, und fuhr fort: „Was er damit zu tun hat, weiß ich noch nicht, aber ich bin überzeugt, du wirst mich erleuchten. Ich werde dir ein Geheimnis anvertrauen, obwohl ich sicher bin, du weißt es bereits: Luc Simon ist der Mörder von Luke Sparwasser."

Die Stille am anderen Ende der Leitung war absolut.

Guy fuhr fort: „Oha ... ich verstehe ... das war wohl nicht Teil des Plans, was?"

Wes schluckte schwer.

„Hat er dich übertölpelt?"

Wes presste hervor: „Woher wissen Sie davon?"

„Woher ich das weiß? Lass mich überlegen ... vielleicht war ich dabei? Oder nein, warte ... vielleicht hab ich ihn dabei *erwischt*? Aber ... o nein, das war ja gar nicht ich, es war die Polizei. Die Polizei hat ihn erwischt und er sitzt jetzt sicher hinter Schloss und Riegel, wo er hingehört und wo ich wirklich sehr hoffe, dass er den Rest seines Lebens verrotten wird. Genau wie du!"

Guy wurde Zeuge davon, wie der großkotzige Wes Barkin sich in ein heulendes Häuflein Elend verwandelte. Hysterisch schrie er: „NEIN! ICH HABE NICHTS GETAN! Mit dem ganzen Scheiß habe ich nichts zu tun! Ich habe niemanden umgebracht!"

Guy nickte zufrieden. „Sieht so aus, als hätt ich da einen Nerv getroffen, was?"

„Wie siehst du denn aus?" Scott richtete sich in seinem Bett auf und sah Linda forschend an.

Ihr erster Impuls war heimfahren und verkriechen gewesen, doch dann hatte sie sich doch eines Besseren besonnen und war stattdessen zu Scott ins Krankenhaus gefahren. Als sie den Flur entlang ging und den typischen Geruch nach Desinfektionsmittel einatmete, bereute sie bereits wieder, hergekommen zu sein.

Scott sah auf den ersten Blick, dass etwas passiert war.

„Ist alles in Ordnung?"

Linda brach ohne ein Wort der Erklärung in verzweifeltes Schluchzen aus. „Nichts ist in Ordnung!" Sie ließ sich auf die Bettkante sinken.

„Ja, das sehe ich", murmelte Scott, als sie sich ihm an die Brust warf. „Was ist denn bloß schon wieder passiert?" Ihr letztes Gespräch schien ihm noch in den Knochen zu stecken.

„Luke ...", presste Linda hervor.

„Was ist denn mit ihm? Geht es ihm schlechter? In der Zeitung stand doch, er sei aufgewacht?"

Linda nickte.

„Ja also? Was ist dann mit ihm?

Linda hob den Kopf und sah ihn aus tränennassen Augen an. „Er ist tot, Scott."

Scott riss erschrocken die Augen auf. „Wie jetzt ... Tot?"

„Ermordet."

Scott schob Linda ein Stück von sich fort, um sie besser anschauen zu können. „Er ist ermordet worden? Von wem? Wann? Wieso?"

Linda hob hilflos die Schultern, neuerliche Tränen brachen sich Bahn. „Ich weiß es nicht."

Nachdenklich fuhr Scott über seine bandagierte Seite, unter der seine Schusswunde heilte. „Irgendwas stimmt doch hier nicht", murmelte er. „Was geht hier bloß vor?"

Linda wischte sich die Augen mit dem Handrücken ab. „Guy wird von einem Typen namens Wes Barkin erpresst. Er sagt, er wüsste, dass die Attacke auf dich und Sams Tod etwas mit *Wisteria* zu tun hätten, eine Verschwörungstheorie. *BAVARIAMEDIA* gegen *BerlinCityMedia*. Und der Surfunfall von Luke sei angeblich der Racheakt."

Scott musterte Linda skeptisch. „Nein. Das glaub ich nicht."

„Ich auch nicht. Immerhin ist Sam nicht ... also ... *BAVARIA MEDIA* hatte damit jedenfalls nichts zu tun." Linda starrte die Sprenkel des Linoleums auf dem Fußboden an, während Scott, in seine eigenen Gedanken versunken, aus dem Fenster blickte.

„Dieser Barkin ... Entweder er weiß tatsächlich etwas, oder aber er ist einfach nur ein Trittbrettfahrer. Das sollte man herausfinden."

Linda nickte. „Meinst du, ich sollte noch mal mit Guy reden?"

„Vielleicht wäre das eine gute Idee."

„Moment, kennen wir uns?" Linda musterte den Mann angestrengt, der ihr freundlich die Tür aufhielt.

Wes zuckte zusammen. „Nicht dass ich wüsste."

Doch Lindas Erinnerungen arbeiteten bereits. „Doch, ich denke, irgendwo haben wir uns schon einmal gesehen." Ihr Blick wanderte an der glatten Glasfront hinauf. „Arbeiten Sie hier?"

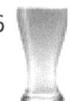

Wes Instinkt sagte ihm, dass er jetzt besser rennen sollte. Ohne ein weiteres Wort sprintete er die Straße hinunter, so schnell er konnte, und verschwand um die Biegung.

Linda spürte die Panik, die unwillkürlich in ihr hochstieg, und plötzlich rastete der Schalter ein.

„Das war er! Das war dieser Barkin!"

Hinterher rennen schien sinnlos, er war bereits außer Sichtweite. Linda kam ein fürchterlicher Gedanke. „Guy!"

Sie eilte in das Gebäude und zum nächsten Aufzug. Als die mechanischen Türen sich öffneten, drückte sie hastig die Ruftaste. Hoffentlich war es noch nicht zu spät, betete sie.

Oben angekommen stürmte Linda zu Guys Bürotür. Sie riss die Tür auf und sah Guy zu ihrem Entsetzen bäuchlings auf dem Fußboden liegen.

Ohne einen Moment zu überlegen, stieg sie über den reglosen Guy hinweg und schnappte sich den Hörer seines Telefons.

„Den Sicherheitsdienst, schnell! Und einen Krankenwagen! Guy Cagney wurde verletzt! Beeilen Sie sich!", brüllte sie in den Hörer, ehe sie ihn wieder auf die Gabel donnerte.

Dann beugte sie sich über den Bewusstlosen und stellte zu ihrer Erleichterung fest, dass er noch atmete. Als sie ihn vorsichtig auf die Seite rollte, begann er leise zu stöhnen. „Guy? Guy, hörst du mich? Geht's dir gut?"

Guy öffnete die Augen. Sein unfokussierter Blick kreiste ziellos herum, bevor er sich auf sie konzentrierte. „Linda", murmelte er benommen.

„Gott sei Dank, du lebst. Was ist passiert? Kannst du dich an etwas erinnern?"

Guy versuchte sich aufzusetzen, fasste sich jedoch sofort mit schmerzverzerrtem Gesicht an den Kopf.

Jetzt sah Linda auch, dass er blutete. „Nicht bewegen, Guy! Du bist verletzt."

Guys Hand war voller Blut und Linda befühlte seinen Hinterkopf.

„Verdammte Scheiße! Dieser Scheißkerl! Aber dieses Mal entkommt er nicht mehr!"

Sie horchte angestrengt nach den Sirenen der Einsatzwagen.

Als Linda einen Blick aus dem Bürofenster warf, sah sie, wie die Polizei gleich mit mehreren Wagen vorfuhr, dicht gefolgt von einem Ambulanzfahrzeug. Sie wandte sich wieder Guy zu, der sich inzwischen aufgerichtet hatte.

„Das Schwein hat mich einfach niedergeschlagen", brummte er und hielt sich immer noch den Kopf.

„Dieser Barkin hat Luke auf dem Gewissen und jetzt auch noch dich verletzt!"

Guy schüttelte vorsichtig den Kopf. „Nein. Das mit Luke geht nicht auf seine Rechnung. Aber er steckt ziemlich tief drin, wenn du mich fragst."

„Der wird gleich noch viel tiefer drin stecken. Die Polizei ist schon da."

„Und das alles nur wegen diesem bescheuerten Film ...", Guy brach ab.

Linda sah ihn überrascht an. „Wieso denn der Film? Um den geht es doch gar nicht!"

Jetzt war es Guy, der überrascht drein schaute. „Wieso? Ich denke, es geht die ganze Zeit nur darum! Der Mord an Sam Rhys, die Attacke auf Scott Harden und das mit Luke ...?"

Linda wandte den Blick ab. „Also, Sam Rhys hatte ja nie etwas mit *Wisteria* zu tun."

„Ja, aber dadurch kam das Ganze doch ins Rollen! Deshalb hat *BerlinCityMedia* die Option verloren!"

Linda nickte und betrachtete eingehend ihre Schuhspitzen. „Aber das hatte nichts mit *Wisteria* zu tun. Sam Rhys, das war ein Unfall."

Guy sah Linda misstrauisch an.

„Woher willst du denn das wissen?"

Linda traten schon wieder die Tränen in die Augen. „Ich war das", schluchzte sie beinahe tonlos.

„Was warst du?"

„Ich habe Sam Rhys auf dem Gewissen. Aber ich wollte ihn nicht umbringen. Und alles, was danach kam, wollte ich noch viel weniger! Das musst du mir glauben! Wenn ich gewusst hätte, was für eine Lawine ich damit lostrete, ich hätte doch niemals ... ich wollte doch nicht ..." Sie weinte bitterlich. „Guy, du hast doch keine Ahnung!"

„Nein, aber ich weiß, dass es nicht deine Schuld ist. Das ist die Schuld von so Typen wie diesem Wes, die ihren Hals nicht vollkriegen und meinen, sie wären schlauer als all die, die ehrlich ihr Geld durch Arbeiten verdienen."

In diesem Moment ging die Tür auf und zwei Ambulanzmänner kamen mit einer Trage herein. „Ist hier jemand verletzt?", fragte der eine.

Linda half Guy auf die Beine. „Er hat was abgekriegt."

„Jetzt haben wir ja alle beieinander." Berger rieb sich die Hände. „Dann pack mal aus, Freundchen. Dein Kumpel hat schon gesungen wie eine Nachtigall!"

Wes Barkin saß Berger gegenüber und spielte mit seinen Fingern.

„Ich weiß, dass du nur ein ganz kleines Licht bist. Dumm gelaufen, was? Aber so ist das eben, wenn man meint, man könnte bei den Großen mitspielen. Wobei's für den Großen ja auch nicht viel besser ausgegangen ist, nicht?"

Wes reagierte nicht.

Berger zog eine Zigarette aus seinem Etui und zündete sie genüsslich an, bevor er gönnerhaft sagte: „Soll ich mal für dich anfangen? Also: Du hast gedacht, es wär richtig toll, wenn man total viel Geld hätte und nichts dafür tun müsste, richtig?"

„Alle Welt tut immer so, als wäre es verwerflich, reich sein zu wollen. Wenn man Ihnen eine Million böte, würden Sie sie ausschlagen?"

Berger grunzte amüsiert. „Wer wäre denn so dämlich, mir so viel Kohle anzubieten? Außerdem, wenn das einer täte, wäre mir klar, dass da etwas faul sein muss."

Wes nickte düster. „Ja, das hätte mir wohl auch klar sein sollen. Aber wissen Sie, ich dachte halt: Jetzt hast du endlich mal Glück! Wieso sollen immer nur die andren Glück haben. Jetzt, hab ich gedacht, jetzt bist du mal dran, Wes Barkin."

Berger schüttelte angewidert den Kopf über so viel Naivität. „Und weiter? Wer hat dir denn dieses verlockende Angebot gemacht? *BerlinCityMedia*?"

Wes verneinte. „Nein, nicht die *BCM* an sich. Es war Luc Simon. Ich glaube nicht, dass jemand davon wusste. Es war ein Deal nur zwischen uns beiden."

„Aha. Und was war dein Part in dem Ganzen? Hat er dich die Drecksarbeit machen lassen?"

Wes zog mit Hingabe die Maserung des Holztisches nach.

Berger versuchte es anders: „Wen solltest du denn umlegen für das viele Geld?"

„Niemanden!", antwortete Wes entrüstet. „Das war doch alles so nicht geplant. Das hätte doch ganz anders laufen sollen."

„Ja, und wie, wenn ich fragen darf? Es wäre langsam an der Zeit, dass du etwas mehr ins Detail gehst!"

Wes seufzte resigniert. „Also schön. Es war so: Ich war auf dieser Party. Auf der Jacht von Scott Harden. Eigentlich hatte ich gar nicht vor, dahin zu gehen, aber ein Freund von mir hat mich dazu überredet und es war dann auch ganz gut. Die Partys von Harden sind immer ziemlich gut, hört man ja allgemein."

Er sah Berger um Bestätigung heischend an, doch als der nicht reagierte, fuhr er fort. „Es wurde viel getrunken und die Mädchen waren alle ziemlich freizügig unterwegs. Da sind immer mal wieder ein paar verschwunden, wenn Sie verstehen, was ich meine."

Berger verstand, verkniff sich jedoch einen Kommentar.

„Und weiter?"

„Ich war dann irgendwann ziemlich betrunken und meinen Freund konnte ich nirgends mehr finden, also dachte ich, ich schlaf einfach auf der Jacht und schau dann am nächsten Morgen, wie ich wieder heimkomme."

„Für eines der freizügigen Mädchen war der Rausch wohl auch schon zu groß, was?", fragte Berger bösartig.

„Ja, ich bin nicht so der Frauenheld, leider ..." Wes sah tatsächlich so aus, als wäre der Glanz seines unwiderstehlichen Charmes plötzlich verschwunden.

„Und dann am nächsten Morgen?" Berger machte keine Anstalten, Wes zu bedauern.

„Als ich wach wurde, waren die meisten Gäste schon verschwunden. Es sah fürchterlich aus. Ich machte mich auf die Suche nach einer Nasszelle, weil ich mal musste, und außerdem wollte ich mich wenigstens ein bisschen restaurieren, bevor ich mich draußen blicken ließ. Und da stieß ich mit Linda Sparwasser zusammen. Ich erkannte sie sofort, sie ist ja ein bekanntes Gesicht im Fernsehen. Sie wirkte gehetzt und wollte offensichtlich schleunigst von Bord. Ich ließ sie vorbei und ging in die Kajüte, aus der sie gekommen war. Eigentlich wollte ich nur mal schnell die Toilette dort benutzen, aber da sah ich den Rockstar bewusstlos am Boden liegen. Es war schon zu spät, er blutete aus einer großen Kopfwunde, besoffen war er wohl auch, er stank zum Himmel. Na ja, und den Rest kennen Sie ja ..."

Berger nickte. Er war selbst zum Jachthafen gerufen worden, als man die Leiche von Sam Rhys gefunden hatte. „Aber du bist mir dort nicht aufgefallen. Hast dich aus dem Staub gemacht, was?"

„Ich wollte nicht damit in Verbindung gebracht werden. So ein Mord, das hätte mir gerade noch gefehlt."

„Dabei hättest du doch die Wahrheit gewusst", gab Berger zu bedenken.

„Nein, gewusst nicht, aber vermutet. Ich hatte vermutet, dass die kleine Sparwasser etwas damit zu tun hatte. Aber ich wusste ja nicht genau, was passiert war. Und ich, der gefallene Schauspieler, gegen die Fernsehprinzessin mit der weißen Weste, das ist doch klar, wie das ausgegangen wäre."

Berger zog eine Braue hoch. „Von Wahrheit und Ehrlichkeit hältst du allgemein nicht so viel, nicht?"

Wes ignorierte den Einwurf und fuhr fort: „Ich war am Vortag noch bei der *BerlinCityMedia*. Ich wollte wieder einmal versuchen, an Spacek heran zu kommen. Ich wusste, dass er an diesem Projekt dran war und hoffte, dass ich ihn endlich davon überzeugen könnte, mir eine Chance zu geben. Aber ich hatte schlechte Karten, ich kam gar nicht bis zu ihm durch."

Berger grinste gehässig.

„Aber auf dem Rückweg sprach mich Luc Simon an. Wir kannten uns von früher, als ich noch ein gefragter Schauspieler war und er gerade erst angefangen hatte. Er erinnerte sich sofort an mich und unterhielt sich ein bisschen mit mir."

„Und da hat er dir mal eben eine Million geboten, wenn du für ihn ein paar Konkurrenten aus dem Weg räumst?"

Wes schüttelte heftig den Kopf. „Nein, nein, so war das nicht. Wir haben nur ein bisschen geplaudert. Er wollte wissen, ob ich gerade einen Job hätte und wie's so läuft. Ich war ehrlich, ich sagte ihm, dass ich dringend Geld bräuchte und bei Spacek gerade abgeblitzt war. Er meinte, er würde sich für mich umhören."

Berger gab einen verächtlichen Laut von sich. „Und? Hat er was gehört?"

Wes wand sich wie ein Wurm am Haken, langsam näherten sie sich der unangenehmen Stelle in seiner Geschichte.

„Hat er dir was angeboten? Eine Statistenrolle in *Wisteria*?"

Wes schüttelte düster den Kopf. „Nein, das konnte er gar nicht. Heute weiß ich das, aber damals war ich um alles froh. Sie haben ja keine Vorstellung, wie verzweifelt ich war! Schon am nächsten Tag war es in allen Zeitungen: Sam Rhys ermordet, und seinen besten Freund Scott Harden machte man dafür verantwortlich."

„Du hättest es besser gewusst! Wieso bist du nicht hingegangen und hast gesagt, was du wusstest? Vielleicht hätte dir das sogar ein paar Mäuse eingebracht. Ich stelle mir vor, dass Harden durchaus bereit gewesen wäre, ein bisschen was springen zu lassen, dafür, dass man seinen Kopf aus der Schlinge zieht."

Wes nickte resigniert. „Ja, da haben Sie vermutlich recht. Aber daran habe ich ehrlich gesagt nicht gedacht."

„Natürlich. Du hast nur das große Geld gerochen." Aus Bergers Stimme troff sein unheilbarer Hass auf die ganze Filmindustrie. „Also? Was hat dieser Simon dann anzubieten gehabt?"

„Nun ja. Er bot mir die besagte Million", gestand Wes ein.

„Wofür? Da muss er doch eine ordentliche Gegenleistung verlangt haben?"

Wes zögerte einen Moment, ehe er antwortete. „Er wollte um jeden Preis *Wisteria* machen. Er war geradezu besessen von diesem Film, als ob es nie wieder einen anderen geben würde. Es war schnell klar, dass *BerlinCityMedia* die Option verlieren würde, wegen der dummen Geschichte mit Rhys. Und da erinnerte er sich an unsre Begegnung und dachte wohl, ich wär der Richtige für den Job."

„Aber da wäre es doch wirklich ein Leichtes gewesen, die Sache aufzuklären, die Million einzustreichen und deiner Wege zu gehen. Wieso mussten diese ganzen Leute sterben?"

Wes seufzte. Er betrachtete seine Schuhspitzen unter dem Tisch. „Ich weiß. Aber ich war auch ein bisschen besessen."

Berger hob eine Augenbraue.

„Ich wollte mehr als die Million. Ich wollte auch ein Stück vom Kuchen."

„Schon wieder *Wisteria*?", fragte Berger nach, nicht sicher, ob er noch folgen konnte.

„Ja, von *Wisteria*. Sie verstehen das nicht, aber so ein Projekt, das kann den Wendepunkt in jeder Karriere markieren! Das wusste Luc Simon, und ich wusste es auch. Eine Million ist toll. Aber eine Million ist nur eine Million."

Berger lachte verächtlich auf.

„Ja, und früher oder später braucht man die nächste. In deinem Fall wahrscheinlich sogar eher früher als später."

Wes hob entschuldigend die Schultern. „So bin ich nun mal. Ich lebe eben gerne gut."

„Also, du wolltest auch mitmachen bei dem Spiel der ganz Großen. Und weiter?"

„Luc wollte, dass ich für ihn rausfinde, was *BAVARIAMEDIA* vorhatte. Ob sie den Film machen wollen und mit wem und wenn ich das wüsste, dann wollte er dafür sorgen, dass es nicht dazu käme. Ich habe mich vor der *BAVARIAMEDIA* auf die Lauer gelegt, aber dann kam mir eine Idee. Wenn Luc schon bereit war, mir so viel Geld zu geben, dann wäre bei den Obrigen der *Berlin-CityMedia* sicher auch was zu holen. Daher versuchte ich es erneut bei Spacek, und dieses Mal hatte ich bessere Karten."

„Wie das? Weil du ihnen den wahren Mörder von Rhys liefern konntest? Aber dass Harden es nicht war, wussten sie doch bereits. Immerhin war er doch inzwischen ebenfalls angeschossen worden."

Wes wand sich wie ein Aal. „Ja ... Aber das war doch ich."

„Jetzt wird's interessant hier. Du hast der Sparwasser und dem Harden aufgelauert?"

„Ich habe sie observiert. Erst Luke Sparwasser und dann seine Schwester, weil sie Harden aus dem Gefängnis geholt hat. Ich dachte, da kommt vielleicht was bei rum, das mir weiterhilft."

„Und da bist du mal eben in das Grundstück eingestiegen und hast den beiden aufgelauert?"

„Ja, solche Fotos verkaufen sich immer gut. Wenn alle Stricke reißen, dachte ich ..."

Berger schüttelte angewidert den Kopf. „Aber das hat auch nicht so wirklich geklappt, was?"

„Sie haben mich entdeckt. Keine Ahnung, ich war wohl nicht so geschickt als Paparazzo."

„Und da hast du dir gedacht, du schießt sie mal eben über den Haufen und haust ab?"

„Nein! Ich hatte Panik! Ich dachte, wenn Harden mich erwischt, dann geht's mir an den Kragen. Ich wollte ihn gar nicht verletzen, ich wollte ihn nur warnen, aber der Idiot ist mir genau in die Schussbahn gelaufen."

„Zu dumm ..." Berger lehnte sich zurück und zündete sich eine neue Zigarette an. Die erste war ohne sein Zutun bis zum Filter abgebrannt.

„Ich wollte das alles nicht, ehrlich. Ich bin dann zu Spacek und habe ihm gesagt, dass die *BAVARIAMEDIA* hinter dem Mord an Rhys steckt und dass Harden aus der Sache raus ist."

Berger hustete empört. „Das ist aber eine sehr groteske Auslegung des Ganzen!"

„Nein, wieso denn? Harden war doch raus. Nachdem er selbst im Krankenhaus lag, glaubte niemand mehr, dass er der Mörder war."

„Und du hast mal eben die *BerlinCityMedia* gegen die *BAVARIAMEDIA* aufgehetzt!", knurrte Berger wütend.

„Ich habe Spacek lediglich meine Hilfe angeboten. Zuerst habe ich mal mein Foto von Sparwasser und dem Barmädchen an die Presse verkauft, es war ja anzunehmen, dass er für die *BAVARIA-MEDIA* die erste Wahl für *Wisteria* wäre. Das war ich Luc Simon irgendwie schuldig."

„Pff!" Berger stieß einen verächtlichen Laut aus. „Das warst du deiner Gier auf die Million schuldig. Du wolltest doppelt abkassieren, bei dem karrieregeilen Schauspieler und bei seinem machtgierigen Verein!"

Berger hielt inne und blies seinen Rauch aus. „Nein, warte, das war immer noch nicht genug, nicht? Du wolltest nicht nur ein Stück vom Kuchen, du wolltest ihn für dich allein! Du bist losgezogen und hast der *BAVARIAMEDIA* denselben Deal angeboten!"

Wes grinste. „Genial, oder?"

Berger schnellte so heftig nach vorne, dass Wes erschrocken zurückwich. „Genial? Bist du eigentlich so bescheuert oder tust du nur so? Du und dein sauberer Freund, dieser Simon, ihr habt Menschen auf dem Gewissen! Glaubst du, das ist ein Spiel hier?"

Wes blickte beleidigt drein. „Aber dafür kann ich doch nichts! Woher hätte ich wissen sollen, dass Luc durchdreht? Glauben Sie mir, mit der Attacke auf Luke Sparwasser habe ich nichts zu tun!"

„Du hast es doch eben selber zugegeben!", fauchte Berger. Die Asche seiner Zigarette krümelte auf den Tisch zwischen ihnen. Er fegte sie mit einer wütenden Geste fort.

„Was hab ich? Nein, nein, das stimmt nicht! Ich habe damit nichts zu tun! Gar nichts!"

„Das hast du Spacek aber glauben gemacht, oder etwa nicht?"

Wes zuckte die Schultern.

„Ich habe vielleicht ein bisschen gebluff t."

Bergers Gesicht wurde heiß vor Zorn, als er hervorpresste: „Du hast gewusst, dass dein sauberer Freund Simon über Leichen geht, um an die Rolle in dem Scheißfilm zu kommen! Und es war deine verdammte Scheißpflicht, ihn anzuzeigen! Und die Sache mit Rhys und der Sparwasser aufzudecken! Es war deine verdammte Pflicht!"

Wes zuckte die Achseln.

„Aber das tu ich doch gerade, oder nicht?"

Tag 8

„Wie geht es dir?" Die Frage war überflüssig, aber Scott wusste nicht, wie er sich verhalten sollte, als er Linda draußen zum ersten Mal wieder gegenüberstand. Er war aus dem Krankenhaus entlassen worden, hatte aber immer noch Schmerzen und sein halber Körper war bandagiert. Aber immerhin war er noch am Leben. Irgendwie hatte er das Gefühl, ihr etwas dafür zurückgeben zu müssen, auch für das, was sein Freund Sam ihr angetan hatte.

Linda saß wie ein Häuflein Elend zusammengesunken auf der Wildledercouch im feudalen Wohnzimmer ihres Elternhauses. Scott stand unschlüssig vor ihr, zögerte, ob er gehen oder sich setzen sollte. Guy Cagney lehnte am Fenster und starrte hinaus auf den Park.

„Ich hätte nie gedacht, dass jemand wie Luc ..." Scott brach ab, offensichtlich lag niemandem etwas an seinem Gerede.

An seiner Anwesenheit wohl auch nicht.

Eine Hausangestellte brachte ein Tablett herein, sie reichte Guy einen Drink und Linda eine Tasse. Dann sah sie Scott fragend an. Er deutete ihr mit einer Handbewegung, dass er nichts trinken wollte.

Endlich drehte Guy sich zu Scott und Linda um. „Das hat wohl niemand geahnt", sagte er müde.

Scott erwiderte erregt, froh, dass ihm endlich jemand Gehör schenkte: „Außer vielleicht dieser Scheißkerl von Barkin! Wenn mir der in die Finger kommt ..."

Guy winkte ab: „Glauben Sie nicht, dass inzwischen genügend Leute gestorben sind?"

Scott biss sich auf die Lippen. „Sicher."

„Um diesen Barkin kümmert sich die Polizei. Wir können nur hoffen, dass er auspackt."

Zum ersten Mal hob Linda den Kopf. Mit tränenverschleierten Augen sagte sie: „Was wird denn jetzt aus *Wisteria*?"

Tag 9

„... denn vom Staub bist du genommen und zu Staub kehrst du zurück ..." Als Lukes Sarg in die Erde gelassen wurde, hatte Linda das Gefühl, sich hinterher stürzen zu müssen. Nur die Tatsache, dass alle Augen auf sie gerichtet waren, hielt sie davon ab.

Schwer auf Guys Arm gestützt, verließ sie den Friedhof.

Luke lag nun bei den Eltern im Familiengrab. Der Friedhof war brechend voll mit Menschen, die Abschied nehmen wollten, von Luke, dem Schauspieler.

Etwas abseits stand eine verloren wirkende Gestalt, ein Baseballkäppi tief in das verquollene Gesicht gezogen. Den Paparazzi entging die verzweifelte junge Frau nicht.

Auch ihr Foto prankte am nächsten Tag in den Gazetten: Es handelte sich um Lukes Freundin Anna.

Guy schleuste Scott und Linda durch die Schaulustigen und versuchte sie so gut wie möglich abzuschirmen vor den Objektiven der Presse. Vor dem Friedhofstor löste sich eine einzelne Gestalt aus der Menge. Der Mann trug einen Trenchcoat und eine breite, schwarze Sonnenbrille, aber Guy erkannte ihn auf den ersten Blick.

„Spacek!", rief er überrascht aus.

Der Produzent der *BerlinCityMedia* sah sich kurz um und zog dann die Brille vom Gesicht. Er reichte erst Guy und dann Linda seine Hand. „Mein aufrichtiges Beileid. Das alles ist eine scheußliche Geschichte ..."

Guy nickte, Linda hielt den Kopf gesenkt und sagte nichts.

„Ich weiß, dies ist weder der Ort noch der Moment für so etwas, aber ich möchte Sie alle bitten, mich noch diese Woche in meinem Büro zu besuchen."

Guy runzelte die Stirn. „Wozu das denn?"

Spacek räusperte sich. „Ich möchte über *Wisteria* sprechen ..."

218

Hopfen und Malz – Allah erhalt's!

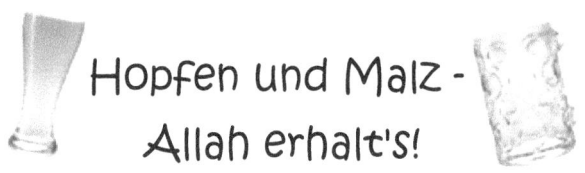

„Das ist überhaupt *die* Idee!"

Der Bürgermeister der kleinen Gemeinde Hohenau, die am niederbayerischen Rand des schönen Hopfenanbaugebiets Hallertau gelegen war, sah seinen Dorfpfarrer fragend an.

Dieser präzisierte: „Man kann nicht immer nur Menschlichkeit und Nächstenliebe predigen, man muss sie auch leben! Ich habe eine Besucherwohnung in meinem Pfarrhaus, die wurde sogar vor einigen Jahren von meinem Vorgänger renoviert, als unser lieber emeritierter Papst Benedikt, damals noch Kardinal Ratzinger, 2004 in dieser Gemeinde zu Besuch war. Sie erinnern sich bestimmt noch."

Der erste Bürgermeister Karl Lehner nickte ohne rechte Überzeugung. Die übrigen Mitglieder des Gemeinderats trugen unterschiedliche Ausdrücke von Unverständnis zur Schau.

„Ja, eben", sagte der Pfarrer, als ob damit alles gesagt wäre. Er nickte in die Runde und erhob sich von seinem Stuhl.

Die Gemeinderatsmitglieder wechselten fragende Blicke.

„Was eben?", brummte der Sägewerksbesitzer und Vorstand der Freiwilligen Feuerwehr von Hohenau, Walter Grimm.

„Ja, die stell ich zur Verfügung!", erklärte der Pfarrer enthusiastisch.

Nachdem noch immer niemand so recht reagierte, setzte er noch hinzu: „Für die Flüchtlinge!"

Jetzt kam Leben in die Runde.

„Reschpekt", kommentierte Grimm.

„Wie stellen'S sich denn des vor?", fragte der SPD-Ortsvorstand und zweite Bürgermeister Mayr.

„Ham Sie sich des a gut überlegt?", warf der Bürgermeister ein.

Pfarrer Bramel beantwortete alle Fragen auf einmal, indem er sagte: „Nein, hab ich natürlich nicht. Das ist jetzt eine spontane Eingebung gewesen. Aber ich steh dazu. Doch. Je mehr ich drüber nachdenke, umso besser erscheint sie mir. Ich nehme ein paar der Flüchtlinge bei mir im Pfarrhaus auf. Das hat doch Vorbildcharakter!"

Es machte rasend schnell die Runde in der kleinen Hallertauer Gemeinde: Der Pfarrer – der nebenbei bemerkt sowieso nicht uneingeschränkt beliebt war – wollte selber in seinem Pfarrhaus Flüchtlinge aufnehmen!

Pfarrer Bramel hatte keinen leichten Stand in seiner Gemeinde. Erst seit knapp drei Jahren war er der Seelsorger von Hohenau und den Weggang seines Vorgängers hatte man schwer bedauert. Der war ein aktiver Teil der Gemeinde gewesen und überall ein gern gesehener Gast. Bramel war *der Neue*. Immer noch.

Obendrein hatte der gebürtige Oberfranke zuletzt im schwäbischen Kaufbeuren gewirkt und war den Niederbayern in der Hopfenregion entsprechend suspekt. Schon allein deshalb, weil er Wein dem hiesigen Bier vorzog. Auch jetzt gingen die Meinungen zu der ungeheuerlichen Neuigkeit schnell auseinander. Die einen waren beeindruckt, sprachen dem Geistlichen ihre Hochachtung aus, die anderen, und die waren in der Überzahl, zeigten Entsetzen. Es gab sowieso schon eine Flüchtlingsunterkunft im Ort, im leer stehenden ehemaligen Brauereigasthof fanden wechselnde Anzahlen von Asylsuchenden vorübergehende Unterkunft. Ausgelegt war das Gasthaus auf ungefähr sechzig Personen, momentan lebten dort etwas mehr als achtzig. Die Unterbringung war demzufolge alles andere als optimal und daher gab es immer wieder Zwischenfälle.

Auch die Beschwerden aus der Nachbarschaft häuften sich.

Der Gemeinderat hatte daher für die letzte Sitzung den Tagesordnungspunkt *Lösen des Unterbringungsproblems* aufgenommen. Der Ankündigung des Pfarrers war eine hitzige Debatte vorangegangen, bei der wie üblich jeder versucht hatte, den Schwarzen Peter einem anderen zuzuschieben.

Jetzt tuschelten die Dörfler beim Bäcker und beim Metzger, auf dem Weg zum Kindergarten und der Schule, vor der Sonntags-

messe und beim Sportverein nach dem Training nur noch über ein Thema: *die Flüchtlinge im Pfarrhaus!*

Dann nahm jedoch eine andere Nachricht die Dorfbewohner ganz in Beschlag.

Der Sohn und Nachfolger der ortsansässigen Brauerei Widbiller war tot im Gärtank gefunden worden. Ein tragischer Unfall, der dem jungen Mann das Leben und der Brauerei ihren Fortbestand gekostet hatte. Die Widbillers hatten nur den einen Sohn.

Die Klaviatur der Reaktionen reichte von Anteilnahme und Mitgefühl für die Eltern bis hin zu Spott und Häme, da vor allem der alte Widbiller ein schwieriger Zeitgenosse war.

Neben der alteingesessenen Traditionsbrauerei Widbiller, die bereits in der fünften Generation den Hopfen der Bauern von Hohenau verarbeitete, gab es neuerdings eine freche kleine Initiative, die sich aus Spaß heraus gegründet hatte, inzwischen mit einigem Erfolg neue Biere produzierte und damit die angestammten Platzhirsche ärgerte.

Zwei Brüder hatten nach einem Brauseminar angefangen hobbymäßig daheim ein paar Flaschen für den Eigenbedarf zu brauen und dann so viel Gefallen daran gefunden, dass sie kurzentschlossen eine alte Lagerhalle anmieteten. Schnell war aus der Schnapsidee ein echtes Geschäftsmodell gereift, und wie sich dann zeigte, kam es auch an. Anders als der große Konkurrent Widbiller verschrieben sich die Jungbrauer ganz dem aus Amerika herübergeschwappten *Craft-Prinzip*, das obergäriges, stark aromatisches, nach alter Handwerkskunst gebrautes Bier beinhaltete und sich dem Geschmackserlebnis und der Qualität verschrieben hatte, anstatt dem bedingungslosen Preiskampf.

Widbiller junior hatte seinem Vater immer wieder in den Ohren gelegen, endlich auch einmal diese zeitgemäßeren Produkte ins Portfolio zu nehmen, doch der alte Braumeister hatte für derlei neumodischen Schnickschnack keinen Sinn.

„Am End soll i dann no Hollersaft und so an Scheiß in mei Bier neipanschen! Kommt überhaupt ned infrage! *Widbiller Bier* werd nachm Reinheitsgebot braut, des war scho immer so und des werd immer so bleibn. Zumindest so lang i no was zum sagn hab da herin!"

Sein Sohn argumentierte: „Ma konn doch traditionell brauen und *trotzdem* a amal was ausprobiern! Des schließt se doch ned gegenseitig aus!"

„In meiner Brauerei scho!"

Für den Vater war damit alles gesagt gewesen.

Kurz nach diesem Streit war der junge Braumeister tot.

Eine Woche nach der denkwürdigen Gemeinderatssitzung zogen Ahmad und Mohammad aus Syrien und Amar aus dem Irak tatsächlich bei Pfarrer Bramel ein. Der Pfarrer hatte eigentlich auf eine junge Familie gehofft, aber derzeit waren Hohenau fast ausschließlich junge Männer zugewiesen.

„Was soll i na kochen, wenn de da san?", fragte die Haushälterin des Pfarrers, Leni Axthaler, ihren Dienstherrn.

Der Pfarrer antwortete: „So wie sonst auch, aber halt kein Schwein. Sind ja Moslems, wahrscheinlich."

Den Pfarrer machte, wenn er ehrlich war, die neue Situation auch nervös. Man wusste ja so gar nicht, wie die Leute sein würden, ob sie sich verstünden, auch untereinander. Ständig fremde Leute um sich zu haben, war für den Gottesmann auch Neuland. Aber möglicherweise würde man ja sogar voneinander profitieren.

Dann standen die drei Männer mit ihren spärlichen Habseligkeiten vorm Pfarrhaus. Man sah ihnen die Ehrfurcht an, wie sie an dem hohen Glockenturm der Kirche hochschauten, unter dessen Schutz sie nun leben sollten.

Pfarrer Bramel gab ihnen der Reihe nach die Hand. „Grüß Gott. Grüß Gott. Grüß Sie Gott."

Die drei murmelten etwas, das sich ebenfalls wie „Krüssgot" anhörte. Der Pfarrer wusste bislang nur, dass sie seit vier und sechs Monaten in Deutschland waren. Die beiden Syrer waren Brüder und alle drei kamen aus den umkämpften Gebieten der IS-Miliz. Ob und, wenn ja, wie lange sie bereits Deutsch lernten, darüber hatte man ihm keine Auskunft geben können.

Die Haushälterin hatte die Betten in der Einliegerwohnung frisch bezogen und zum Zeichen des guten Willens einen frischen Frühlingsstrauß auf den Tisch gestellt. Der Pfarrer führte die jungen Männer in ihre neue Bleibe.

Sie sprachen noch nicht wirklich viel. Bramel zog sich diskret zurück, er wollte den neuen Bewohnern erst einmal Zeit zum Ankommen geben. „Sodala, da wären wir. Bitte, richten Sie sich häuslich ein. Ich muss jetzt dann gleich noch mal weg. Abendmesse", entschuldigte er sich.

Die ersten Tage verliefen etwas steif.

Bramel wusste nicht recht, was er mit den jungen Männern reden sollte oder überhaupt konnte. Sie nickten höflich, sprachen aber so gut wie gar nicht, was auch an den fehlenden Deutschkenntnissen liegen mochte. Bramel beherrschte zwar Latein und etwas Altgriechisch aus seiner humanistischen Bildung und dem Studium, aber damit ließ sich jetzt natürlich auch nichts anfangen. Er wusste auch nicht, ob die neuen Bewohner des Pfarrhauses lieber ihre Ruhe wollten, oder ob er sich aktiv um ihre Einbindung bemühen sollte.

So schlichen sie einige Tage umeinander herum.

„Also mir is des vei scho zwider", erklärte die gute Seele des Pfarrhauses nach einer Woche.

Der Pfarrer bereitete gerade den Sonntagsgottesdienst vor. Zerstreut sagte er: „Was denn, liebe Frau Axthaler?"

„Na, de fremden Männer da herin. I weiß ja gar nimmer, wo i mi no ungestört bewegen kann. I fühl me regelrecht beobachtet!"

Bramel hob den Blick von seiner Arbeit und sah über den Rand seiner Lesebrille zu ihr hinüber. „Wo begegnen sie Ihnen denn? Ich bin ihnen noch nicht oft über den Weg gelaufen bisher."

„Ja", schränkte die Axthaler ein. „Des direkt ned. Aber vom Gfühl her is des einfach unangenehm, wenn ma weiß, dass de fremden Männer da herin frei rumlaufen."

„Soll ich sie einsperren, damit Sie sich wohler fühlen?", fragte Bramel scharf.

Die Axthaler verzog beleidigt das Gesicht. „Naa, des neda. Aber es is halt komisch. Finden'S ned?"

„Nein", beschied der Pfarrer seine Haushälterin knapp und wandte sich wieder seinen Unterlagen zu.

Die Unterredung mit Leni Axthaler wurmte den Gottesmann noch, als er seinem Schreibtisch den Rücken kehrte, und er beschloss, sie zum Anlass zu nehmen, einen Schritt auf seine Untermieter zuzugehen.

Obwohl es auch eine Verbindungstür zur Pfarrwohnung gab, ging Pfarrer Bramel außen herum und schellte. Schon auf der Vortreppe roch es appetitlich nach Frischgekochtem.

Ahmad, der ältere der beiden syrischen Brüder, öffnete die Tür. Er trug eine karierte Küchenschürze und beeilte sich, seine Hände daran abzuwischen, bevor er dem Pfarrer die Hand gab. Dann machte er den Weg frei und bat ihn herein.

In der kleinen Küche standen Mohammad und Amar am Herd. Der eine schälte Zwiebeln unter heftigen Tränen, der andere beaufsichtigte das Fleisch in der Pfanne.

„Wollen Sie essen mit uns?", fragte Ahmad in erstaunlich verständlichem Deutsch.

Da er selbst nicht wirklich wusste, was er hier eigentlich wollte, nahm der Pfarrer das Angebot an.

Mohammad hatte seine tränenreiche Aufgabe vollendet und kippte die Zwiebelwürfel zum Fleisch. Amar kümmerte sich um den zischenden Neuzugang und wendete Zwiebel- und Fleischbrocken in der heißen Pfanne. Ahmad führte den Pfarrer inzwischen ins angrenzende Wohnzimmer, wo es einen kleinen Tisch mit vier Stühlen gab.

„Wir danken Sie für das Wohnen", sagte Ahmad freundlich. „Wir sehr froh."

„Sie sprechen ja schon ganz gut Deutsch!", stellte der Pfarrer überrascht fest.

„Wir lernen", räumte Ahmad bescheiden ein.

„Nur zwei Mal", ergänzte Mohammad, der hinter Ahmad durch die Tür kam und eine Schüssel mit grünem Salat auf den Tisch stellte.

„Ja, leider", bestätigte Ahmad. „Wir dürfen noch nicht in offizielle Schule gehen. Nur warten und warten. Auf Papiere."

„Aber dafür haben Sie schon erstaunlich viel gelernt", lobte der Pfarrer. „Ich dachte, Sie verstehen mich überhaupt nicht."

Ahmad lachte, sodass sich um seine dunklen Augen feine Lachfältchen bildeten. „Sie sprechen Deutsch. Hier alle immer sprechen Bayerisch. Das verstehen ich schwer."

„Ich bin auch Ausländer", erklärte der Pfarrer jovial. „Ich komme aus Franken, für die Einheimischen hier bin ich so fremd wie Sie!"

Das Eis war gebrochen.

Die drei Männer brachten Teller, Besteck und Gläser. Der Pfarrer ging noch einmal schnell hinüber in seine Dienstwohnung und holte eine Flasche von seinem geliebten Frankenwein, nachdem er sich vergewissert hatte, dass man es mit dem muslimischen Gebot der Alkoholabstinenz nicht so genau nahm.

Als alle am Tisch saßen, begann Pfarrer Bramel aus Gewohnheit mit dem Tischgebet: „Komm, Herr Jesus, sei unser Ga ..." Schnell unterbrach er sich: „Verzeihung. Die Macht der Gewohnheit!"

Die drei sahen ihn erwartungsvoll an.

„Bitte, machen Sie", forderte Ahmad ihn auf.

Etwas verunsichert fuhr Bramel fort: „Komm, Herr Jesus, sei unser Gast und segne, was du uns bescheret hast. Amen."

Einen Augenblick herrschte Stille am Tisch, dann sagte Ahmad schulterzuckend: „Wir haben Sie zu Gast, dann es wird auch für Ihre Herr Jesus reichen."

Alle lachten.

Bramel erklärte: „Das war ein Tischgebet. Wir danken Gott für unsere Speisen, bevor wir essen."

Mohammad sagte: „Bei uns es gibt auch Tischgebet: *Allahumma bark lana fi ma razqtana wa kina athaban nari, bismillah.*"

Und Achmad ergänzte: „Kannst du auch einfach nur *Bismillah* sagen. Bedeutet: in die Name Gottes."

Mohammad füllte dem Pfarrer den Teller. „Das ist Maraqat Lahem. So ähnlich wie Gulasch. Guten Appetit!"

Als der Pfarrer nach ein paar recht vergnüglichen Stunden zurück in seine Dienstwohnung kam, empfing ihn dort Leni Axthaler mit Schürze und Kochlöffel in der Küchentür. Die Szene glich auf absurde Weise der, die er zuvor in der Einliegerwohnung gesehen hatte, doch die Stimmung war wesentlich schlechter.

Die Haushälterin fauchte ohne Einleitung: „Wird vei a Zeit! Da brennt ma ja da ganze Bratn o. Warum sagen'S ma des ned, wann Sie essen wolln?"

Etwas irritiert antwortete Bramel: „Ich hab bereits gegessen, danke. Stellen Sie's einfach kalt, ich wärm's mir dann morgen auf."

„Wieso ham Sie jetz scho gessn? Wieso sagn'S ma denn des ned vorher?", giftete die Axthaler gleich weiter.

„Ich habe drüben bei den Flüchtlingen gegessen", erklärte der Pfarrer langsam genervt.

„Was? Des a no!"

Die Axthaler verschwand eingeschnappt in der Küche und klapperte dort extra laut mit dem Geschirr herum, das sie wieder wegräumen musste.

Bevor sie nach Hause ging, steckte sie noch einmal den Kopf durch die Tür. Pfarrer Bramel hatte sich umgezogen und saß nun in Zivil auf seiner Couch im Wohnzimmer und wartete auf die Abendnachrichten.

„So, i bin jetz fertig, i geh jetz. Des Essen steht im Kühlschrank. Morgen kimm i dann ned. Und was i no sagn wollt: Des war a saublede Idee mit dene Ausländer in dera Wohnung. Sie werdn no an mi denkn!"

„Mhm. War's das?", fragte der Pfarrer, ohne aufzublicken. Er war ebenfalls verärgert, weil er in heiterer Stimmung von seinem Besuch gekommen war und jetzt war ihm die Laune verdorben.

Die Axthaler presste die Lippen zu einem dünnen Strich zusammen. „I sag's ja bloß. Sie machen ja eh, was'S wollen."

Sie wandte sich zum Gehen.

Der Pfarrer blies hörbar die Luft durch die Nase aus. Die Haushälterin war eine treue Seele und verrichtete ihre Arbeit wirklich tadellos. Aber sie hatte auch einen Hang, sich in Dinge einzu-

mischen, die sie nichts angingen, und ihre bevormundende Art störte Bramel schon, seit sie ihren Dienst aufgenommen hatte.

Sie war schon die Haushälterin bei seinen beiden Vorgängern gewesen und ihm quasi mit dem Pfarrhaus vererbt worden. Aber einfach jemand anderen anheuern und sich damit endgültig den Zorn der ganzen Gemeinde zuziehen, das wollte Bramel halt auch nicht.

Kaum aus der Tür, kehrte die Axthaler noch einmal um.

„Ist noch was?", fragte Bramel ergeben.

„Ja, fast hätt i's vergessen. Von da Brauerei Widbiller hams angrufn. Sie solln zurückrufn."

Damit war sie endgültig zur Tür hinaus.

Pfarrer Bramel kramte in seinem Schreibtisch nach dem Telefonbuch und suchte sich die Nummer der Brauerei heraus. Frau Axthaler hatte es leider nicht für nötig befunden, sich die Daten zu notieren. Vielleicht aber hatte sie ihn auch dafür bestrafen wollen, dass er erst so spät gekommen war, ohne ihr Bescheid zu geben.

Nach längerem Klingeln meldete sich die verhuschte Stimme von Agathe Widbiller, der Brauereisgattin.

Frau Widbiller hatte vor etlichen Jahren einen schweren Autounfall erlitten, in dessen Folge sie sich erst mühsam wieder zurück ins Leben hatte kämpfen müssen. Damals hatten die Widbillers auch den Gasthof aufgegeben, der seither leer gestanden hatte und nun zur Flüchtlingsunterkunft geworden war. Schon nach dem Unfall war sie irgendwie nicht mehr sie selbst gewesen. Nun hatte sie einen weiteren Schicksalsschlag zu verarbeiten: den Tod ihres einzigen Sohnes.

„Brauerei Widbiller", hauchte sie kaum hörbar.

„Frau Widbiller, Pfarrer Bramel hier. Meine Haushälterin Frau Axthaler hat mir ausgerichtet, dass Sie angerufen hätten?"

Die Stille am anderen Ende der Leitung ließ Bramel erst einmal zweifeln, ob sie überhaupt noch dran war, doch dann sagte sie leise: „Ja, Herr Pfarrer, des war i. I wollt ... also i hab dacht vielleicht ... i tät gern mit Ihnen reden, wenn's geht."

Den Pfarrer durchströmte eine Welle des Mitgefühls für die Frau, die es ganz sicher nicht leicht hatte. Freundlich erwiderte er: „Selbstverständlich, Frau Widbiller. Möchten Sie vielleicht in die Kirche kommen? Oder soll ich zur Brauerei rauskommen?"

„Naa, i dat lieber zu Ihnen kommen. Da kann ma dann vielleicht offener reden ... hab i dacht ..."

Sie vereinbarten einen Termin für den nächsten Nachmittag.

Nach dem Telefonat setzte der Pfarrer sich wieder vor den Fernseher, um sich noch ein wenig berieseln zu lassen, bevor er dann ins Bett ging.

Am anderen Tag empfing Pfarrer Bramel die Brauereibesitzerin an der Tür zur Sakristei. Agathe Widbiller musste in den späten Fünfzigern sein, doch sie sah aus wie eine sehr alte Frau. Ihre mausgraue Strickjacke und der unförmige, schwarze Rock trugen noch zusätzlich zu diesem Eindruck bei. Sie war sehr mager und ihre Kleider hingen an ihr, als wäre sie nur der Kleiderständer.

Bramel trug bereits die weiße Albe und das Unterkleid des Messgewands, da im Anschluss an das Gespräch die Abendandacht stattfinden würde.

„Bitte, Frau Widbiller, kommen Sie doch herein."

Er bot ihr einen Stuhl an und setzte sich ihr gegenüber. Auf dem Tisch zwischen ihnen lagen die Messbücher und eine sauber gefaltete Kasel für den Gottesdienst danach.

„Was führt Sie denn zu mir?", eröffnete der Pfarrer.

Die Brauereibesitzerin seufzte und betrachtete eingehend ihre Hände in ihrem Schoß.

„Mei, Herr Pfarrer, i weiß mir nimmer z'helfen. Er redt einfach ned mit mir ..."

„Wer spricht nicht mit Ihnen? Ihr Mann?", forschte Pfarrer Bramel vorsichtig.

Sie nickte.

„Sie haben einen schweren Schicksalsschlag erlitten", erklärte Bramel. „Damit geht jeder anders um. Vielleicht braucht Ihr Mann einfach Zeit?"

Zum ersten Mal, seit sie gekommen war, sah Agathe Widbiller dem Gottesmann direkt in die Augen. „I hob doch aber a Recht zum wissen, was mit meim Bubn passiert is, oder ned?" Sie machte eine bedeutungsschwangere Pause.

„Es is mei Recht!", wiederholte sie dann noch einmal mit Nachdruck.

Der Pfarrer nickte nachsichtig. „Natürlich. Aber er ist doch genauso betroffen wie Sie. Es war doch genauso sein Sohn."

Heftig rief die Widbiller: „Und wenn er'n aufm Gwissen hod?"

Pfarrer Bramel zuckte erschrocken zurück.

„Das ist eine schwerwiegende Anschuldigung, Frau Widbiller. Bitte lassen Sie sich von Ihrem Schmerz nicht zu solch negativen Gedanken hinreißen …"

„Wenn er nix damit zum tun hat, könnt er doch was dazu sagn, oder ned? Dass er nix sagt, sagt doch scho alles!"

Diese bestrickende Logik wollte dem Pfarrer nicht so recht einleuchten. Zweifelnd erwiderte er daher: „Frau Widbiller, soweit ich weiß, geht die Polizei von einem Unfall aus. Es hat also niemand Schuld. So tragisch Ihr Verlust ist, verrennen Sie sich bitte nicht …"

„Ah woher denn! D'Polizei geht genau wie i von Mord aus! Er is obduziert worden und dabei hat ma a sehr starkes Beruhigungsmittel in seim Blut gfunden. Wieso nimmt mei Bub bitte a Beruhigungsmittel und steigt dann in den Gärtank nei? Ha? Des frag i Sie!"

Die sonst so ruhige und verhärmte Frau geriet beinahe in Rage. Bramel fragte sich, ob sie vielleicht professionelle Hilfe benötigte.

Vorsichtig begann er: „Und weil die Polizei neue Indizien hat, glauben Sie, dass Ihr Mann etwas damit zu tun hat?"

„Was datn Sie denn glaubn? I hab'n direkt drauf angsprochn und er hat's ned mal abgstritten!"

„Ihr Mann hat zugegeben, dass er Ihren Sohn umgebracht hat?", fragte Bramel alarmiert.

„Ned direkt. Er hat nix gsagt. Nix, verstehen'S? Wenn mir jemand vorwirft, i hätt mein eigenen Bubn umbracht, da reagier i doch! Des lass i doch ned auf mir sitzen sowas! I bitt Sie! Aber er macht einfach nix. Er macht so weiter wie davor. Als ob nix gwesen wär. Des is doch ned normal!"

Bramel seufzte, er hatte auch den Eindruck, dass hier jemand nicht ganz normal war. Versöhnlich schlug er vor: „Frau Widbiller, ich kann Ihnen anbieten, dass ich mit Ihrem Mann spreche. Wäre das eine Option? Ich kann Ihnen natürlich nichts versprechen, manche Menschen wünschen sich in so einer schweren Zeit den Beistand Gottes, andere machen so etwas lieber mit sich allein aus. Das müssen wir dann akzeptieren. Aber ich würde es versuchen, wenn Sie denken, dass es etwas bringen könnte."

„Einverstandn, Herr Pfarrer. Probiern'S es. Vielleicht ham Sie ja mehr Glück wie i."

Als Frau Widbiller gegangen war, hing der Pfarrer in Gedanken noch dem Gespräch nach, während er sich die Kasel überstülpte und das liturgische Gewand über seinem Unterkleid glatt streifte.

Die Information, dass die Polizei im Todesfall des jungen Widbillers nun von Mord ausging, war ihm neu. Bisher war nur von einem tragischen Unfall die Rede gewesen. Konnte es sein, dass in seiner Gemeinde ein Mörder herumlief?

Die Kirchenglocken riefen die Gläubigen herbei. An einem Werktag zur Abendmesse erwartete Bramel nicht mehr als ein paar alte Damen und vereinzelt auch Herren zum Gottesdienst. Dennoch hielt er an der Andacht fest, denn gerade diese treuen alten Kirchgänger hatten oft nicht viel mehr Abwechslung in ihrem gleichförmigen Alltag.

Und Bramel predigte lieber vor einer kleinen, aber interessierten Schar als vor einer vollen Kirche, die ihm nicht zuhörte.

Heute fiel es ihm jedoch äußerst schwer, sich auf die Liturgie zu konzentrieren. Erst gegen Ende fiel ihm auf, dass in der letzten Bank ganz hinten im Kirchenschiff Ahmad saß und interessiert verfolgte, was sich am Altar abspielte.

Nach dem Ende des Gottesdienstes verließ der Pfarrer nicht wie sonst den Altarraum durch die Tür zur Sakristei, sondern er wies seine Ministranten flüsternd an, zum Haupttor hinaus auszu-

ziehen. Vor der Kirche blieb Bramel stehen und wartete, bis die wenigen Besucher das heilige Gebäude verlassen hatten.

Einige der Dörfler nutzten die Gelegenheit, mit ihrem Pfarrer zu sprechen. Er schüttelte Hände, lächelte höflich und nickte, schielte dabei jedoch die ganze Zeit zur Eingangstür hinüber, bis er seinen Hausgast gewahrte, wie er die Treppe herunterkam.

„Bitte entschuldigen Sie mich", verabschiedete er sich von den beiden alten Damen, die ihn gerade in Beschlag genommen hatten.

„Guten Abend. *Salam aleikum*", begrüßte er seinen arabischen Mitbewohner. „Das war aber eine Überraschung. Ich hatte Sie nicht im Gottesdienst erwartet."

Ahmad grinste. „*Aleikum salam*. Guten Abend auch. Ich wollen sehen, wie Sie arbeiten."

„Das freut mich", sagte Bramel aufrichtig.

Da kam ihm plötzlich eine Idee.

Er führte den jungen Mann ein Stück vom Eingang weg über den Friedhof, der die Kirche umgab. Dann fragte er: „Bevor Sie hierher kamen, da haben Sie doch im alten Brauereigasthof gewohnt, oder?"

Ahmad nickte.

„Da haben Sie wahrscheinlich auch die Familie Widbiller kennengelernt?"

„Widbiller ist Name von die Besitzer", erklärte Ahmad sofort.

„Richtig. Und der Besitzer der Brauerei, zu der der Gasthof früher gehört hat", ergänzte Bramel. „Er hat eine Frau und einen Sohn ..."

„Hatte", unterbrach Ahmad ihn.

Also hatten auch die Flüchtlinge mitbekommen, dass in der Brauerei etwas passiert war. Das hatte Bramel gehofft.

„Ja, weil der Sohn verunglückt ist", sagte er so neutral wie möglich.

Ahmad erklärte: „Er hatte nicht leichte Leben."

Bramels Hoffnung, dass er etwas gehört oder gesehen hatte, schien sich zu erfüllen. „Wie meinen Sie das?"

„Ich glaube, es war sehr schwierig für Sohn, mit Vater zu arbeiten", sagte Ahmad. „Sie viel streiten. Wir haben über den ganzen Hof schreien hören."

„Um was ging es denn bei den Streits?", wollte Bramel wissen.

„Um die Bier. Ich glaube, der Sohn wollte anderes machen. Neue Bier. Jetzt der Vater macht bestimmt Vorwürfe."

Bramel horchte auf. „Vorwürfe? Weswegen sollte sich der Vater Vorwürfe machen?"

Ahmad sah den Pfarrer aus traurigen Augen an. „Mensch denkt, Mensch hat ewig Zeit. Und streitet und sagt böse Worte. Und dann ist plötzlich vorbei. Kann nicht mehr sagen die Tut-mich-leid."

Bramel erkannte, dass Ahmad nicht nur von den Widbillers sprach. Er wusste nichts von den Dingen, die seine drei Besucher hierher verschlagen hatten, was sie unterwegs erlebt hatten, aber der Tod des jungen Brauers riss wahrscheinlich alte Wunden auf.

Viel Neues hatte Bramel noch nicht erfahren, aber offensichtlich war das schlechte Verhältnis zwischen Vater und Sohn so augenfällig gewesen, dass auch die auf dem Brauereigelände einquartierten Flüchtlinge davon Wind bekommen hatten. Vielleicht war doch etwas an Agathe Widbillers Verdacht dran.

„Familie tut mich sehr leid", sagte Ahmad.

„Mir auch", gestand Bramel.

Und dann fragte Ahmad: „Glauben Sie, das war Mord?" Anscheinend waren Ahmads Gedanken von allein in die Richtung gegangen, oder aber er wusste doch etwas.

Bramel antwortete wahrheitsgemäß: „Ich habe keine Ahnung. Erst hieß es ein Unfall, aber inzwischen besteht wohl Grund zur Annahme, dass es doch Mord war."

Ahmad nickte nicht besonders beeindruckt. Eher so, als hätte er sich das bereits gedacht. „Und der Vater ist in Verdacht?"

Bramel zuckte die Schultern. „Weiß nicht, möglicherweise. Was denken Sie? Kann er es gewesen sein?"

Ahmad sah seinen Gastgeber lange an, dann sagte er: „Wenn Sie herkommen, wo wir herkommen, dann Sie wissen, dass eine

Mensch ist zu allem fähig. Mensch werfen Bomben auf Häuser, auf Schule, auf Krankenhäuser. Mensch bringen gegenseitig um, wegen Hass, oder Neid, oder Habgier. Auch ein Vater kann seine eigene Sohn umbringen."

Pfarrer Bramel nickte traurig.

„Das stimmt leider."

„Meine Vater lebt in Aleppo. Ich weiß nicht, wie geht, der Kontakt mit meine Familie ist abgebrochen, seit unsere Stadt ist belagert. Es ist schlimm, nicht wissen, was mit Menschen passiert, die liebst du. Muss für Familie Widbiller genauso sein. Sie wissen, etwas Schlimmes ist geschehen, aber sie nicht wissen, warum", fuhr Ahmad fort.

„Ich gehe morgen zur Brauerei", sagte Pfarrer Bramel. Er wollte sich nicht einmischen, aber genau wie Ahmad verspürte er das Bedürfnis, der Familie zu helfen.

„Das ist gut", erwiderte Ahmad.

Bramel stellte schließlich doch die Frage, die ihm unter den Nägeln brannte, obwohl er sie sich verkneifen hatte wollen: „Haben Sie etwas mitbekommen, als Sie dort wart? Etwas, das auf einen Mord hindeuten könnte?"

Ahmad überlegte. „Streit. Aber ich denke, ist normal streiten, wenn Alt und Jung zusammenarbeiten. Junge Menschen immer haben andere Vorstellung. Der Vater ist ein ... wie sagt man? ... starrer Kopf."

„Sturschädel", ergänzte Bramel zustimmend. „Das ist er ganz sicher. Und sein Sohn war auch einer. Aber reicht das, um einen Mord zu begehen?"

„Möglich", erwiderte Ahmad.

Bramel ließ das Gespräch vom Vorabend noch einmal Revue passieren, als er zur Brauerei fuhr, um den alten Widbiller aufzusuchen. Der Weg vom Pfarrhaus hinaus zum Brauereigelände führte vorbei an den auf Drahtgestellen hochgebundenen Hopfenrispen, die reif und dunkelgrün in der Sonne leuchteten. An vielen Feldern waren bereits die Erntemaschinen zu Gange.

Die Hallertau galt als das größte, zusammenhängende Hopfenanbaugebiet der Welt. Mittig im Freistaat Bayern gelegen, wurde es von den Städten Ingolstadt, Landshut, Kelheim, Freising, Moosburg und Schrobenhausen grob eingegrenzt. Der Pfarrer wusste, landschaftlich gehörte die Hallertau zum Donau-Isar-Hügelland und erdgeschichtlich zum tertiären Hügelland, das während des Pleistozän mit Gletschereis bedeckt gewesen war, weshalb es noch heute besonders fruchtbar war. Rund 1.200 Hopfenbauern erwirtschaften hier 85% des deutschen Hopfens und hatten einen Marktanteil von rund 30% am Weltmarkt. Der Pfarrer hatte sich über die Hallertau belesen, doch das Wesen der Menschen in seiner Pfarrgemeinde verstand er offenbar trotzdem nicht.

Er hatte sich auch über den Brauvorgang informiert. In dem Gärtank, auch zyklonischer Tank genannt, in dem man den jungen Widbiller tot aufgefunden hatte, bildete sich während des Gärvorgangs CO_2. Um den Tank zu reinigen, musste man abwarten, bis das Gas sich verflüchtigt hatte, sonst war der Einstieg in die riesigen Behälter lebensgefährlich.

Früher hatte man eine brennende Kerze in den Tank gehalten. Wenn die Flamme erlosch, war die Konzentration noch zu hoch. Heute hatte man für diesen Zweck mobile Messgeräte, die piepsten. Trotzdem kam es auch heute noch zu Unfällen, wenn die Brauer sich nicht die Zeit nahmen abzuwarten, bis die Konzentration ungefährlich niedrig war, oder unvorsichtig waren. War der junge Braumeister deshalb ums Leben gekommen? Hatte er unter Zeitdruck gestanden? Oder war er schlicht fahrlässig gewesen?

Stand Bramel jetzt gleich einem Mörder gegenüber, der seinen eigenen Sohn auf dem Gewissen hatte? Oder einem trauernden Vater, der seine Verzweiflung über den Verlust des Sohnes hinter einer Fassade aus Gleichgültigkeit und Griesgrämigkeit versteckte?

Er fand den Brauer, wie nicht anders zu erwarten, im Sudhaus.

Obwohl erst vor Kurzem sein Sohn tot in der Brauerei gefunden worden war, hatte Widbiller den Betrieb bereits wieder aufgenommen. Bramel registrierte dies mit Verwunderung.

„Sie brauen wieder?", eröffnete er das Gespräch.

Widbiller knurrte: „Fralle."

Der Pfarrer scherzte halbherzig: „*The show must go on*, was?"

„Es helft ja ned. Mir san a Brauerei, also brau ma. Was dat'ma denn sonst?", erwiderte Widbiller emotionslos.

„Arbeit kann auch eine Form von Therapie sein", bestätigte der Pfarrer.

„I brauch koa Therapie. Und wenn Sie deswegn da san, dann kennan'S glei wieder geh. Des hat Ihnen mei Weib eigredt, oder?"

Der harsche Ton ließ Bramel unwillkürlich zurückweichen.

„Ich wollte lediglich meinen Beistand anbieten. Sie haben einen schweren Schicksalsschlag erlitten. Da ist es keine Schande, sich Hilfe zu suchen."

„Wenn i a Hilfe brauch, na such i mir scho eine", brummte Widbiller, und es klang wie eine Verabschiedung.

Bramel erkannte, dass er nichts ausrichten würde können. „Wie Sie meinen, Herr Widbiller. Meine Tür steht Ihnen jederzeit offen", bot er noch an.

„Is scho recht. Dankschön. Bekehren'S de, de in Ihr Kirch kommen. I brauch Ihrn Beistand ned." Damit ließ er den Pfarrer stehen und schlurfte davon.

Kopfschüttelnd verließ Pfarrer Bramel das Sudhaus.

Auf dem Hof der Brauerei stand ein Polizeiauto und zwei Beamte in Uniform kamen geradewegs auf ihn zu.

„Grüß Gott, Herr Pfarrer", begrüßte der eine Polizeibeamte Bramel. Er stammte ebenfalls aus Hohenau und kannte den Dorfpfarrer daher.

„Grüß Gott", wiederholte Bramel nicht ohne Neugier. „Wollen Sie zu Herrn Widbiller?"

„Genau. Is er da?", fragte der Polizist.

„Im Sudhaus, ja. Ich komm grad von ihm."

„Greisliche Gschicht", erklärte der eine der beiden Beamten düster. „Und des bei uns heraußen, gell? Mit am Mord hätt jetzt da keiner grechnet …"

Pfarrer Bramel nickte zustimmend.

„Wirklich nicht. Erst hieß es ja auch Unfall. Das ist ja schon schlimm genug, aber Mord ..."

„Is aber einer, Herr Pfarrer. Des war kein Unfall ned."

„Und? Gibt's schon eine Spur?", wagte Bramel sich vor.

Der Polizist wiegte den Kopf. „Bloß a paar Anhaltspunkte, nix Konkretes. Leider. Da alte Widbiller is a ned sonderlich kooperativ. Ma sollt meinen, dass er am meisten Interesse dran ham dat, dass ma des aufklären. Aber er lasst uns ned amal in sei Brauerei. I probier's jetzt noch amal im Guten, aber wenn i heut wieder nix ausricht, gibt's an richterlichen Beschluss, und dann schaut des ned so gut aus für ihn ..."

„Kooperativ ist er wirklich nicht", bestätigte Bramel und versuchte, seine Aufregung über die neuen Erkenntnisse zu verbergen.

Offenbar ging sogar die Polizei schon davon aus, dass der Widbiller in den Mord verwickelt war.

„Na, mir werden's sehng", verabschiedete der Polizist sich. „Pfiagott, Herr Pfarrer."

Er tippte sich an die Mütze.

Die beiden Polizisten gingen zum Eingangstor hinüber.

Bramel entschied währenddessen spontan, der trauernden Mutter, deren Geschichte er am Vortag noch als Hirngespinst abgetan hatte, auch noch einen Besuch abzustatten.

Agathe Widbiller saß am Küchentisch, doch die unberührte Küche legte den Verdacht nahe, dass sie nur tatenlos dagesessen und gegrübelt hatte, nach Arbeit sah es hier jedenfalls nicht aus.

Bramel erzählte ihr von seinem Besuch bei ihrem Mann: „Ich komme auch nicht an ihn heran. Er möchte offensichtlich nicht über den Verlust sprechen. Ich fürchte, das müssen wir akzeptieren."

Die Widbiller nickte nur schwach. „Hab i mir scho dacht", sagte sie seufzend.

„Die Polizei war gerade im Hof", fuhr Bramel fort. „Sie sagten, Ihr Mann verweigert ihnen auch die Mithilfe bei der Aufklärung des Mordfalls."

Frau Widbiller verbarg das Gesicht in den Händen, die Verzweiflung klang aus ihrer Stimme, als sie sagte: „I weiß mir keinen Rat nimmer! Was soll i denn bloß machen?"

Bramel tätschelte ihr tröstend die Schulter. Ihr knochiger Körper zitterte unter dem mühsam unterdrückten Schluchzen.

„Ich hab gehört, es gab oft Streit zwischen Ihrem Sohn und Ihrem Mann, worum ging's denn dabei?", fragte Bramel vorsichtig.

„Allerweil ham's gstritten, de zwei, ja. Wegen allem und jedem. Vor allem wegen dera neuen Brauerei da. Mei, da Anderl wollt halt a gern was Neues ausprobiern, aber damit braucht ma meim Mann freili ned kommen. Weil er ned mitzogn hat, is da Anderl heimlich zu dene neuen Brauer hin. Er wollt wissen, was de genau machan. Mei Mann is ihm draufkommen, dass er mit dene was zum tun hat, mei, da is's rund gangen. Der hat rumgschrien, sowas können'S sich ned vorstellen. I hab dacht, etz daschlagt er'n." Frau Widbiller sah immer noch ganz schockiert aus, wenn sie nur von dem Vorfall sprach.

Bramel schwieg und ließ sie weitererzählen.

„Dann is da Anderl davon. Er hat gsagt, dass er nimmer wiederkommt. Und da Alte hat ihm nacheplärrt: *Brauchst'd di eh nimmer blicken lassen, scher di zum Deife!* Des hat er gsagt, Mariantjosef ... zu seim eignen Bubn ..."

„Und is er dann wiedergekommen?", fragte Bramel sanft.

Die Widbillerin nickte. „Des scho. Aber irgendwas war anders. I kann's Ihnen ned genau sagn, Herr Pfarrer. Irgendwas is da passiert. Er war drei Tag lang weg und wie er wiederkemma is, war er nimmer er selber."

Bramel spürte, dass sie sich dem Kern der ganzen Geschichte näherten. Behutsam tastete er sich weiter vor: „Und dann?"

„Da Anderl hat angfangen, selber irgendwelche Experimente zum macha, hinten in da Schupfa. I hab'n ned gfragt, was er da treibt und zwischen ihm und seim Vater war sowieso Eiszeit. De ham überhaupt nimmer gredt mitnander. Erst hab i dacht, jetzt beruhigt se alles und es werd scho wieder. Aber dann ..." Sie seufzte tief. „Jetzt is sowieso alles vorbei."

Als Bramel schließlich ging, fühlte er sich schlecht.

Er wollte der Frau so gerne helfen, ihren Frieden zu finden, doch noch wusste er nicht, wie er das anstellen sollte.

Pfarrer Bramel kehrte zum Pfarrhaus zurück. Vor der Tür parkte der kleine rote Fiat von Leni Axthaler. Auf seine wetternde Haushälterin hatte Bramel gerade überhaupt keine Lust, deshalb umrundete er das Gebäude und stattete Ahmad und seinen Mitbewohnern einen Besuch ab.

Irgendwie war Ahmad im Fall Widbiller zu einer Art Partner geworden. Er wollte ihm von seinen Begegnungen erzählen und hören, was ihm dazu einfiel.

Ahmad und Mohammad setzten sich mit dem Geistlichen auf die bequeme Couch im Wohnzimmer der Einliegerwohnung. Amar war nicht zuhause.

„Besucht Freunde in Unterkunft", erklärte Ahmad seine Abwesenheit. Mohammad ließ seinen Bruder und den Pfarrer allein und ging in die Küche hinüber, um Kaffee zu kochen.

Bramel erzählte ohne Umschweife, was er erfahren hatte. Als er fertig war, sagte Ahmad: „Sieht immer noch aus wie Mord von Vater mit Sohn."

Der Pfarrer hob ratlos die Schultern.

„Er hat ein Motiv, zweifellos."

„Polizei glaubt das auch", ergänzte Ahmad. Es war eine reine Feststellung, ohne Wertung.

„Es sieht jedenfalls so aus."

Ahmad beugte sich zu seinem Besucher vor und sah ihm direkt in die Augen: „Und Sie? Was Sie glauben?"

Der Pfarrer versuchte, seine Gedanken zu sortieren. „Er hat ein Motiv und er ist unbeherrscht genug, dass er im Affekt vielleicht einen Mord begehen könnte. Aber er hat es nicht getan, als es zu dem großen Krach wegen der neuen Brauerei gekommen ist. Stattdessen ist der Sohn drei Tage verschwunden und als er wiederkam, war er ... verändert. Mich würde interessieren, wo er in dieser Zeit war. Ob er vielleicht in der andren Brauerei Unterschlupf gefunden hat?"

Ahmad hörte sich die Überlegungen ruhig an.

Bramel sinnierte weiter: „Er wollte unbedingt wie diese neuen Brauer arbeiten. Vielleicht hat er ja sogar so eine Art Schnupperpraktikum dort gemacht?"

Mohammad kam mit einem Tablett herein, auf dem er drei Tassen, ein Stövchen, eine bauchige Kaffeekanne, ein Milchkännchen und ein Schälchen mit braunem Zucker balancierte.

Er sagte etwas zu Ahmad, was Bramel nicht verstand, weil es Arabisch war. Ahmad schien seinem Bruder zuzustimmen, als er in seiner Muttersprache antwortete.

Dann wandte er sich wieder an den Pfarrer: „Mein Bruder meint, wir vielleicht sollten hingehen."

Bramel sah zwischen den beiden hin und her. „Wohin gehen?"

„Zu die andere Brauerei. Dann Sie wissen, ob Sohn war dort bevor den Mord", präzisierte Ahmad.

„Was sollte ich als Pfarrer wohl bei dieser Brauerei wollen? Bier fürs Pfarrhaus kaufen? In der Heiligen Messe braucht man Wein, kein Bier", erklärte Bramel zweifelnd.

Mohammad nickte enthusiastisch.

„Wir gehen. Wir das machen."

„Mohammad meint, besser wir gehen. Wir dort fragen nach Arbeit. Wir jetzt haben endlich Aufenthaltsgenehmigung und Arbeitserlaubnis in Deutschland. Und wenn arbeiten, wir können sehen und hören", ergänzte Ahmad.

Damit schien das weitere Vorgehen beschlossene Sache zu sein.

Am nächsten Tag lief Pfarrer Bramel seiner Haushälterin prompt erneut ins offene Messer. „Was macht'n Sie eigentlich so sicher, dass de des ned selber warn?", fragte sie giftig, als die Sprache zwischen ihr und dem Pfarrer natürlich auch auf die neuen Erkenntnisse im Falle Widbiller junior kam.

Obwohl die Polizei keine offiziellen Ergebnisse ihrer Ermittlungen bekanntgab, machte in dem kleinen Ort die Neuigkeit, dass nun in einem Mordfall ermittelt wurde, logischerweise schnell die Runde.

Die Axthalerin hatte dazu ihre eigenen Theorien: „De Widbillers ham den Gasthof zur Verfügung gstellt für die Flüchtling und dann finden's den jungen Widbiller auf amal tot im Bier! In seim eigenen Bier! Des is doch kein Zufall ned. I seh des ganz klar. Des san doch alles Moslems, de trinken kein Alkohol, des war a Warnung. Jawohl! A Warnung war des. Und i gib Ihnen jetzt a eine, ob'S es hören wollen oder ned: Dass mir die jetzt da herin in unserm Pfarrhaus ham, des werd noch a böses Ende nehmen. A ganz a böses!"

Pfarrer Bramel zog ein gleichgültiges Gesicht. Dass er das Pfarrhaus als *sein* Pfarrhaus betrachtete und nicht als das der Axthalerin, ließ er unerwähnt, doch er erwiderte: „Zum Glück gibt's ja hier kein Sudhaus, gell? Und *im Bier drinnen* lag die Leiche ja auch nicht. Nur im Gärtank."

Der vernichtende Blick, der ihn daraufhin traf, hätte einen weniger standhaften Mann in die Knie gezwungen.

Die Axthalerin entgegnete verkniffen: „Sie werden's a no lernen. Ihr christliche Nächstenliebe in allen Ehren, aber des geht einfach z'weit."

„Was genau?", fragte Bramel scharf und schob dann, ohne eine Antwort abzuwarten, hinterher: „Die christliche Nächstenliebe liegt mir halt vielleicht einfach näher, ich bin ja schließlich ein Pfarrer, nicht? Und wie ich meine Pfarrei führe, das müssen Sie dann schon mir überlassen."

„Wissen'S was? I hör mir des jetz nimmer länger an. Für mich is des einfach a Saustall, dass ma die da einfach so rumrennen lasst und kaum sind's da, hamma an Mord im Dorf. Sowas hat's bei uns no nie gebn! Und dann soll i a no mit dene unter einem Dach arbeiten? Naa, bei aller Liebe, aber des können'S von mir ned verlangen!" Mit diesen Worten band sie sich die Küchenschürze ab und pfefferte sie demonstrativ zusammengeknüllt auf den Küchentisch.

Dem Pfarrer wurde das Verhalten seiner Haushälterin deutlich zu bunt. Missbilligend fragte er: „Soll ich das als Kündigung werten, Frau Axthaler?"

Da wich dann doch ein wenig die Farbe aus dem Gesicht der resoluten Hohenauerin, denn ihren Job wollte sie augenscheinlich doch nicht gleich loswerden. „So war jetz des a wieder ned gmeint", räumte sie ein.

„Wie denn bitte dann?"

„Ja, weil i halt find ... i mein ja nur ... also, i wollt halt ...", stotterte die Axthalerin, plötzlich reichlich kleinlaut.

„Halten Sie sich mit Ihren Mutmaßungen und Vermutungen bitte etwas bedeckt. Wir wissen lediglich, dass der junge Widbiller offenbar gewaltsam zu Tode gekommen ist. Durch wen oder wie das Verbrechen begangen wurde, steht auf einem vollkommen anderen Blatt. Solange es keine stichhaltigen Beweise gibt, sind Ihre Anschuldigungen reine Unterstellung, und derlei dulde ich nicht in meinem Pfarrhaus! Hab ich mich klar genug ausgedrückt?"

Dem Hallertauer Hausdrachen waren die Widerworte vergangen, denn sie nickte auf einmal dienstbeflissen, raffte die hingeworfene Schürze zusammen und machte, dass sie davonkam.

Eine Woche später kehrten Ahmad und Mohammad mit den ersten Erkenntnissen von der Konkurrenzbrauerei zurück. Sie hatten sich dort als Hilfsarbeiter beworben, und da gerade die Hopfenernte lief und auch in den Brauereien Hochbetrieb herrschte, auch wirklich gleich eine Anstellung als Produktionshelfer bekommen.

Die ersten Tage waren vergangen, ohne dass sie etwas gehört oder gesehen hätten, das ihnen im Zusammenhang mit den Widbillers verdächtig vorgekommen wäre. Doch dann ...

Ahmad übernahm es, den Pfarrer einzuweihen, weil sein Deutsch einfach besser war als das seines Bruders. Er suchte ihn in seinem Arbeitszimmer auf. „Na? Was macht die Bierherstellung?", fragte der Pfarrer freundschaftlich.

„Sehr interessant", gab Ahmad zurück.

Eigentlich haderte Bramel immer noch mit sich, ob er die Ermittlungen nicht besser der Polizei überlassen sollte. Gleichzeitig vergiftete die Angst vor dem Mörder in den eigenen Reihen langsam aber sicher die Atmosphäre in der kleinen Gemeinde. Jeder begann jeden zu verdächtigen, und vor allem die ohnehin mit

Argwohn beäugten Asylanten im Brauereigasthof drohten unter Generalverdacht zu fallen. Ihretwegen und nicht zuletzt auch um der armen Brauereisgattin willen wollte der Pfarrer die Sache so schnell wie möglich aus der Welt geschafft haben, notfalls indem er selbst zum Ermittler wurde.

„Und sonst? Haben Sie etwas rausgefunden?", brachte er das Thema gleich auf den Punkt.

Ahmad nickte vielsagend. „Widbiller war bei neue Brauerei. Hat viel interessiert für andere Bier, wollte alle lernen", erzählte er, was er erfahren hatte. Vor Aufregung war sein Deutsch holpriger als sonst, sodass Bramel gar nicht alles verstand, was er ihm sagen wollte. „Er nicht sagen wer, und andere nicht wissen, und dann doch, weil sich verratet. Sie große sauer und viele Ärger und Rezept weg!"

Der Syrer trug einen triumphierenden Ausdruck zur Schau, Bramel dagegen war etwas ratlos.

„Was? Noch mal, das hab ich jetzt nicht verstanden. Also der Widbiller war dort in der Brauerei? Und was hat er da gewollt?"

Ahmad wiederholte: „Er war da. Aber er nicht sagen, dass er Widbiller heißen und Brauerei haben."

Jetzt verstand der Pfarrer die Brisanz der Entdeckungen und auch Ahmads Aufregung. „Der hat sich da eingeschlichen und wollte rausfinden, nach welchen Rezepten dort gebraut wird? Das ist ja Betriebsspionage!"

„Spion, genau!", bestätigte Ahmad eifrig.

„Aber die müssen ihn doch gekannt haben!", fuhr der Pfarrer fort. „Unser Dorf ist ja nicht groß, da kennt man sich doch."

„Er da gehen *undercover. In disguise!*" Ahmad fiel ins Englische, weil es ihn so wurmte, dass er seine Gedanken auf Deutsch nicht richtig in Worte fassen konnte.

Das sprach der Geistliche zwar auch nicht, aber er hatte genug verstanden, um zu wissen, dass er möglicherweise den Schlüssel zur Lösung des Mordfalls gefunden hatte.

Der Andreas Widbiller hatte sich verdeckt in der neuen Brauerei eingeschlichen, um deren Vorgehensweise und Rezepte auszu-

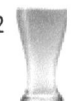

kundschaften. Wahrscheinlich, weil er selbst in diese Richtung brauen wollte, was ihm sein Vater aber nicht erlaubte. Oder aber, der Vater hatte gewusst, dass der Sohn sich dieses Wissen mit unlauteren Mitteln beschaffen wollte, und ihm *deshalb* verboten, die neuen Biere ins Portfolio der Brauerei Widbiller aufzunehmen. Weil er sich sonst strafbar damit gemacht hätte!

Möglicherweise war der alte Widbiller nur um seine Brauerehre besorgt gewesen. Das dann allerdings aus gutem Grund!

So unsympathisch der Widbiller Bramel war, er konnte in ihm einfach nicht den Mörder seines Sohnes sehen. Aber die Brauerei lag ihm am Herzen, er hatte sie von seinem Vater übernommen, der sie wiederum von seinem geerbt hatte und so fort. Wenn herausgekommen wäre, dass der Sohn die Konkurrenz ausspionierte, hätte es einen Skandal gegeben, der den Ruf der Brauerei empfindlich beschädigt hätte. Da konnte ein Mann vom Kaliber des Widbillers schon zum Äußersten greifen, oder?

Die Überlegungen in Bramels Kopf überschlugen sich.

„Was wir machen jetzt?", fragte Ahmad, dem das Schweigen des Pfarrers schon zu lange dauerte.

Bramel wog ab: „Das müssten wir jetzt eigentlich der Polizei mitteilen, was Sie gehört haben. Es könnte der entscheidende Hinweis sein. Ich bin mir nur noch nicht schlüssig, was er bedeutet ..."

Bramel begann unruhig in seinem Arbeitszimmer auf und ab zu gehen. Dann kam dem Pfarrer noch eine andere Idee: „Vielleicht ist aber auch die Konkurrenz dem Widbiller junior auf die Schliche gekommen und hat ihn verräumt."

Motive gab es genug, potenzielle Mörder plötzlich auch. Wo war der junge Braumeister da nur hineingeraten?

„Ich glaub, ich muss wirklich zur Polizei fahren", entschied der Pfarrer schließlich. Er bedankte sich noch bei Ahmad für die Unterstützung und verabschiedete sich anschließend.

Als Bramel vom Polizeirevier zurückkehrte, wo er seine Informationen zu Protokoll gegeben hatte, hörte er tumultartige Szenen.

Aus dem geöffneten Fenster der Einliegerwohnung drangen laute Stimmen, die aufgebracht durcheinander redeten, allerdings auf Arabisch, sodass der Pfarrer kein Wort von dem verstand, was da geschimpft wurde.

Er überlegte kurz, ob er nach dem Rechten sehen sollte, entschied sich dann jedoch dagegen. *Es geht mich ja nichts an*, dachte er.

Allerdings empfing ihn gleich hinter der Tür zu seinem Teil des Hauses die Axthalerin, die den Aufstand natürlich auch gehört hatte. Das war nun wieder Wasser auf ihre Mühlen.

„Hörn Sie des?", pulverte sie auch sofort ohne Umschweife los.

„Ja, sie werden sich schon wieder beruhigen."

Damit war das Thema für die Putzperle aber noch lange nicht erledigt, sie folgte dem Pfarrer nämlich, der seine Schuhe ausgezogen hatte und in sein Arbeitszimmer ging.

„Geht's scho los!", erklärte sie triumphierend. „Aber i hab's Ihnen ja gleich gsagt, ned? I hab's ja gsagt! Aber auf mi hört ja keiner."

„Was geht denn los, Frau Axthaler?", fragte Bramel genervt.

„De schlagn sich no de Schädeln ein da drüben. Sie werdn's scho sehen."

Der Pfarrer seufzte. „Frau Axthaler, meine Mitbewohner streiten sich. Ich weiß nicht, worum es geht, ich verstehe kein Arabisch, auch bin ich der Ansicht, dass es mich nichts angeht und sie mir schon sagen werden, wenn es mich betrifft. Aber wenn es zu Ihrem Seelenfrieden beiträgt, dann geh ich hinüber und frag nach."

„Ja, gscheider wär's! Ned dass die no 's ganze Dorf zamschreien."

Nachdem der Pfarrer wieder umgekehrt war und sich seine Schuhe wieder angezogen hatte, war die Axthalerin erst einmal zufriedengestellt.

Wahrscheinlich, so überlegte Bramel, ging es ihr gar nicht um eine Bedrohung für Leib und Leben, sie war nur einfach zu neugierig und es stank ihr gewaltig, dass sie zwar jedes Wort hören konnte, aber nichts verstand.

Als Bramel vor die Tür trat und um das Pfarrhaus herumging, war von dem Geschrei nichts mehr zu hören. Die Kontrahenten hatten sich offenbar beruhigt. Er klingelte an der Nebeneingangstür. Mohammad öffnete ihm. Der Pfarrer war etwas peinlich berührt, weil er nicht so recht wusste, was er jetzt eigentlich sagen sollte. Mohammad bat ihn herein. Drinnen war nur noch Ahmad.

Bramel war sich jedoch sicher, dass er mehr Stimmen gehört hatte, aber es war weit und breit kein Mensch sonst.

„Entschuldigung, ich wollt nicht stören", begann der Geistliche.

„Wir entschuldigung", unterbrach Ahmad ihn sofort. „War laut. Machen nicht wieder."

Der Pfarrer fragte: „Was war denn, wenn ich fragen darf? Ging es um die Brauereigeschichte?"

Ahmad schüttelte den Kopf.

Mohammad sagte etwas zu seinem Bruder auf Arabisch und es klang wieder aufgebracht. Ahmad schüttelte weiter den Kopf.

Bramel sah argwöhnisch von einem zum anderen.

Schließlich wandte Ahmad sich wieder dem Pfarrer zu.

„Ich nicht will Sie belasten. Wir müssen selber finden Lösung."

Diese Aussage alarmierte den Pfarrer dann aber doch. Er beeilte sich zu sagen: „Wir können über alles sprechen. Das ist Teil meines Jobs als Pfarrer. Vielleicht finden wir gemeinsam eine Lösung?"

Ahmad und Mohammad wechselten einen Blick. Mohammad zuckte schließlich die Schultern und Ahmad erklärte: „Amar war wieder in die andere Unterkunft, er da hat viele Freunde. Aber Freunde nichts gut. Da gibt Menschen, trinken viel, nehmen *Drugs*."

„*Drugs*?", wiederholte der Pfarrer. „Sie meinen Drogen? Bei uns in der Asylunterkunft? Im Brauereigasthof?"

Ahmad nickte düster.

„Nimmt der Amar das Zeug auch?", fragte Bramel beunruhigt.

„Ich nichts wissen bestimmt. Ist schlimme Zeug."

„Was gibt es denn da?", wollte der Pfarrer wissen, dessen Kenntnisse über illegale Substanzen sich auf Heroin und Cannabis beschränkten.

„Alles", antwortete Ahmad knapp.

„Und woher haben sie das Zeug da? Da muss es ja Dealer geben, die das einschleppen, oder?"

„Ja, die gibt. Wir alle haben Probleme. Weg von zuhause, weg von Krieg. Wir wissen alles kaputt, Familie tot oder auch fort. Wir wissen nicht, wann wir können gehen nach Hause und was wir dann werden sehen. Wir immer hören, müssen dankbar sein. Ja, wir müssen, wir viel gut bekommen von Deutschland und hier von Sie. Aber is schwirig dankbar, wenn hast du alles verloren."

Der Pfarrer wusste nicht recht, was er darauf antworten sollte. Es war deutlich, dass Ahmad vor allem auch für sich und seinen Bruder sprach, nicht nur für die vielen Namenlosen in der Unterkunft.

„Das verstehe ich", sagte Bramel schlicht.

„Und manchmal kommen Menschen, die nutzen aus Situation von uns. Sie machen Geschäft mit Probleme von Flüchtlingen."

„Die Dealer, zum Beispiel", fügte Bramel hinzu.

„Erst Schlepper, später Dealer, egal. Alle selbe."

Bramel nickte. „Und deshalb kursieren die Drogen in der Unterkunft. Was kann man dagegen tun?"

„Nicht viel", erklärte Ahmad. „Wir wollen, Amar nicht geht zu diese Leute. Gefährlich. Einmal Drogen, immer wieder!"

Und deshalb der Streit, dachte Pfarrer Bramel. Darum war es gegangen. Und Amar hatte offensichtlich nicht auf seine Freunde gehört.

Der Axthalerin erzählte der Pfarrer wohlweislich nichts von dem Gespräch. Als sie ihn neugierig an der Tür empfing, sagte er nur achselzuckend: „Nichts Weltbewegendes. Alles gut da drüben."

Argwöhnisch hakte die Haushälterin nach: „Was? Des glaub i ned. Des hat si ned anghört, als ob da alles okay wär!"

„Ist es aber. Das klingt nur für unsere Ohren so aufgebracht. Sind halt einfach temperamentvollere Leute als wir. Ist doch im Italienischen auch so. Man meint, die hätten sich wunderwie in der Wolle und dabei unterhalten sie sich bloß."

Ob seine Haushälterin dieses Argument nun überzeugte oder nicht, wartete der Pfarrer nicht mehr ab. Er hatte sowieso schon genug Zeit vertan. In einer halben Stunde kam ein junges Paar, um mit ihm die Taufe ihrer Tochter zu besprechen. Darauf sollte er sich jetzt konzentrieren, und nicht auf die kriminellen Strukturen in seiner Gemeinde.

Trotzdem hingen ihm die Informationen noch nach, als er seine Taufunterlagen zusammensuchte. Er hatte gedacht, seine Schäfchen zu kennen. Es waren nicht alle astreine Vorzeigechristen, das wohl, aber zu entdecken, welche kriminellen Energien da unter der Oberfläche brodelten, das traf ihn doch unvorbereitet.

Auf der Polizeistation hatte man ihm versichert, seinen Hinweisen umgehend nachzugehen. Man würde also bald wissen, ob der junge Widbiller wirklich in Betriebsspionage verwickelt gewesen war. Und dann würde sich hoffentlich auch aufklären, ob der Alte oder die gelinkte Konkurrenz ihn absichtlich dem hochkonzentrierten CO_2 im Gärtank ausgesetzt hatte.

Die nächsten Tage waren für den Geistlichen arbeitsam. Am Sonntag feierte seine Gemeinde ihren traditionellen Hopfenpflücker-Gottesdienst, bei dem der Heilige Ägidius angerufen wurde, um ihm für die diesjährige Ernte zu danken und um eine reiche Ausbeute zu bitten.

Im Anschluss daran gab es ein gemeinsames Mittagessen, das seit dem Schließen des einzigen Gasthauses im Ort von der hiesigen Freiwilligen Feuerwehr ausgerichtet wurde. Hinterher folgte bei einem Bittgang die Segnung der Hopfenfelder.

Am Montag nahm Pfarrer Bramel seine Untermieter mit nach Abendsberg auf den *Gillamoos*. Das drittgrößte bayerische Volksfest und gleichzeitig eines der ältesten, erstmals erwähnt bereits im Jahr 1313, war bekannt als das *Fest der Hallertau*, der Hopfenbauern.

Zum politischen Frühschoppen am letzten *Gillamoos*-Tag erschienen die Politikgrößen aus allen Parteien, um sich in markigen Reden gegenseitig die Leviten zu lesen, ähnlich wie zum politischen Aschermittwoch. Die CSU wartete mit dem bayerischen Finanzminister Markus Söder auf, die Grünen schickten ihre Allzweckwaffe Claudia Roth ins Rennen. Wer für die SPD, die Freien Wähler und die FDP sprechen würde, war noch ein gut gehütetes Geheimnis. Pfarrer Bramel wollte seinen Mitbewohnern ein bisschen Hallertauer Kultur näherbringen und außerdem nicht allein hinfahren. Amar war wieder einmal nicht zuhause gewesen, aber die beiden anderen begleiteten ihn auf das Volksfest.

Sie fuhren mit dem alten Citroën des Pfarrers. Unterwegs unterhielten sie sich über den Fall Widbiller und dann kamen sie wieder auf Amars zweifelhafte Gesellschaft zu sprechen.

„Ist Amar wieder in der Unterkunft bei der Brauerei?"

Ahmad nickte düster.

„Ich kann reden und reden, er nicht hört zu."

Mohammad sagte etwas auf Arabisch und Ahmad übersetzte. „Gibt ein arabische Sprichwort: Berühre das Wasser und es bleibt das Wasser. Man kann nicht ändern die Mensch."

Bramel seufzte. „Er bräuchte eine Beschäftigung. Eine Arbeit. Eine Aufgabe."

„Ja. Er hat Frau und Kinder. Sind in eine Camp in Jordan. Er hierher, damit er kann seine Familie nachholen, aber im Moment er darf nicht. Muss warten. Darf auch nicht arbeiten. Muss immer warten. Das ist schwer."

Bramel erkannte wieder einmal, wie wenig er eigentlich über seine Mitbewohner wusste. Zumindest für einen Vormittag vergaßen die drei dann die Probleme, die sie momentan kaum losließen. Im Hofbräuzelt lauschten sie Minister Söder und der Oktoberfestkapelle, teilten sich eine Maß Festbier und drehten anschließend noch eine Runde über das Volksfest. Zum Abschluss wagten sie sogar eine Fahrt mit der *Wilden Maus*.

„Moment, bitte!", rief Ahmad dem Pfarrer hinterher, als dieser gerade vom Pfarrhaus hinüber zur Kirche unterwegs war. Erst wenige Tage waren seit dem gemeinsamen Ausflug auf den *Gillamoos* vergangen. Bramel wandte sich um und sah die beiden Brüder, die Amar zwischen sich hatten und ihn geradezu vor sich her auf den Pfarrer zubugsierten.

„*Chabbernie hella!*", blaffte Mohammad auf Arabisch und puffte ihn in die Seite.

Amar hielt den Kopf gesenkt und trug einen bockigen Ausdruck zur Schau. Bramel blickte verwirrt von einem zum anderen.

„Was gibt es denn?", fragte er.

Mohammad gab Amar einen Schubs. Auf Deutsch sagte er dann: „Sag, jetzt!"

Und auch Ahmad drängte: „Du musst sagen Pfarrer, was du hast uns gesagt!"

Pfarrer Bramel bedeutete den dreien, mit in die Kirche zu kommen. Außer Sicht- und Hörweite von womöglich neugierigen Dörflern ließ Amar sich tatsächlich erweichen zu reden. Trotzig begann er: „Ich nicht sicher."

„Sag, was du uns gesagt!", wiederholte Ahmad ungeduldig.

Und weil er immer noch keine rechten Anstalten machte, übernahm Ahmad gleich selber die Berichterstattung. „Amar hat Andreas Widbiller erkannt", erklärte er.

Bramel horchte auf. „Den Widbiller? Wo? Der ist doch tot!"

Ahmad nickte bestätigend. „Ja, aber vorher war Drogendealer."

„Was?", Bramel traute seinen Ohren nicht. „Wie kommt ihr denn da drauf?"

„Er sagt, seine Freunde in Unterkunft kaufen Drogen bei diese Mann. Selbe Mann, das ist jetzt in Zeitung."

Bramel wandte sich direkt an Amar. „Stimmt das?"

Amar nickte.

„Was für Zeug hat er verkauft?", wollte Bramel wissen.

„*Crystal*", brummte Amar.

Der Pfarrer sah wieder Ahmad an. „Was ist das?"

„*Crystal Meth* ist Droge aus Chemie. Wird gemacht in kleine Labor", klärte Ahmad den Priester auf.

Bramel wusste zunächst nicht, was er mit dieser neuen Information anfangen sollte.

Noch einmal zur Polizei gehen?

Er entschied sich dagegen und fuhr stattdessen zur Brauerei hinaus. Zuerst wollte er sich erst einmal selber ein Bild machen.

„Herr Pfarrer, mei, guad dass Sie kommen. D'Polizei war scho wieder da", begrüßte die Widbillerin ihn mit sichtbarer Erleichterung.

„Und wo sind sie jetzt?", fragte Bramel und sah sich auf dem Hof um.

Wenn jemand nicht wusste, welche krummen Dinge sich hier abgespielt hatten, von alleine käme niemand auf die Idee, dachte er. Die Brauerei war gut in Schuss, geschäftiges Treiben belebte den Hof zwischen Sudhaus, Wohngebäude und Gasthof. Ein LKW wurde mit Kästen frischen Biers bestückt, das Klappern der Flaschen übertönte ihr Gespräch.

„Wieder gfahren", erklärte die Brauergattin und musste fast schreien, um sich Gehör zu verschaffen. „Aber sie kommen wieder, ham's gsagt. Und dann glei mitm Durchsuchungsbefehl. Mei Mann is jetzt der Hauptverdächtige."

Die Strapazen der letzten Zeit sah man ihr deutlich an. Wieder füllten Tränen ihre Augen, die tief in ihren Höhlen lagen und von schwarzen Schatten umrahmt waren.

„De verhaften den!", fügte sie noch fassungslos hinzu.

Der Pfarrer hatte sowas bereits befürchtet. „Wo ist Ihr Mann denn?"

„Wo scho? Im Sudhaus. Des interessiert den doch alles ned. Und wenn de Welt untergeh dat, Hauptsach seim Bier fehlt nix."

Pfarrer Bramel drückte Frau Widbiller aufmunternd den Arm. „Ich schau mal nach ihm."

Drinnen im Sudhaus war es ruhiger.

„Herr Widbiller?", rief der Pfarrer vernehmlich. „Sind Sie da?"

Er bekam keine Antwort. Suchend schritt er die große Halle ab.

Schließlich lief ihm ein Angestellter der Brauerei über den Weg. Sogleich fragte er ihn: „Sie, Entschuldigung, wo ist denn der Chef?"

„Da Chef?", wiederholte der Mann die Frage. „Den hab i ned gsehn. Da herinnen is er ned. Schauen'S halt amal aufm Hof draußn, Herr Pfarrer."

Unverrichteter Dinge trat der Pfarrer zurück auf den Hof. Eben verließ der LKW das Gelände. Frau Widbiller schien ins Haus zurückgekehrt zu sein. Der Hof wirkte mit einem Mal wie leergefegt.

Unschlüssig ließ der Pfarrer seinen Blick schweifen. Was sollte er tun? Fahren?

Eigentlich geht es mich doch nichts an, dachte er wieder einmal. *Ist doch an sich Sache der Polizei.* Dennoch beschloss er, einem Impuls folgend, noch um das Sudhaus herumzugehen.

Dahinter gab es alte Stallungen und einen Gemüsegarten.

Ein schmaler Weg führte dazwischen hindurch zu einem alten Schuppen, wahrscheinlich früher einmal ein Abstellplatz für Gartengerätschaften.

„Herr Widbiller?", rief er wieder. „Hallo? Sind Sie da?"

Er warf im Vorbeigehen einen Blick durch das Stallfenster. Tiere gab es schon lange nicht mehr auf dem Brauereigelände, und die Landwirtschaft, die einmal dazu gehört hatte, hatte man aufgegeben. Weit und breit scheinbar kein Mensch.

„Ja, was werd etz des?"

Die scharfe Stimme des Brauers ließ den Pfarrer erschrocken herumfahren.

„Spioniert etz bei uns scho da Schwarzkittel umeinand? Was sagt'n da Ihr Herrgott dazu?" Der alte Widbiller baute sich drohend vor dem Geistlichen auf.

Bramel war klar, dass er gerade keine gute Figur machte. Er versuchte zu erklären: „Entschuldigen Sie, ich bin auf der Suche nach Ihnen, Herr Widbiller."

„Und da schleichen'S einfach a bissl auf meim Hof rum, oder was?", bellte der Hausherr.

Pfarrer Bramel straffte die Schultern. Er hatte sich doch nichts vorzuwerfen, er war lediglich durch den Garten gegangen. Wieder gefasst erklärte er: „Wie ich hörte, war die Polizei noch einmal bei Ihnen. Herr Widbiller, denken Sie nicht, dass es an der Zeit wäre, zu kooperieren? Sie wollen den Mord an Ihrem Sohn doch sicher auch aufgeklärt haben."

Doch Widbiller wiegelte ab. „Wenn's nach denen geht, dann is doch scho alles klar. De glauben, i war's!"

Bramel schluckte. „Und? Waren Sie's?"

Der Blick, der ihn traf, ließ ihn die Frage bereuen.

Widbiller wandte sich abrupt ab und stiefelte in Richtung Schuppen davon.

So einfach ließ sich der Pfarrer aber nicht abschütteln. Er folgte ihm. „Das hat doch keinen Sinn, Herr Widbiller. Wenn Sie schon nicht mit der Polizei reden wollen, dann sprechen Sie wenigstens mit mir!"

Der Widbiller blieb so unvermittelt stehen, dass der Pfarrer in ihn hineinlief. Er drehte sich um, seine Augen waren zu schmalen Schlitzen verengt. Drohend fragte er: „Warum sollt i ausgerechnet mit dir Korinthenkacker redn wolln, ha?"

Bramel hob abwehrend die Hände. „Seien Sie doch vernünftig ..."

„Jetz zeig i dir mal was", erklärte Widbiller unvermittelt.

Er stapfte voran und führte den Pfarrer in den Schuppen.

Drinnen war es düster. Entlang der Wand stand eine alte Werkbank, darauf türmten sich Gefäße und Gerätschaften, die irgendwie fehl am Platz wirkten.

„Was ist das?", fragte der Pfarrer.

„Da herinnen hat mein sauberer Herr Sohn vor seim Tod seine Gschäftl gmacht. Er braut, hat er gsagt. A neis Bier, wollt er mir weismachen, werd des. So wie in dera neumodischen Brauerei, de mir da ham."

Am Boden sah der Geistliche Kanister stehen, die mit irgendwelchen Chemikalien gefüllt waren. Auf den Plastikbehältern prangten Totenkopfzeichen und alle möglichen Warnhinweise. Nach Bierbrauen sah das hier nicht aus.

„Der Haderlump war sogar dort, in dera Brauerei. Hat de ausspioniert. Aber des war ja nur de eine Hälfte von der Sauerei! Da herinnen hat der kein Bier braut! Des war sei Hexenkuchl für no ganz andre Sachen!"

Bramel wusste, was jetzt kam.

„Drogen hat er kocht! Verstehn'S? Und de hat er dann glei drüben bei de Asylanten vertickt."

Der Pfarrer unterbrach den ungewohnten Redefluss des Braumeisters.

„Aber wieso gehen Sie damit denn nicht zur Polizei, um Himmels willen! Sie müssen das doch melden!"

„Einen Scheißdreck muss ich!", brüllte der Widbiller. „Wenn rauskummt, dass mein Sohn an andren Betrieb ausspioniert hat, weil er bei uns nach dene ihre Rezepte brauen wollt, außerdem seine neumodischen Ideen damit finanziert, dass er Drogen kocht und verkauft hat, da kann i zusperrn! De machen mir mei Brauerei dicht, so schnell schaugst ned! Ich lass mir des aber von ihm ned kaputtmachen. Zu Lebzeiten hab i des verhindern können und im Tod schafft er's jetz a ned!"

„Widbiller, das ist doch Irrsinn! Es geht hier um einen Mord! Ihr Sohn ist gestorben und Sie haben ganz offensichtlich Informationen darüber. Wenn Sie nicht mit der Sprache rausrücken, dann können Sie Ihre Brauerei sowieso zusperren, weil dann nehmen die Sie nachher mit! Und dann sitzen Sie unter Mordverdacht im Knast, ich weiß nicht, ob das so geschäftsfördernd ist!"

Auf einmal wirkte der Braumeister gar nicht mehr bedrohlich, sondern am Boden zerstört.

„I war's doch ned ...", murmelte er leise. „Aber des glaubt ma ja eh koaner."

Bramel wusste nicht, woher er die Überzeugung nahm, doch er sagte mit fester Stimme: „Doch. Ich glaube Ihnen. Aber jetzt gehen wir gemeinsam zur Polizei und bringen das hinter uns."

Auf dem Betriebsgelände fanden die Beamten schließlich die heimliche Hexenküche des Juniorchefs. Die Polizisten stellten die Chemikalien zur Herstellung von mehreren Kilo *Crystal* und ein Paket mit etwa anderthalb Kilo fertigem Material sicher. Damit war die Sache klar.

In großen Kisten schleppten die Beamten die Einzelteile des Chemielabors von Andreas Widbiller aus dem Schuppen.

Der Pfarrer stand mit den Widbillers im Hof, als das Polizeiauto mit den beschlagnahmten Gegenständen abfuhr. Braumeister Widbiller hatte eine Vorladung bekommen.

Zum Abschied sagte Bramel: „Das klärt sich alles auf, Sie werden sehen. Und dann können Sie wieder in Ruhe Ihr Bier brauen und sonst nichts."

Zu dem Verhör des alten Widbillers kam es dann gar nicht mehr.

Die Polizei verhaftete kurz darauf einen Tschechen und zwei Bulgaren, die unter dem dringenden Tatverdacht standen, den jungen Braumeister Widbiller ermordet zu haben.

Außerdem wurden in dem Fahrzeug, mit dem die drei unterwegs gewesen waren, vier Kilogramm *Crystal Meth* und Chemikalien zu deren Herstellung gefunden.

Die Beamten gingen davon aus, dass die drei zu einem Drogenring gehörten, der diesseits und jenseits der deutsch-tschechischen Grenze agierte und dem sie schon seit Längerem auf den Fersen waren.

„Wissen'S, des is a riesen Problem bei uns. De kochen des Zeug in irgendwelche tschechischen Hinterhöfe und dann verkaufen's es bei uns herüben für a Vielfaches von dem, was's in der Tschechei kriegn datn. Des is de reinste Mafia!", erklärte der Dorfpolizist.

Er hatte den Pfarrer extra hinaus zur Brauerei gebeten, um ihm und der Familie Widbiller die letzten Erkenntnisse im Mordfall um den Sohn zu offenbaren. Bramel hatte Ahmad, Mohammad und Amar mitgebracht.

„Und Andreas Widbiller hat ihnen Konkurrenz gemacht?", fragte der Pfarrer.

„Sozusagen, ja. Der is ihnen da irgendwie in die Quere kommen, anscheinend. Vielleicht war des eigentlich dene ihre Kundschaft und sie ham um ihr Gschäft gfürchtet."

„Kann denn jeder einfach so anfangen Drogen zu brauen statt Bier?", wollte Bramel wissen.

„Eigentlich scho, ja. Bei *Crystal Meth* is des relativ einfach. Also ma muss dafür ned Chemie studiert ham oder so. Und de Rohstoffe, de kriegt ma recht leicht in der Apotheken. Des is des Problem. De Einzelteile san ned illegal, aber ma konn halt dann mit ziemlich geringem Aufwand da draus des *Crystal* herstellen. Drum finden mir ja de illegalen Küchen ned. De machen des Zeug in irgendwelche Hinterhöfe, oder Wohnungen, sogar in am Auto ham d'Grenzer scho so a *Crystal*-Küch gfunden! Oder halt in so a Schupfa."

„Und der Vater des Opfers ist damit jetzt raus aus der Nummer?", fragte Bramel sicherheitshalber noch einmal.

„Ja, der is raus. Wir ham in dem Auto des Beruhigungsmittel gfundn, des da junge Widbiller im Blut ghabt hat, und außerdem die Fingerabdrücke von dene Dealer im Sudhaus. De ham den Anderl in den Gärtank steigen lassen, durch des Beruhigungsmittel war er scho so a bissl benebelt, und dann ham's de Zuleitung aufdreht und des CO_2 direkt neigleit. Wenn ma des langsam gnug macht, merkt des Opfer in dem Tank des gar ned und des kippt irgendwann um, wird bewusstlos und des war's na."

„So, damit ist der Fall hoffentlich erledigt", sagte der Pfarrer zu sich selbst und sah dem grün-weißen Fahrzeug hinterher.

„Vielen Dank, Herr Pfarrer." Die leise Flüsterstimme der Widbillerin ließ den Pfarrer herumfahren, er hatte sie nicht kommen hören. Auch ihr Mann stand vor seinem Haus, er sah irgendwie verloren aus.

Bramel nahm die angebotene Hand der Brauergattin und schüttelte sie. „Nichts zu danken. Mir war es ebenfalls ein großes Anliegen, dass die Sache aus der Welt ist."

„Das hamma alles bloß dene Badschacken zum verdanken!", polterte der Hausherr und sein abfälliger Seitenblick streifte Ahmad, Mohammad und Amar, die unwillkürlich zusammenzuckten.

Dieses Mal baute sich der Pfarrer vor dem Braumeister zu seiner vollen Körpergröße auf. Es wirkte nicht so bedrohlich, weil er einen guten Kopf kleiner und deutlich schmächtiger war als der Widbiller, doch seine drohende Stimme ließ keinen Zweifel daran, dass es genug der Diskriminierung war: „Jetzt hören Sie mir aber mal gut zu! Diese drei Männer haben den Mord an Ihrem Sohn aufgeklärt, bei dem nicht zuletzt Sie selbst unter Verdacht standen! Dass Ihr Sohn sich zu Lebzeiten mit der Drogenmafia angelegt hat, ist wohl kaum die Schuld der Asylsuchenden, die Sie hier untergebracht haben!"

Widbiller sah unbeeindruckt aus.

„Ein Dankeschön wäre angebracht!", setzte der Pfarrer noch hinzu.

„Vergelt's Gott", übernahm die Widbillerin an der Stelle ihres Mannes und schüttelte den drei Männern überschwänglich die Hände.

Zuhause erwartete den Pfarrer seine Haushälterin. Sie hatte sich solange beschäftigt gehalten, bis ihr Dienstherr zurückkam, um ja alle Informationen aus erster Hand zu bekommen. Dazu hatte sie jetzt Kuchen gebacken und den Küchentisch mit frischen Blumen und Tischtuch gedeckt. In knappen Worten umriss Bramel die Ereignisse für sie, wissend, dass ihre Neugierde sie sonst nicht hätte zur Ruhe kommen lassen.

„Ja, sowas!", machte sie beeindruckt.

Hinter dem Pfarrer kamen die syrischen Brüder und Amar zur Tür herein.

„Da kommen's ja, unsre Detektive! Mei, was hätt ma jetzt ohne Sie da tan, ha? I sag's ja, de Leut darf ma ned immer nur nach ihrer Herkunft beurteilen." Die Axthalerin beeilte sich, die drei Männer an den Esstisch zu komplimentieren.

Bramel grinste in sich hinein.

„An Guglhupf hab i gmacht, mögen'S den?" Die Axthaler schnitt den noch lauwarmen Kuchen an und verteilte großzügige Stücke auf die Kuchenteller. Auch dem Pfarrer legte sie eines vor. „Derf ma des im Islam? So an Kuchen essn?", fragte sie besorgt.

Die drei jungen Männer saßen verdattert auf ihren Plätzen und beobachteten erstaunt die plötzliche Gastfreundschaft der Haushälterin.

„Verstehn mi de überhaupt?", flüsterte sie dem Pfarrer zu.

Der erwiderte augenzwinkernd: „Nein, ich denke nicht. Aber das geht mir grad auch nicht anders …"

Danksagung

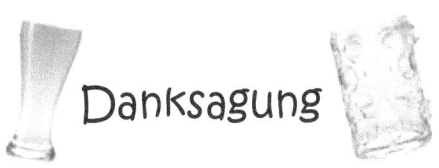

Mein Dank gilt wieder zu allererst meiner Familie, die mich die ganze Zeit nach Kräften unterstützt und der ich einen Großteil des Erfolges von *Hugo & Leberkäs* verdanke. Vor allem meinem Mann, der sich sowohl als Marketingspezialist als auch als Co-Autor ausnehmend gut macht!

Daneben allen, die wieder mitgeholfen haben, dass diese Krimis möglichst authentisch und glaubwürdig rüberkommen: Sandra Fernandez für die polizeiliche Beratung, Melanie Astner für das Ausleihen ihres badisch-schwäbischen Dialekts, Tobias Bürgermeister für die Einblicke in die japanische Kultur und Ahmad Khalil für die Beratung zur islamischen und vor allem syrischen Kultur.

Besonderer Dank geht an Tobias und Bastian Merches von der Brauerei Zombräu in Mirskofen, die mir mit ihrem Fachwissen in letzter Minute den Plott von *Hopfen & Malz* noch mal kräftig umgeackert haben.

Dem inzwischen schon Stammteam - bestehend aus den beiden adleräugigen Lektorinnen und Korrektorinnen Jacqueline Mayerhofer und Melanie Vogltanz, der unvergleichlichen Grit Richter für ihr erneut zauberhaftes Cover und Ingrid Pointecker, dafür dass sie trotz des Stresses in ihrem eigenen Verlag immer noch die Muße findet, mir meine Bücher zu setzen- sei Dank!

Den Veranstaltern und Vermittlern möchte ich danke sagen für die vielen Lesungen, auf denen ich meine Bücher im vergangenen Jahr präsentieren durfte: Birgit Laumer-Zuchs und Silvia Gradewohl, der Frauenunion Dingolfing-Landau, Tom & Irene Brüderl vom Barrique in Landshut, Ruth Wellenhofer, Ruth Weigl und Karin Feichtmayer, sowie dem ganzen Team der Bücherei Mallersdorf-Pfaffenberg, Christian Kurtenbach vom Literaturcafé in Landshut und allen weiteren, die zum Gelingen meiner Lesungen beigetragen haben.

Mein besonderer Dank gilt den Büchereien und Buchhandlungen, die meine Bücher in ihr Programm aufgenommen haben, vor allem der Nikola-Buchhandlung in Landshut, dem Buchladen Kaktus in Landau, der Buchhandlung Kindsmüller in Ergoldsbach und der Rottenburger Buchhandlung.

Des Weiteren danke ich den Vertretern der regionalen Medien, die mir immer wieder eine Plattform bieten: Stefanie Wieser von der Landshuter Zeitung, Verena Menauer vom Straubinger Tagblatt, sowie Manuela Cohen von Donau-TV für die einmalige Erfahrung im Fernsehen aufgetreten zu sein!

Und natürlich euch, allen meinen Leserinnen und Lesern, ohne die ein Buch einfach keinen Sinn macht!

Über die Autorin

Geboren 1981 wuchs ich im niederbayerischen Markt Mallersdorf-Pfaffenberg auf. Nach dem Abitur zog es mich zunächst fort von daheim, ich studierte Tourismus-Management in Kempten und Brünn, machte Praktikum in Dubai und Frankfurt. Anschließend arbeitete ich einige Jahre in der gehobenen Hotellerie, bis ich 2011 an die Universität zurückkehrte und in Passau einen Masterstudiengang absolvierte. Während dieser Zeit heiratete ich und bekam unseren Sohn. Seit dem erfolgreichen Abschluss in Passau arbeite ich freiberuflich als Dozentin und Autorin.

Das Schreiben zählte schon immer zu meinen liebsten Freizeitbeschäftigungen. Seit 2008 gelang es mir immer wieder, Kurzgeschichten bei Wettbewerben zu platzieren. 2010 gewann ich dann bei einem Online-Reiseportal den 1. Preis für meinen Reisebericht über einen Rucksacktrip durch Indien.
Mein Debüt-Roman *Burgfried* erschien 2014 im Verlag *ohneohren*. 2015 war *Burgfried* für den *Deutschen Phantastik Preis* nominiert und erreichte den 5. Platz.
Anfang 2016 habe ich *Hugo & Leberkäs* in Eigenregie veröffentlicht, nach *Sushi & Weißbier* sind bereits weitere Bände für die Reihe in Arbeit.

Hugo & Leberkäs
Der erste Teil der Kriminalgeschichten
von Veronika Lackerbauer

Fünf Kriminalgeschichten – alle spielen in der bayerischen Provinz!

Doch provinziell sind ihre Figuren keinesfalls. Hinter den Kulissen von beschaulichen Einfamilienhäusern mit gepflegten Vorgärten tun sich Abgründe auf; biedere Hausfrauen hüten bodenlose Geheimnisse.

Doch was sie nicht ahnen: Gewitzte Ermittler im Trachtenjanker sind ihnen bereits auf der Spur ..., oder etwa nicht?

„Eine fesselnde Sammlung von Kurzgeschichten mit nachvollziehbaren Charakteren, gut begründeten Motiven, sowie teilweise lustigen Elementen. Geschichten, die mit Sicherheit wunderbare Lesestunden versprechen!"
- Jacqueline Mayerhofer, Autorin & Lektorin

„Der Gegensatz von Hugo und Leberkäs ist hier Programm. Mal frisch und urkomisch, mal schwerer verdaulich und sozialkritisch, aber immer spannend!" - Melanie Vogltanz, Autorin & Lektorin

ISBN: 9 7837 3922 2264
E-Book: €4,99
Hardcover: €8,99

Fantasy Noir
Fantastische Kriminalgeschichten
aus dem Hause *Art Skript Phantastik Verlag*

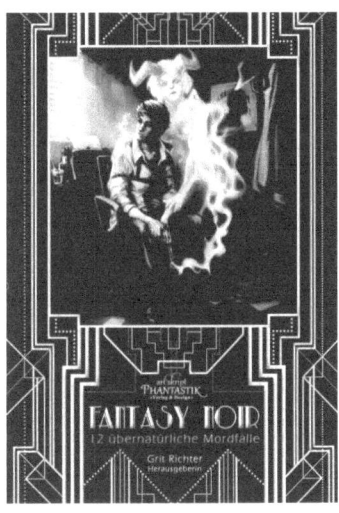

Versteckt vor aller Augen tummeln sich die Wesen der Nacht unter uns. Selbst die geschulten Adleraugen der besten Ermittler erkennen die Gefahr nicht sofort.

Die Hüter von Recht und Ordnung kratzen an der Oberfläche der Realität und legen das wahre Gesicht der Welt frei. Doch was sehen sie, wenn sie ins Auge der Dunkelheit blicken?

Die Anthologie »Fantasy Noir« wartet mit zwölf übernatürlichen Mordfällen auf mutige Leser, die bereit sind, ihren Geist einer Welt voll düsterer Phantasmen zu öffnen.

Seitenzahl: 200
ISBN: 978-3-945045-03-9
Preis: 12,80 €

Für Helles ist kein Platz mehr - ZOMBRÄU

Mitten in Niederbayern, in dem idyllischen Ort Mirskofen haben wir uns breit gemacht, um die Bierwelt zu verändern.

Die Auswahl an Hellem und Weißbier ist in Bayern sehr gut.
Aber wir wollen mehr!

Mehr Hopfen.
Mehr Malz.
Mehr Bier!

Deswegen brauen wir Bier, das nach mehr schmeckt.
Ob es jetzt das India Pale Ale ist, bei dem man die Hopfensorte am Aroma erkennt oder das Imperial Stout, in dem so viel dunkles Malz ist, dass es fast an Kaffee erinnert.
Und passend zu einem guten Krimi: Die Blutweisse!

Kommt einfach vorbei und probiert.
Öffnungszeiten stehen im Internet. (www.zombräu.de)

Zombräu OHG
Obere Sendlbachstr. 19
84051 Mirskofen

Telefon: 08703 4658592
E-Mail: bastian.merches@zombraeu.com

Und keine Angst. Unsere Zombies beißen nicht!